# 遙遠的白房子

WHITE LOG IN DISTANCE

高建群 著

# 目錄
Contents

關於白房子的小說——

## 遙遠的白房子

# 目錄
Contents

## 在白房子

# 目錄
Contents

獻給我生活過的土地和歲月

# 序章　寫給親愛的讀者

我有一段過去。在中蘇兩國交惡期間，我曾在中蘇邊界上一座險惡的白房子駐守過五年。那裏是一塊爭議地區，六千多公里漫長的中蘇邊界，哪裏一患感冒，這兒首先發炎。我曾經經歷過一次勢所難免的邊境衝突。我是火箭筒射手，當蘇軍的坦克群成扇形向白房子逼近時，我給我的碉堡裏放了十八顆火箭彈。按照教科書上的說法，一個射手，當發射到十八顆火箭彈的時候，射手的心臟就會因爲這十八次劇烈震動而破裂。但是我還是毫不猶豫地爲自己準備了十八顆。所幸的是由於中蘇兩國的克制，那一場衝突沒有繼續。

而今，當躲進城市裏的一個角落，安靜地走向晚年的時候，沒有人知道我是誰。但是我自己知道我是誰。走在大街上，我的騎兵的羅圈腿告訴我我是誰。每逢雨雪天，我的關節炎告訴我我是誰。每逢開口說話或咀嚼食物的時候，我的騎馬時摔斷的那顆大門牙告訴我我是誰。尤其是那險惡的白房子，那是一場我的噩夢，我註定此生將像一個蠕動著的蝸牛一樣，背負白房子，直到生命有一天終結。

但是我不怨恨白房子，因爲那是我的一段白房子。正因爲有了這段經歷，我才成爲現在的我。而尤其是，當一位朝氣蓬勃的女孩子，告訴我她正好出生在七〇年代初那個金黃色的秋天時，我說，我那一刻正在白房子當兵。我還說，光爲了你和你們安寧地降生，我的白房子經歷也是値得的。

二〇〇〇年的秋天我去了一趟新疆，重返白房子的原因是那一塊爭議地區，已經在最近的中哈重新劃界中不再成爲爭議地區，而成爲正式的中國領土。對於大千世界，這也許是一件微不足道的事情。它畢竟距離那麼遙遠，很難進入我們眼前的生活。但是對於我這個白房子老兵來說，你知道這件事具有多麼重要的意義。

得到這消息的時間是在二〇〇〇年的春節。那一刻，我們家居西安的幾個白房子前士兵，聚在一個烤肉攤前抱頭痛哭，爲我們蒼涼的青春歲月而哭，爲白房子回到中國版圖而哭。在哭聲中老段說，如果當年發生戰爭，我們幾個現在肯定是在一個烈士陵園裏的。這幾個戰友一個叫段慧來，一個叫樊貴新，一個叫侯存生。老侯是下崗工人，在街上擺了個烤羊肉串攤子，我們就是在那裏聚會的。

於是便有了我的二〇〇〇年白房子之行，於是便有了這本叫《白房子》的書。以此作爲我對這塊五十五點五平方公里的中國領土，對一百年來在這塊爭議地區駐守、居住和滯留的人們的一次敬禮。

應當寫這本書的人也許不是我，而是那些更久的駐守者們和居留者們（**比如參加過鐵列克提衝突的那位大校，比如尊敬的兵團人**）。我寫的原因是因爲我手中還有一枝不太熟練的筆，而他們則沒有。這就是說，我到過那個地方，經歷過一些事情，而恰好手中又有一枝筆，因此，將白房子的事情告訴世界，便成了我的一個責任。

# 重返白房子

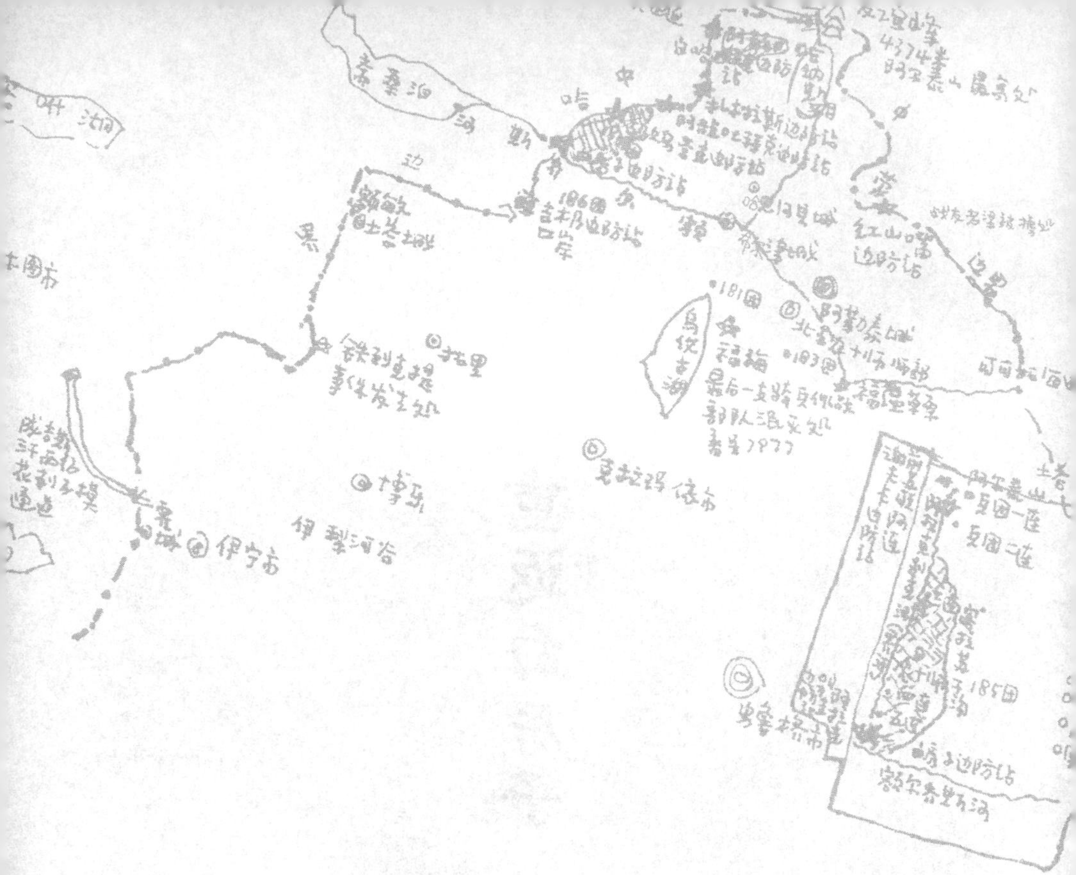

斋桑泊
中
哈
边
界
4374米
阿尔泰山最高处
186团
吉木乃边防站
口岸
181团
乌伦古湖
福海
183团
北屯十师师部
红山嘴
边防站
托里
博乐
伊宁市
伊犁河谷
185团

# 一　我的心在跳，全世界都能聽到

離別二十三年之後，我這個前中國邊防軍士兵就要重返白房子了。

遙遠的天空下，有一座孤零零的白房子，我曾經在那裏度過我那苦難而蒼白的青春。它是我的一個夢、一個幻覺。它成爲我的創作取之不竭的源泉。

我曾經這樣寫道：

「你將像耶穌一樣永遠背著沉重的十字架，在時空漫遊。不過你背上背的不是十字架，而是白房子——你的一段沉重的過去。你像蝸牛一樣背負著白房子，緩慢地在生命的里程中蠕動，一直到它的終結。你的病症是無法徹底治癒的，醫生的力量已經用盡。醫生可以疏導它向好的方向轉化，可以採取強力壓制它，讓它沉默或以另外的方式表現，但不能根除它。」

我還在另外一本書中說：

「我有一件皮大衣。我出了五十塊錢復員時將它帶回了內地，它現在就在我的箱子底下躺著。大衣有三個鈕扣掉了，一個掉在伊犁草原上，一個掉在塔城草原上，一個掉在阿勒泰草原上。現在，每年夏天，我都要把大衣從箱子底下取出，放在太陽底下曬一曬，防止生蟲。在陽光下，當我揮動柳條，輕輕拍擊大衣的時候，絨毛裏不時會有蒼耳蹦出來。這蒼耳年年都有。將蒼耳放在掌心，我常常感慨地想：它本該是屬於草原的，我耽擱了它多少次開花與結果呀！有一天我重返草原，我將帶上它，讓它重歸母體！」

我還說：「我的大門牙在一次騎馬中摔磕掉了。它大約如今已經成爲一塊砂礫，靜靜地躺在草原的某一處。當遊人以手加額，盛讚那一處遼闊美景時，它也成爲被盛讚的一部分！」

啊哈！我要去了。白髮雙鬢，牙齒脫落的我將要完成一次遠行。我不能再等待了。我得去。那也許會是我的最後的遠行。

我將見到那一切——戈壁、草原，成群的伊犁馬，天空飛翔的鷂鷹，天宇下那孤零零的白房子。這一次見到的不是在夢中，而是實地踏勘。

此一刻，我的心跳得多快呀！

有一首通俗歌兒唱道：我的心在跳，全世界都能聽到。前幾天我聽到這兩句話時，還一邊聽一邊嘲笑這一代人的誇張作態。現在我不敢笑了，因爲面對這一次遠行，這句話也許正是我此刻的心情。

# 二　廿八年前河西走廊刻骨銘心的一幕

二十八年前的那個多雪的冬天，我們也是從西安開拔。乘坐火車進疆的。具體的時間是一九七二年十二月十六日。

那列火車是一列鐵悶子車。在此之前，這車大約是拉過馬的。鐵悶子車廂裏有著乾草、馬糞和刺鼻的臊味。我們簡單地把馬糞清理了一下，重新鋪上一層乾草，再把床單一鋪，就一個挨一個，在自己的鋪邊坐下。

火車哐哐噹噹地出發了，沿蘭新線一直向西。車開得很慢，見到所有的車，它都得讓路。車廂像一隻鐵質的人棺材。只有幾個開得很小很高的窗戶，如果馬揚起脖子來，大約可以夠到它。我們得站在被子上，眼睛才能勉強地看到窗外。

沒有廁所，小便的時候，是從大鐵門的夾縫裏向外尿。大鐵門用一根鐵棍子插著，露出一條縫。車哐噹哐噹地響著，一會兒縫兒合死了，一會兒又張開。接兵的警告說，尿尿的時候，不能把那東西塞到縫兒裏去，防止夾掉。

小便的事兒好解決，大便就無法解決了。只好強忍著，等車停卜再解。

好在車常常停。遇一列迎面過來的火車，車便停到岔道上去。車停下以後，值星排長從火車頭方向跳下來，戴著紅箍，吹著哨子，順著路基一路跑過去。他號召大家有屎沒屎，都下來拉一次，因爲下一次停車，又不知會在啥時候。

「男左女右！男左女右！」值星排長喊著。於是我們看到，車上原來還有許多女兵。以這列火車爲界分，男兵在火車左邊解手，女兵在火車的右邊解手。

有時候，有的男兵或女兵會鬧錯方向，於是在哄笑聲中，羞紅了臉，從火車底下鑽過去，回到自己一邊。

從西安到烏魯木齊用了五天四夜。

印象中，河西走廊十分漫長，火車像牛一樣喘著氣走了一個下午，還在一架山的山坡上轉著。印象中，祁連山積雪的山頭，一輪落日停駐在嘉峪關古老樓頭上的情景，給人以深刻的印象。

印象中最深刻的是這樣一件事。

這列火車路經甘肅定西的一個路口時，路口上黑壓壓地站滿了人。在颼颼的寒風中，這些人吶喊著，或揚起手臂，或揮動帽子，向我們歡呼。

開始我以爲這是當地政府組織的歡送我們的人群，後來想這不可能吧，我們沒有這麼偉大，他們也不可能把時間算得那麼準，冒著嚴寒在這裏等候。

這樣，我又以爲他們大約是送了自己這個地方的新兵，又見我們的車來了，於是順便歡送一下我們。

火車徐徐地走動著，每一個路口上都聚著這樣的人群。這些人群都大聲吶喊著，向我們招手。

剛剛走出校門的我在那一刻情緒激動極了。用一句書面語言來說吧，就是有一種「崇高感」。尤其是當我們的車廂裏唱起「向前向前向前，我們的隊伍向太陽，腳踏著祖國的大地……」時，心情更是激動。

激動的我也效仿著路口的人們，向他們揮手，吶喊。

這時候接兵的過來拍了我的肩膀，叫我安靜。他說如果口袋裏有多餘的錢和糧票，或者挎包裹有餅乾麻花之類，可以扔下去，如果沒有，就悄悄地待著，不要站在那裏瞎激動，浪費感情了。

原來這是龐大的饑民隊伍。原來這些人嘴裏吶喊著的是請你給他一點吃的。

我永遠記得這一幕。按時間推算，我看到這一幕的時間應當是一九七二年十二月十七日的下午到黃昏。

## 三　我的兵團兄弟

《綠洲》雜誌的朋友們，總是如期將新出的雜誌寄給我。每一本雜誌都會引起我好幾天的惆悵。那些普通的字眼，例如條田、轉運站、春小麥、油葵、康拜因、史達林一百號、翻漿地、夏潮地、沼澤地等等這些字眼，別人也許僅僅只將它看做字眼，但是在我的心中，它也許是一陣痙攣，一聲哭啼，一種深陷其中久久不能自拔的情緒。

於是我在某一次收到雜誌以後，惆悵了幾天，寫出了一段一萬多字的文字，名字叫〈我的兵團兄弟〉。我記下在那個非常時期，我眼中看到的兵團人。我說，在那個險惡的時刻，我們曾並肩撐起白房子那五十五點五平方公里的陰霾四布的天空。

我說，好幾次中蘇戰爭一觸即發，邊境一線進入非常時期，拖家帶口的兵團人，男人們從大車上卸下了馬，背著老式的花筒衝鋒槍，在邊界遊弋，女人們則把家中的一點破爛打成包袱，坐在家門口，準備後撤。

我說，這期間，我曾經從白房子到一八五團團部去過一次。我眼睛所見，沿途這些兵團村莊，都好像面臨一場大劫難的前夜的景象，如死亡一般的靜寂，雞不叫，狗不咬，孩子們也知趣地閉上了嘴巴，眼睛裏露出恐怖的神色。

男人們打仗去了，騎著劣馬挎著老槍，像唐・吉訶德一樣去迎接界河對面轟轟發動的坦克裝甲車。那情形我不敢用「滑稽」兩個字，我只能用「悲壯」二字。那些家庭婦女們將值錢一點兒的東西，包在一個包袱裏。人就坐在包袱上，隨時準備撤離。傢俱無法帶走，就在門口的沙地上挖一個坑，將它埋起來。在一家門口，我看見一戶人家將手搖縫紉機賣給一個遊牧過來的牧人，價錢是三十元。

孩子們仍然在上學。從一所小學校裏，傳來孩子們歌唱的聲音。那聲音有些低啞，有些壓抑。童聲在這塊草原上迴盪著，這聲音叫我有一種想哭的感覺。

在文章的結尾我這樣寫道：

「我用這篇短文向我認識的每一個兵團兄弟致敬。我獻上我對那塊土地的熱愛和對你們的熱愛。時過境遷，那一段日子已經不復存在，並且日漸為歷史所塵封，後來的人們已經不會知道那些為共和國承擔過巨大責任的那些普通人們的事情了。但是我們有責任讓人們知道。

「自離開那塊爭議地區，二十多年來我一直沒有回去過。不過總有一天我要回去的。最近我寫了一篇文章：〈請將我一分為三〉。我說，假如有一天我死了，請將我的骨灰一分為三，一份撒入我故鄉的渭河，一份撒入我生活和工作過的延河，一份撒入我駐守過五年的額爾濟斯河。

「是的，我將回到那塊土地上。我將乘著馬穿過那鋪天蓋地的葵花地，穿過那一個又一個的兵團村莊，我將向每一個熟悉的和不熟悉的面孔深深祝福。額爾濟斯河春潮氾濫時期那喧囂之聲，裏面會有我年年的歌唱。」

文章寫成以後，《解放軍文藝》的朋友們打來電話約稿。這樣，徵得他們同意，〈我的兵團兄弟〉一文，在《綠洲》和《解放軍文藝》同時發表。

文章引起了強烈的反響。「但是我們有責任讓人們知道」這句話，令讀過文章的兵團人感動。

我服役地方的兵團人是農十師。這樣，我收到了農十師文聯主席杜元鐸先生的邀請信。他請我到他們那裏去，爲文學作者講一次課，還說他和我原來的部隊聯繫過，還和阿勒泰軍分區聯繫過，他們也知道我，並歡迎我重返老部隊去看一看。

老杜的話叫我激情難捺。

離開新疆已經二十三年了。這些年，隨著老境漸來，我年年說去新疆，但是總是說說了事。也許這樣延捱下去，我此生是再也沒有機會踏上那魂牽夢縈的白房子了。我如果聰明的話，應當當機立斷才對。

於是我向遙遠的位於北屯的老杜打去了電話，告訴他我一定去。

二〇〇〇年七月十四日，在這個炎熱的日子裏，我乘坐火車，踏上前往新疆的旅途。和我一起去的是一家雜誌的記者陳旭，一個剛走出大學校門不久的能幹而有才華的年輕人。

## 四　這一次的路途

那一次坐的是拉牲口的鐵悶子車，這一次坐的是設有空調的客車。

那一次用了五天四夜的時間，這一次按照列車表推算，只用不到兩天兩夜的時間。而據說今年十月一日火車提速後，還要更快些。

那一次車上坐著的，是一個面色蒼白的孱弱青年，他臉色茫然地望著世界，他混跡於一群不著標誌的草綠色人群中，他的體重是一百零二市斤。這一次車上坐著的，是一個大胖子，體重一百六十五市斤，是一個牙齒脫落，兩鬢斑白的老者。

那一次車上坐著的，是一個有無限前途的人，是一個有無數充裕時間可供揮霍的人。這一次車上坐著的，是一個油即將乾燈即將熄的人，是一個時時躲進回憶中的人。

二十八年的歲月啊！

從西安出發，經寶雞、天水、定西、蘭州、武威、張掖、玉門、嘉峪關、敦煌、哈密、吐魯番，即達烏魯木齊。

鐵路線串起這些地名，簡直像用一根木棍兒串起一串兒糖葫蘆。

列車還要繼續開，它的終點站是奎屯。而據說鐵路線到奎屯以後，還要經博樂抵達阿拉山口。這就是那條著名的歐亞大陸橋，它的終點是荷蘭的鹿特丹。

但是我們是在烏魯木齊下車的。兵團農十師的老杜三天之後來這裏接我們。

沿途所見的山，形態各異。我們的行走，簡直是一次對山的檢閱。

蘭州以東的山，屬黃土高原。山體支離破碎，平庸、單調、一色的蠟黃。今年是中國中西部百年一遇的大旱，這裏也沾了個大旱的邊兒。川道裏的麥子只有一尺多高，恐怕連籽種也收不回來了吧！川道兩邊的大山不見一絲的綠色。

蘭州以西的山，是石頭山。山勢變得險峻起來，裸露的岩石，是赭紅色的，像被火燒過了一樣。至烏鞘嶺，山更高更險，山頂像一束束烏黑的花朵，兇險、猙獰。

過了張掖以後，川道變得寬闊起來，山勢也變得平緩起來。山坡上能見到綠色的草。漫平的山坡上，有斑斑點點的馬群牛群在吃草。人們說那裏正是匈奴古歌裏唱到的「失我祁連山，令我女兒無顏色」的地方。現在這裏是山丹軍馬場。

敦煌往西，山變得又矮小了。山只剩下了一個骨架。億萬年的日曬雨淋風吹，將山石一層一層地剝離，這是山變得低矮的原因。

過了火焰山，進入東天山以後，兩邊的山峰又變得高大、雄偉、莊嚴。高大的山脈分列左右，一直陪伴我們到烏魯木齊。

祁連山也是天山，「祁連」據說是蒙語「天」的意思。

晚上八點半，車到烏魯木齊，新疆經濟報的朱又可和一心書店的李志民來接站。用飯以後，我們歇息在西北飯店。一心書店就在西北飯店的地下室裏。我答應我從阿勒泰回來以後，在這裏講一次課，題目叫「熱愛新疆」。

## 五　烤肉攤前老段的一句話

晚上通了三個電話。

第一個電話，是給北屯的老杜打的，告訴他我們已經到了。

第二個電話，是給新疆軍區創作組的周濤打的，告訴他我明天上午去看他。

第三個電話，是給當年邊防站的指導員張吉林打的，告訴他我明天下午去看他。

張吉林是陝西安康人，一九六三年的兵。原來在新疆軍區警衛團。一九六九年鐵列克提事件後，警衛團充實到中蘇邊界各邊防站去，他去了北灣。我在北灣邊防站當兵那五年中，他正是我的指導員。

我離開後，他調到阿勒泰軍分區維護連當指導員。後來轉業，到八鋼家屬單位。先在八鋼經警中隊當教導員，後來在八一鐵廠當黨委書記，再後來，擔任八鋼的組織部長。幾個月前，年齡到線，離休。

長期以來，我一直和指導員保持著通信聯繫。可以說，這是我和白房子的最後一點聯繫了。

今年春節期間，我們幾個居家西安的前白房子士兵聚會。聚會的地點是一家烤羊肉攤。我們中的一個戰友是下崗職工，眼下夫婦倆開了個烤肉攤。

雖然同時居住在一個城市裏，但是我們彼此並不知道。只是經過許多年的尋找，才一個串一個，在今年的春節聚在了一起。

烤肉攤前輕煙繚繞。我們張開肺葉，張開全身的毛孔，貪婪地呼吸著烤肉焦糊的味道，呼吸著孜然味和膻味。我們大口吃肉大碗喝酒。我們永遠的話題是那遙遠的白房子。

在吃烤肉、喝啤酒的過程中，一位年紀最大的戰友突然端起酒杯說：「當年如果發生戰爭，我們幾個現在肯定是在一座烈士陵園裏的！」這話說得大家好一陣子不說話。

最後，我們抓起電話，給遠在烏魯木齊的指導員打電話。

我這次來，還帶來我們幾個的合影，送給指導員。

除了見指導員以外，我還想見見指導員的女兒。

老指導員的女兒，在烏市工作，多年前，她看了我的一篇叫〈遙遠的白房子〉的小說後，曾這樣問她的父親「你們真的曾經在那麼兇險，那麼可怕的地方待過嗎？」領導員在信中將她的這句話告訴了我，而我，爲姑娘的這句話流了淚。

## 六　走近白房子的第一步

按照約定，下午我去八鋼看望當年的指導員。

我感到白房子越來越近。感到自己正向一團巨大的沼澤地走去，向我的青春的年代走去。我聽到了遠方的呼嘯聲。我有一種驚悸的心情。我有一種一步一驚的感覺。我的心裏直打顫，手直哆嗦，眼睛也有些潮濕。

遠方的朦朧的白房子哪！

我曾經無數次地走近它，但那只是在二十三年的每一次的夢境中。而這一次，是真真正正地向它走近。我得硬著頭皮向它走去，別無辦法。

我努力地要求自己平靜。

我對自己說：你已經不是個孩子了，你應當有成年人的感情，應當懂得約束自己。

早在西安，當行程決定下來之後，我就明白該給指導員打個電話了，而且最好是能夠約他同行。那一整天，我都在家裏煩躁不安，尋找各種藉口，來推遲打電話的時間。後來到晚上的時候，我終於鼓起勇氣，撥通了「〇九九一」那邊的電話。

電話那邊沒有人接。指導員一家可能是週末外出了。這叫我像死刑犯遇到特赦一樣，長長地出了一口氣。

「不是我沒有打，是那邊沒有人接！」我對自己說。

到了烏市住下以後，我又鼓起勇氣給指導員家裏打。

這依然是晚上。電話裏是一個女孩子的聲音，她說她爸爸到樓下散步去了。聽這樣說，於是我鬆了一口氣。我留下了房間的電話，請指導員回來後給我打。

半個小時以後，電話打來了。電話裏傳來一個新疆男人所特有的那雄性的、磁性的聲音。我對著電話說，一個白房子的老兵，來向他報到。

八鋼距烏市太遠，指導員的家我又從來沒有去過，所以指導員請當年邊防站的副連長、如今在烏市工作的張良興來接我。車上還有張連長漂亮的女兒。這女孩子曾經是烏市的兩百米跑冠軍，現在在新疆大學上學。

張良興告訴了我許多故人的消息。他說一排長找了個兵團的姑娘，如今在北屯，二排長找了個地方上的姑娘，如今在阿勒泰。他還說，連長的兒子現在也是軍人了，在吉木乃邊防檢查站。

每一個故人的消息都令人想起一堆事情。

最叫我驚訝的還是連長的兒子的消息。我的一篇叫〈馬鐙革〉的中篇裏曾經出現過這個當時一歲的男孩。這篇小說記載了中國人民解放軍最後一支騎兵作戰部隊，位於鹽池的騎二團撤銷時的情景。騎二團是我的那個部隊的前身之一。

記憶中，或者說在我的小說中，連長從內地叫來妹妹爲他帶小孩。那姑娘是個農村姑娘，穿一件粉紅色的確良上衣。姑娘嫌一個人寂寞，於是老領著孩子往戶外跑。中亞細亞中午的毒太陽將孩子曬得烏黑發亮。爲此，連長夫人常常站在門口，一手插腰，訓斥這姑娘。

記憶中，或者在我的小說中，我稱連長夫人爲「大洋馬」，稱連長的妹妹爲「小洋馬」。

這個當年剃成一個光腦袋，曬得烏黑發亮的一歲男孩，如今也已經長大成人了。生活變化得多快呀！

## 七 一個排是如何變成兩個排，甚至一個連的

見到了指導員。

見到了和平環境下的指導員。

他從一幢白色樓房的四樓向我們招手，這樣我們走進了他家。三室一廳，住得還算寬敞，屋子裏十分整潔。他和老伴已經在幾個月前退休。我見到了嫂夫人，見到了他們的兩個女兒。我不知道是哪個女兒，當年看了我的那個白房子小說後，向指導員提問的。我沒有問。

我打量著指導員，他也打量著我。偶然的時候，他的左腮幫的肌肉會猛烈地抽搐幾下。這叫神經官能症，當年他站在佇列前訓話的時候，一談到加強戒備，左腮幫的肌肉就會抽搐。

最初的時候雙方都有些隔膜，有些害羞，都在小心翼翼地打量著對方，試探著對方。

我原來設想一見面的時候，也許會有熱烈的擁抱，然後有拚命壓抑住的一聲男人的痛哭。但是沒有，一切都很平靜，平靜得甚至有些異樣。大家都在努力地從現在這個角色走

入白房子角色，這需要時間。

我是一九七七年四月十日離開白房子的。算起來，我和指導員已經二十三年沒有見面了。

記得臨離開白房子的那一夜，我去上了最後的一班夜哨。下哨後，見連部裏還亮著燈光，原來是指導員和我的幾個就要復員的老鄉在一起說話。

如豆的煤油燈火苗照著指導員的臉，左半邊臉上的肌肉在猛烈地抖動。他一改往日的出語謹慎，淒然地說：「你們走了，好！離開這地方了！我還不能離開，打了幾次報告上面都沒有批。」

離開連部後，那一夜我們坐在自己的行李上，一夜無眠。看到那些傻乎乎的新兵們，就要頂替我們的崗位，看到指導員那張蠟黃色的時時抽搐的臉，我們的心裏又一陣陣難受。

第二天早晨臨離開時，白房子籠罩在一片驚天動地的哭聲中，我們哭得爬不上卡車，於是，新兵們在後邊托著屁股，將我們推進車裏。

當卡車揚起灰塵，在戈壁灘上走了很遠以後，我還看見指導員領著又一屆的新兵，站在沙包子上向我們揮帽告別。

我在好幾篇文章中說，指導員是我遇到的最好的直接領導。而指導員也在此刻說，我是他帶過的最好的兵。

二十三年的時間形成的那種陌生感，是在酒桌上，在「伊力王」的幫助下打破的。

三杯燒酒下肚，借助酒力，我說了一句調侃的話。

我說，嫂夫人年輕的時候，一定是八鋼的一枝花，瞧現在已經徐娘半老了，那身段，那長相兒，還是經看。

八鋼的辦公室主任接過了我的話頭。這頓飯是他請的。主任說，指導員當年來八鋼支左，帶來的是一個排，帶走的是兩個排，如果再遲走幾天，就變成一個連了。

主任還年輕，他說的這話，是看了我在《中國轉業軍官》雜誌上寫的文章。我在那裏一期一章，寫過一組白房子人物，有指導員、連長、副指導員、副連長、儲醫生等等。主任說的那件事，就是我文章中說的。

那事不是我的創造，而是白房子時期這些大兵們掛在嘴邊的一個話題。這話題一屆一屆的兵都要說。在那孤寂的邊防站生活中，這個話題曾帶給我們多少快樂呀！

指導員聽了這話，臉色一紅，趕快否認。他說他當年帶一個排來，是嚴格執行政策的，只是後來到了邊防站，找不下對象，才重新跑回八鋼來找。

我追問道，那你是在支左時認識嫂夫人的，還是離開後經人介紹認識的。

指導員承認在八鋼時就認識。

聽了這話，我鼓掌一笑說，那這就對了，就等於承認這是事實了。

指導員無可奈何地搔搔頭。

話匣子就是這樣打開的。我們就是這樣走向那遙遠的年代的。

# 八　孤島，或者綠茵草地

隨後我們敞開心扉，聊了許多的話。當然主要聊的是白房子。一件一件的事情從我們的眼前掠過。每一件往事都是以「那已經是很久很久以前的事了」開始，然後再用這句話結束，並且在結束時伴以長長的一聲歎息。

有一個重要的問題，憋在我心中已經整整二十多年了。

這就是界河在流入額爾濟斯河時，河口地面形成的那一塊綠茵草地問題。

我艱難地比劃著，詢問他知道這件事嗎？

我話還沒有說完，他脫口而出：你說的是那座孤島嗎？

是的，我說的正是那塊類似珍寶島一樣的小小孤島。不過在我的記憶中，習慣上稱它爲綠茵草地。

看來指導員知道這事。而且像我一樣牢牢地記住了這事。

綠茵草地的事情是這樣的。

那時我已經是老兵了。夏天的一個星期一，我替換馬倌放馬。當我在半夜時分將馬放出，隨著馬遊牧到比利斯河附近時，天色已亮。這時我折身回來，去照看邊防站的牛。牛不需要人放，也不太需要人管。牠們早上出去，晚上乘著暮色回來。馬倌唯一要做的工作，一是每天晚上到牛棚裏清點一下，二是防止牛群越界。

我在哈薩克牧工的氈房裏多喝了幾杯奶茶，乘馬出來時，茫茫草原上不見一頭牛的蹤影。我找了一陣，找不到，於是打馬到瞭望台底下去問。瞭望台上的哨兵說，牛群已經全部進一號口去了，進去已經有幾個小時了。

一號口就是河口，即大河與界河的交匯處。那一塊地面，被參天的大樹，茂密的灌木，和一片一片的蘆葦叢所覆蓋。那是一個兇險的地方，除了晚上有時候潛伏，平時我們誰也不到那裏去。

我策馬前行，鑽進樹林子，順著野豬踩出的道路，約摸著方向，走向河口。好一陣子之後，一條藍汪汪的大河出現在我的馬蹄下。這河彷彿冥界之水，那麼靜，那麼神秘。這就是那條著名的額爾濟斯河。

另有一條淺淺的細流，成九十度的直角注入額爾濟斯河。我想這就是界河了。

接著我發現，這淺淺的水流不是一條，而是兩條。在界河注入額爾濟斯河之前，水流分成了兩股，兩股水流中間圈起足球場大的一塊綠茵草地，或者用指導員的話說，叫「孤島」。

白房子的那些該死的牛，正安安靜靜地在孤島上吃草。

我無法斷定這孤島是中國的還是蘇聯的。

雙方的國境線以界河爲界。按照國際法，以界河爲界的國界，如果能夠舟航，國境線就以河流的主航道爲界，如果不能夠舟航，它則以河流中心線爲界。

但是河口這分岔的兩個小河，都一模一樣地寬，因此我不能決定哪一條是界河。也就是說，我不能判定這塊足球場大小的綠茵草地，到底是我們的還是蘇聯的。

這塊綠茵草地是某一年額爾濟斯河春潮氾濫時期形成的。大水漫灌到岸上很遠的地方，大水過後，便形成了這塊尷尬地面。

我決定過河去趕那群牛。

河水很淺，馬蹄在水中濺起水花。我一陣大顛❶就過去了。然後，我在綠茵草地上轉了一個半圓，攔住那最前頭的牛。

可是牛不聽使喚。我趕得滿頭大汗，牛們還是兜著圈子不忍離去，後來，有一頭母牛衝著額爾濟斯河下游，蘇方的縱深，「哞哞」地叫著，揚起頭來向我示意。這時我才發現，原來還有另外的一些牛，跨過另一個三分之一界河，跑到更遠的地方去了。

那天我騎了一匹好馬，這使我膽壯。而那些牛們將要面臨的命運，又使我心疼。前一段時間草原上出現了一批不明來歷的高頭大馬，蘇方否認這些馬是他們的。於是，中方用班用機槍，將這些馬集體槍殺在一個沙窩子裏，站得住的原因是擔心這些馬有口蹄疫。再早一些還有一件事，中方發現了兩隻不明來歷的羊，從原路送回，結果，蘇方就在界河邊上，用汽油將牠們活活燒死了。

當越過那另一個二分之一界河的時候，我有些膽怯。

此一刻這塊地面上靜悄悄的，如同鬼域，只有藍汪汪的一河春水伴著我。中亞細亞的毒太陽在天空炙烤著，讓我的腦門有些發昏。我在我的白房子傳奇中，曾經提到過邊境線上這樣的中午，雖然那個中午是一個世紀之前的事了。

我在小說中說，此一刻，沙皇尼古拉二世正在摟著自己的老婆或別人的老婆睡覺，慈禧太后正在西逃的途中，天高皇帝遠，有誰會注意到邊界上此一刻發生的事情呢！

我的馬挖起了蹦子❷，順額爾濟斯河直下。記得我說過我騎的是一匹好馬。

一邊是河水，一邊是茂密的森林。灌木叢裏有著許多的明堡暗堡，明堡暗堡裏有著許多的窗子，這些窗隨時有理由射出子彈，因爲這是在蘇聯領土上。

頭頂上則是一座黃土山。黃土山上並排排列著八個雷達，這些雷達據說可以監測到中國內地蘭州軍用機場的飛機起落。雷達發出「咔咔咔咔」的聲音，令人心悸。

我飛奔過去，攔住跑在最前面的那頭牛，並且用馬靴照牠的大肚子上狠狠地踢了一腳。這是一頭大駛牛。牛是一種聰明的動物。這頭大駛牛早就知道自己闖禍了，正在等待著這一腳，現在這一腳踢下來，牛立即折回頭了。

所有的牛都折回頭了。現在我趕著這些牛往回走。

後來我突然看見我的左手，樹林子遮掩處，有五個打馬草的人。他們揮動著大刈鐮，一下一下地打著。他們把外衣脫掉了，掛在樹上，那外衣是蘇軍的軍裝。他們現在穿著的，是一種斜開領的T恤衫，這種衣服，我在托爾斯泰的小說中、蕭洛霍夫的小說中都見過。

這五個打草人是蘇聯兵。

他們也在我發現他們的同一刻發現了我。

那天我穿著襯衣，光著頭。瞅見我騎著馬走來，他們最初以爲我是蘇方的阿拉克別克邊防站爲他們送午飯的，於是停止割草，拄著鐮刀，向我喊叫。

接著他們看清了我的眉目。

他們一個就地臥倒，臥倒之後，見我只是一人，又沒有武器，於是又爬起來，到樹下去取他們的槍。

我嚇壞了。

我再也顧忌不了這些該死的牛了。我一叩馬刺，馬飛奔起來。而那些該死的牛，也像受了驚嚇，爭先恐後地跑開了。

我的耳後傳來拉動槍栓的聲音，但是沒有開槍。

我的馬是一匹好馬。牠載著我越過二分之一界河，越過綠茵草地，越過另一個二分之一界河，越過一號口的密林，一直衝進白房子邊防站的黑色鹼土圍牆，才停下。

牛也一個不剩地跟著我回來了。

氣喘吁吁的我走進連部，指導員正在值班。看見我驚魂未定的樣子，他左半邊臉的肌肉嘟嘟地抖動起來。

我敘述了我越境的經過。在敘述中不停地看著門口，生怕那五個打馬草的蘇聯兵再闖進來。

在敘述完以後，也許是鬼迷心竅了，我說，要不要將那塊綠茵草地的事情彙報給上面去，給我們的九百六十萬平方公里的土地再增加一點。我說，按照邊防政策，邊界上地形地貌的每一個細微變化，都要向上級報告，何況現在，是界河在這裏分岔，形成一塊綠茵草地。

後來我停止了說話，因爲指導員一直沉默不語。

他顯然在緊張地思考著。能聽見他急促的呼吸聲，能看見他的半邊臉在猛烈地抖動。

後來是他打破了沉默。他裝著漫不經心地問：「真的有這麼一塊——『孤島』一樣的地方嗎？珍寶島戰役就是這樣開始的！」

我說確實有這麼一塊地方，這是我的目擊！

「那麼，有必要將它向上級彙報嗎？」他有些鄙夷地問我。

我說按照邊防政策，咱們得彙報的。

指導員沉吟了半晌，顯然他已經做出了決定。做出決定的他，半邊臉不再抖動，而是顯得異樣的平靜。而他對我，也顯得突然地親昵起來。他說，這事他知道了，報不報是他的事，這你就不用問了，以後這孤島的事，也就不要再去說它了。

指導員後來大約並沒有向上彙報，因爲白房子依然相安無事。

白房子邊防站沒有向上彙報，而對方的阿拉克別克邊防站，大約也並沒有向上彙報。包括這塊孤島，包括我的越境，便成爲一樁永久的秘密。

這真是一種偉大的默契。

我常常想對方邊防站的管事的，也一定是一個老謀深算的傢伙。

直到我離開白房子的那一刻，摸摸自己的頭還在脖子上長著，我才明白了指導員那個決定的重要的意義。他令這白房子的幾十名可憐的士兵免去了一場殺戮之災。

如果彙報上去的話，那麼珍寶島和鐵列克提之後，中蘇邊界衝突也許會出現第三個地名：白房子！

我在後邊將要講鐵列克提事件。鐵列克提事件就是由於決策部門懵懂無知形成的。當邊防站將電話打到新疆軍區，詢問能不能到那塊爭議地區巡邏時，接電話的是一個參謀。

他問：「那塊領土是我們的嗎？」

邊防站回答說：「是我們的。在中國版圖之中，況且，我們的牧民祖祖輩輩都在那裏放牧。」

參謀一聽勃然大怒，說道：「那還請示什麼！既然是我們的領土，那麼，我們任何時候、任何情況下都有權利去那裏巡邏！」

這樣，鐵列克提三十一名官兵踏上死亡的征途。

鐵列克提的故事放在以後再說。

在告別指導員的時候，我說我到白房子以後，一定要到河口去看看那個孤島。

❶騎兵術語。馬的中速運動姿勢。膝關節彎曲，四蹄交替落地，如行雲流水。

❷騎兵術語。馬的高速運動姿勢。前蹄懸空，猛往前縱，如同螞蚱一樣，一點一點地飛躍。

# 九　兵團人

十八日下午我去了兵團。《兵團日報》和《綠洲》的朋友們約我吃飯。

他們告訴我十九日出發。老杜已經給我把日程排滿，到北屯待兩天，到哈納斯湖待兩天，到一八五團待兩天，到一八六團待兩天。

我同意他們的安排。但是我說，一定要讓我到邊防站待兩天，看看碉堡，看看戰壕，看看瞭望台，看看一號口、二號口、三號口，看看我當年扛過的那個六九四〇火箭筒，現在是誰在扛著，看看我當年騎的那個額上有一點白的馬，現在是誰在騎著。

飯局上，看著兵團人那一張張熱情洋溢的臉，我想，我也許要用很長時間，才能克服障礙，將今天的兵團人和二十幾年前的兵團人聯繫起來。

正如我費了許多的努力，才將今天的指導員和二十幾年前的指導員聯繫起來一樣。

我記得他們穿著各式各樣顏色的軍裝，破爛不堪。這軍裝有土黃色的，像電影上的國民黨潰兵穿的道具服裝。有綠色的將校呢，那服飾的肩頭還有掛肩章的兩條帶兒，記得一八五團五連的連長，一個山東老兵就穿這樣的服裝，不過這服裝已經十分的陳舊，滿是塵土，太陽又曬得它發灰發白，那連長穿在身上，一副怪模怪樣的樣子。還有人字呢的軍裝，人字呢如果洗得發白，會很好看的，但是，服飾的主人根本沒有心情洗它，於是這人字呢又黑又髒，像掛在人身上的一堆活動的抹布。

在那個險惡的年代裏，兵團人用自己的血肉之軀在漫長的邊界上堆起一座肉體的長城。

我永遠忘不了一九七四年三月十四日蘇聯武裝直升機越入我境那一次，我看到的兵團人的情景。

鬍子拉碴的男人扛著老式的步槍，騎著從馬車上卸下來的老馬（光背馬），紛紛地走向邊界。女人們將家裏的一點破爛，用床單打成一個包袱，然後坐在包袱上，手裏拖著孩子，準備撤退兩廂。

勇敢而苦難的人們哪！

我永遠忘不了那個炎熱的中午，中亞細亞的太陽猛烈地炙烤著，我扛著鐵鍬，到兵團的條田裏去爲邊防站的菜地要水。

一個面孔黝黑的女人站在春小麥地裏，扛著圓鍬，穿著長統雨靴。她那件褪了色的花格子襯衣才叫我看出她是一個女人。我告訴她我是邊防站種菜班的班長，想給菜地裏要一點水。她聽了，默默地用鐵鍬戳了一陣，於是，水汩汩地流向了菜地。

她問我是哪裏人，我回答說是陝西兵。我問她是哪裏人，她說她的家在遙遠的天津，她是一九六五年來支邊的，邢燕子那一撥。「你們知道邢燕子嗎？」她問。

我現在記起來了，在我的白房子傳奇中曾經寫過有一次邊防站放電影，兵團用馬車拉來一些人來看。我將一位大嫂讓進班裏，讓她坐在鋪邊喝水，大嫂的孩子，則在床上亂滾。突然，孩子望著白色床單上那一團一團的東西，問媽媽這是什麼。孩子說：「這一個像中國地圖，那一個像世界地圖。」媽媽臉紅了，她訓斥了孩子一頓，恰好這時電影開演了，這個尷尬的話題才算結束，女人領著孩子看電影去了。

我小說中的那個女人，就是她。

我這裏說的是一八五團的兵團人。我那時候只能看到他們。

在兵團司令部，我還得到一個驚人的史料。

這史料是，我居住過的那遙遠的白房子，竟是兵團人在一九六二年修的。

哦，我的白房子！哦，我的兵團人！我現在才明白了，爲什麼我對兵團人有著如此深沉的一種情愫。我們是一根線上拴著的兩個螞蚱，我們是難兄難弟，我們共同支撐了那一塊白房子天空。而這白房子竟是兵團人建起來的！

兵團農十師從各連中抽調了出身好，身體強壯，打過仗的農工，組成三個連隊，給每人發了一枝槍，五十發子彈，四顆手榴彈，一條乾糧袋，然後說，要去執行一項緊急任務，得半個月時間，結果，將三個連隊拉到了這裏，佔領和駐守在這塊五十五點五平方公里的爭議地區。

這三個連隊後來又帶來家屬，組成一八五團。

一八五團在給自己蓋房子的同時，給這塊爭議地區蓋起兩座邊防站，它就是克孜烏營科邊防站和白房子邊防站。

這是一九六二年伊塔事件以後的事。一九六三年五月，兩個邊防站開始駐軍。

在兵團，接待我的兵團文聯的曹主席感慨萬端地說，這些事情總有一天要有人將它寫出的。我說，這一天已經到了，而寫出的人就是我。

隨著我的向白房子的走近，我還將要寫許多的事情。而一八五團進駐白房子爭議地區的事情，我也許還將要詳寫。

## 十　當年走進白房子的經過

明天就要出發了。我寫了以上的文字。現在已經是北京時間凌晨四點了，我得將這些文字寫完。因爲我的思緒像流水一樣，一旦流過去了，也許就再也拾不回來了。

窗外是烏魯木齊散淡高遠的夜空。

經過一天的曝曬以後，這塊綠洲此刻正在深沉地呼吸。熏風吹來，夾雜著烤羊肉串的香味。林陰樹則在隱隱綽綽的光線下僅存一個剪影，這剪影靜謐而美麗。這座中亞城市的夏天幾乎沒有夜晚，天黑得很晚，天明得很早。

明天就要去北屯了，聽說現在到北屯，只用一天的時間就夠了。

當年我們從烏魯木齊到哈巴河，用了五天的時間。

第一天歇在石河子。第二天歇在奎屯。第三天歇在克拉瑪依。第四天歇在布爾津。第五天到達哈巴河縣城。

我們是在蘭州穿上皮大衣，在烏魯木齊穿上氈筒的。

穿著氈筒的我們，笨頭笨腦，一搖三晃地走在烏魯木齊結冰的大街上，像一群哈熊❶。

走幾步以後，襪子就溜到了腳心。

那一火車皮的兵們，女兵們留在了烏市，現在只剩下一些男兵了。

男兵們被用幾十輛大卡車裝了，冒著漫天風雪開往中蘇中蒙邊界。

一輛大卡車上坐著三十六個人。三十六個人坐成四排，屁股底下坐的是自己的背包。大家成兩排面對面坐著，穿著氈筒的腿像鍥子一樣互相交錯在一起。

開始時車上裝不下。接兵的站在雪地上喊：使勁擠，怎麼能裝不下呢？況且，靠在一起暖和。在訓斥中，終於最後一個兵也爬上了卡車。

雪原上有著像蝴蝶一般上下翻飛的雪片。除此以外，沒有任何景物。偶爾，風雪中，有一個哈薩克牧人，騎著馬，穿著黑色的燈心絨上衣，腰紮皮帶，頭頂三耳皮帽，像一座黑塔一樣在風雪中靜靜地站著。

路途中我感冒了。

加上暈車，於是我翻腸倒肚地大吐起來。

當第一口穢物從胸膛裏奔湧而出的時候，我不知道該把它吐往哪裏。情急之中，我把皮手套從手上褪下來，將穢物吐在手套裏。

腿被死死地鉗住，根本無法挪動，而我又不能將穢物吐到對面人的臉上去，因此，我選擇了手套。

我真能吐。開始吐出的是沒有消化的飯食，飯食吐完後，接著吐出的是黃水。這水又酸又苦，好像是苦膽破了一樣。我一邊吐一邊痛苦地呻吟著，我真不知道自己還能不能繼續活下去。

沒有多久，我的兩隻皮手套就被穢物全部填滿了。

爾後又凍成兩個冰坨。

在奎屯兵站的時候，我艱難地爬上凳子，將這兩個冰坨放在火牆的頂上。第二天早晨起來時，冰坨消了。我撿起手套，將穢物倒掉。穢物臭氣熏天。

手套我繼續拎在手中，踏上路途。

這一天又繼續往手套裏吐。

車在行走著。坐在車上我們懵懂不知。不知道車輪要載著我們到哪裏去。我們問接兵的，接兵的說，到了地方你們就知道了，現在，你們應當做的，是得先有個迎接危險迎接艱苦的心理準備。

在布爾津兵站，那個有著美麗白樺林的地方，我在白色牆上看到了一張地圖。

我在地圖上找到了布爾津，用指頭點著這個小小地名，我嚇了一跳，大聲地喊起來。因爲這裏離邊界線，只有牙長一點距離了。

但是接兵的說，還得走，前面有個地名叫哈巴河，新兵將在那裏集訓三個月，然後還得往前走，直到邊防站。

就在我大聲驚呼的時候，有一個一塊坐車來的新兵沒有喊，而是悄悄離開兵站，越過布爾津河冰封的河面，穿過白樺林，然後頂著漫天風雪，順著我們來時的道路往回跑。

那時候珍寶島和鐵列克提硝煙還沒有散盡，邊界一線還籠罩在一片恐怖中。這個新兵雖然是農村出身，但是也知道這一點。

吃晚飯點名的時候，發現少了一個新兵。這時有人報告說，看見一個新兵順原路跑回去了。於是，接兵的開上大車去攆，在距布爾津十公里的地方，追上了這個新兵。也就是說，這老幾已經跑了十公里路程了。

這新兵後來在阿勒泰軍分區做飯，他後來成爲學習毛主席著作的積極分子，四處講演，講演的故事就是他這次愚蠢的逃跑。

❶學名為棕熊。維吾爾族、哈薩克族人等將之稱為哈熊。

## 十一　這一次沿準噶爾盆地東沿行進

二〇〇〇年七月十九日早晨北京時間十點，烏魯木齊時間八點，我們從烏市出發，坐一輛桑塔納，八個小時以後，到達農十師的師部所在地北屯市。

同去的除記者小陳以外，還有兵團的作家錢明輝。路途中，老錢說了一句重要的話，這話叫我震驚和耽於沉思。面對我重返白房子時那說不清是痛苦、說不清是悲壯、說不清是懷戀的複雜心情，老錢說，法國人加繆說過：文學是回憶和仇恨！

我在這句話面前驚駭萬狀。我感覺到了這句話，但是我不能理解這句話。他說得對嗎？這個可怕的加繆。

來接我們的是老杜的漂亮女兒王君。她在烏市上大學，學的是主持人專業，暑假時專門待在烏市，等著接我們。她漂亮極了，簡單極了，像一匹蹦蹦跳跳的小牝馬。當我喊她「老杜家的瘋丫頭」時，她會不高興地撅起小嘴，當我喊她「老杜家的白雪公主」時，她會高興得一下撲進你的懷裏，伸開雙臂抱住你的脖子，然後在你的肩膀上狠狠咬一口，記者小陳的肩膀就是這樣被咬破的。我比他幸運，肩膀上只被瘋丫頭咬出兩排牙印。

簡單是一件多麼美好的事情呀！

過去年代的陰霾已經在這一代人身上一點都沒有了。她們像一縷陽光，一道白色幻影。記得在見到老杜的時候，我說：「讓我們祈誓，叫我們的下一代人要有個好日子過！」說這句話時我熱淚漣漣。

我們是從吐烏大高速公路一直向北的。

「吐烏大」是新疆人的驕傲。記得一九九八年年底到北京，當談到大西北的交通時，新疆作家周濤面露得意之色，他「嘖嘖」兩下舌頭，說道：「我們那個吐烏大呀！那個棒呀！嘖嘖，我嘛親自走過一趟！」

見我笑，周濤問爲什麼笑。我說是「親自」這兩個字把我逗笑了。

「我真這樣說過嗎？」周濤有些不好意思。

如今我也親自走這吐烏大。

「吐烏大」是指這條高速公路東起吐魯番，中樞站是烏魯木齊，爾後北至大黃山。公路像一支離弦的箭一樣，筆直地指向北方。烏魯木齊綠洲越來越遠，公路兩邊又變成了荒涼、寥落、曠遠的景色。這裏依然是天山山脈，與我們平行的那山脈是北天山。

到大黃山時高速公路完結。不過前面的路面依然是不錯的：筆直、平坦、視野遼闊。

這路筆直得叫人感動。在這筆直的行走中，我想起俄羅斯作家普里什文的一句詩一樣的話：人類所做的所有的事情，都是爲了筆直的道路而鬥爭！

不過在想起普里什文這句話的同時，我又不無遺憾地想起另一句話。這句話是德國作家赫塞說的。赫塞說：每一條道路都是彎路！

後來公路進入一個黃羊保護區。經過一段擁擁擠擠的大沙包子以後，地貌又恢復成平坦的戈壁。戈壁灘上的植被較前面所見要多一點和高一點。一束束紅柳勻稱地散佈在戈壁灘上。

保護區也沒有見到一隻黃羊，只是見到幾峰駱駝，在遠遠的山腳下吃草。這是家駝。牧人們將牠們放在戈壁上，什麼時候需要使役，才騎上馬來尋牠們。有時一放就是半年。在整個的路途中，也僅僅見過不到十個人。有一個人是牧羊人，有三個人是修路工，另外幾個人是東區油田的人。這一切告訴我們，這塊偌大地面仍然處於荒原狀態。

越往北走，天空和大地越來越變得安詳和寧靜。

中亞細亞的陽光，熱烈、潔淨、燦爛、夢一般照耀著這廣闊平坦的原野。地貌也顯得十分的平和和安謐。較之河西走廊的乾燥和窮山惡水，較之東疆地區反覆無常的酷熱和張牙舞爪的大山，這塊地面明顯地得益於北冰洋濕潤氣流的呵護。

保護區走完以後，接下來看到的是一片奇異的紅山。袖珍狀的山一叢叢地排列，從我們的眼前鋪向遠方。山的顏色潮濕而鮮紅，像玫瑰花的顏色，更像古代仕女們臉上的紅暈。

後來右手方向出現了巍峨的阿爾泰山。接著，我們看到遙遠的天際有碧綠的白楊林出現。這白楊林是額爾濟斯河兩岸的林帶。

汽車在一個分岔路口，從這裏直向正北，奔阿爾泰山，奔額爾濟斯河而去。

行進中，我當年曾經歇息過的那些城市，諸如石河子、烏蘇、奎屯、克拉瑪依等等，一直沒有出現，這叫我納悶。我的目光呆呆地望著窗外，等待與它們重逢，但是沒有。我甚至懷疑這是不是走向我要去的那地方。

我問司機。司機說，這叫東線，我當年走的那一條路叫西線，西線的路正在修，回來時大約就可以走了。他說兩條路的距離一樣遠。

直到我最後在哈巴河查看地圖之後，才弄清這東線和西線是怎麼回事。

原來，新疆的北疆地區有一塊偌大的盆地，叫準噶爾盆地。盆地的核心部分叫古爾班通古特沙漠。所謂東線，是沿著盆地和沙漠的東沿向北走，所謂西線，則是沿著盆地和沙漠的西沿往北走。

這情形，正如新疆的南疆地區有一塊塔里木盆地，盆地的核心是塔克拉瑪干大沙漠一樣。

據說，這兩塊盆地曾是連在一起的，後來由於地殼運動，天山山脈高高聳起，才將它一分爲二，並因此將天山以北稱北疆，天山以南稱南疆，天山以東的吐魯番、哈密地區則稱東疆。

又據說，在更早的時候，這一塊地面統統爲一塊大洋所覆蓋，地質學將那大洋叫準噶爾大洋。

我期望回來的時候，能走西線。

終於看到額爾濟斯河了。河流與阿爾泰山成平行線行走，原始白楊林順著河流蜿蜒穿過戈壁，它那墨綠色的葉子在陽光下熠熠閃光。此處的河床和河流較之我駐守過的額爾濟斯河入境處，則要小得多了。

哈薩克人在河流與公路的交匯處，蓋起十多家簡陋的餐館。我們在這裏一人吃了一碗拉條子拌麵。

汽車又風馳電掣般行走了一陣後，北屯到了。

就這麼說到了就到了，這叫我感到困惑，感到不能接受。我努力地要自己相信：北屯到了，阿勒泰城到了。

# 十二　老杜的三句名言

一進入北屯，我便開始變得迷迷糊糊了。我感到自己進入了一塊奇異的地域，和接觸著一群熱烈的、奔放的、有些自負的、充滿理想主義色彩的人們。

應當誠實地講，在北屯，我才真正地瞭解了兵團人。瞭解了他們的生活方式和思維方式，瞭解到他們在過去年代所承受的艱苦和做出的犧牲，透徹地感受到了他們那種孤傲的藐視天下的騎士性格。以前我只是從遠處看，得其一鱗半爪而已。

在北屯我接觸的第一個人是老杜。這大約是阿勒泰這一塊地面最大的作家了。他有著許多的故事。他有一個充滿自由氣氛的家庭，夫人十分賢慧，瘋丫頭除了我們前面見到的君，還有個小的，叫杜瑞，聰明透頂。她每天要喝一斤酒，少喝一口便熬不過這一天。她是河南羅山縣人，一九六五年兵團招人，自願報名來的。

老杜身上充滿了一種「兵團情結」。

老杜說兵團人是「偉大的公民」。他說這話是一個叫何康的農業部長，一九八四年到一八五團視察時說的。面對鋪天蓋地的蚊子，這位部長一邊拍打著，一邊無限感慨地說，不要說幹什麼事，光能在這裏待上二十年，他就真了不起，他就堪稱共和國偉大的公民。

老杜還說兵團人是邊境上永不移動的界碑。

老杜的第三句評價更有意思。他先說兵團人是最無私的奉獻者，獻了青春獻終身，獻了終身獻子孫。說到這裏，他拖著河南腔，調侃地說：學什麼孔繁森呀，每一個兵團人都是一個孔繁森。

在後來的日子裏，我發現老杜掛在嘴邊的這三句話，其實每一個兵團人都在說著。農十師的聶副師長說過，一八五團的那個小陳姑娘也給我說過。

也許只有我，這個在那個時期和兵團人並肩爬在淒涼的國境線上的昨日白房子的士兵，才能理解這三句話所包含的那種崇高感和崇高感背後那一腔的酸楚。

在過去，正是靠這種崇高感支撐他們熬過歲月的。而在今天，支撐起兵團人那高貴頭顱的，依然是這種崇高感。

兵團人也許是這個世界上最後的一批偉大的理想主義者，一群現代的唐·吉訶德。新疆的兵團人有兩百四十萬。哈，兩百四十萬還生活在理想主義之夢中的現代的唐·吉訶德。

也許所有說這三句話的人都明白，在說這些話時，有一種自我欺騙自我安慰的味道。但是面對自己的老境漸來，面對目前外面的物質社會，面對自己的貧困，這是可供躲藏、可供保護自己高貴心靈不受打擊的最後的堡壘。

年輕人大約已經不這樣自我欺騙和自我陶醉了。在酒桌上，當老杜在激情四射地大發宏論的時候，旁邊坐著的《北屯日報》的一個姓楊的女編輯，卻始終一聲不吭，她超然地坐著，以憐憫的目光注視著她的上一代人。席間她曾經要說話，但是話說到半截，又停止了。我鼓勵她說下去，她對我搖了搖頭。

這女孩子有修養，她不願意打破酒桌上這夢一般美麗的氣息。

在頂山一八二團，那個小夥子聲嘶力竭似的聲音也叫我驚心。我們的車要走了，青年跑到車上和每個人握手，遲遲不願下來。最後，車走了，望著塵土揚起的車，他說：外面的世界很精彩，可是——我們的世界很無奈！

「我們老了，讓孩子們有個好的未來吧！要讓孩子們感覺到，人來到這個世界上，除了受苦受難之外，他還有享受生活的權利！」

在北屯的街道上，我兩手分別拖著老杜的兩個丫頭，邊走邊對老杜說。

寫到這裏時我眼睛有些潮濕。

## 十三　一八五團是如何進駐和屯守白房子爭議地區的

北屯是在地球上無中生有而產生出的一個城市。

一九五八年秋天，兵團副政委張仲翰將軍開著一輛破舊的嘎斯車，來到這裏。登到平頂山上，攤開地圖比劃了一陣，張將軍站起來，手指眼前這一片空曠的原野說，這裏是阿勒泰六縣一市通往烏魯木齊的交通咽喉，農十師的師部就設在這裏吧！

北屯的建立，農十師的駐防，宣告新疆全境的剿匪工作結束，宣告新疆這塊民族區域自治地區進入全面建設。剿匪的最後的槍聲正是在這塊荒原平息的，許多農十師的老兵都參加過剿匪。匪首烏斯滿正是這阿勒泰人。

不獨北屯，大約新疆的許多城市，許多的地名，都是這樣在張仲翰將軍一輛嘎斯車的驅使下產生的。

不久以後我們去過的一八二團的那個頂山，亦是如此。

張將軍驅車來到了這裏。他指著眼前這個矮山說，將它叫「頂山」吧，於是戈壁灘上這個突出的小山從此有了名字，並於不久後出現在中國地圖上。

那座荒涼的乾燥的戈壁灘上駐紮的是一八二團。

在我的匆匆的行旅中，我感到這乾渴中的一八二團活像一條被甩在戈壁灘上的魚一樣。將軍決策完，走了，留下來這一團人得活命呀，於是他們從遠處引來烏倫古河的水。將戈壁灘和沙丘開闢成條田，掙扎著使自己活下去，並且在這土坯房中做愛，生出這荒原的第二代，第三代，一直到現在有了第四代。

不管是在北屯，還是在頂山，人類在這裏麇集，人類在這裏居住，完全與這裏是否適宜人類居住這個先決條件無關，它純粹是出於軍事上的考慮。

那塊白房子爭議地區一八五團的設置，更是如此。

當在烏魯木齊的兵團司令部，得知我當年駐守過五年的白房子，我今天越過二十三年的時間和四千公里的空間就要去重新造訪的白房子，竟是兵團一八五團的人修的，我在那一刻多麼感動呀！

作爲一名白房子的老兵，我更爲關注一八五團進駐和屯墾那塊惹是生非的爭議地區的事情。在北屯的日子裏，我走訪了許多人，我得到的情況如下。

一九六二年伊塔事件後，中蘇兩國交惡，蘇聯策動我大批邊民外逃。伊犁、塔城、阿勒泰地區，逃往蘇聯境內的邊民達六七萬人之眾。當時有兩個邊境縣，全縣跑得只剩下幾百人。其時，兵團迅速在邊境一線設立團場，阻擋邊民外逃。事件平息後，仍就地駐紮，屯墾戍邊。

較之別的邊境團場，一八五團的境況則更爲險惡一些，因爲這裏是爭議地區。

從阿爾泰山大沙山方向同時流下來兩條小河，一條叫阿拉克別克河，一邊叫喀拉蘇自然溝。在中國的地圖上，阿拉克別克河是界河，在蘇聯的地圖上，喀拉蘇自然溝是界河。於是中間形成一塊五十五點五平方公里的爭議地區。這塊爭議地區沒有名稱，在我的小說中，它叫白房子爭議地區。

爭議地區是什麼概念呢？

概念就是這塊地面上不能升國旗、奏國歌。概念就是這塊地面蘇聯認爲是他們的領土，他們隨時都有理由將這地面上的不論什麼人消滅掉。

確實正如我在烏魯木齊所知道的那樣，農十師的三個連隊，是在懵懂不知的情況下，被派往這一塊地區的。

農十師從各團抽調了一批骨幹，每人一枝槍，五十發子彈，四顆手榴彈，一條乾糧袋，然後汽車拉了，星夜趕到哈巴河。在發乾糧袋的時候，首長告訴他們，是去執行一個緊急任務，最多半個月時間，就可以回來和妻子兒女團聚。

他們到哈巴河縣城的時候，縣城裏的人幾乎都跑光了，據說連縣公安局長都隨邊民們跑出去了，空盪盪的縣政府，只剩下了一個縣長。縣長嚇得晚上不敢睡覺，要他們留下一個連，守住縣政府，重機槍晚上就架在大門口。

隨後他們趕往白房子爭議地區。

在白房子爭議地區，他們做的第一件事情是阻止邊民外逃。這些亦兵亦民的大男人們手拉手，在邊境線上站成一個散兵線，不准任何一個人，任何一頭牛、一匹馬、一隻羊跑過去。即使棒子打在身上，也絕不退讓。

第二件事情就是挖地窩子、蓋土坯房，做長期居住的打算了。因爲這時候上級來了指示，要在這裏設立新疆生產建設兵團第一百八十五團，換一句話說，他們這一撥人就叫一八五團。

兵團人在來到這一塊爭議地區以後，在爲自己挖地窩子、蓋土坯房子的同時，奉命修建了兩個邊防站。這就是克孜烏營科邊防站和額爾濟斯河北灣邊防站。

這樣，連同原來就有的大沙山下的阿赫吐拜克邊防站，這塊地面上共有邊防軍的三個邊防站駐防。

我的那個邊防站就是額爾濟斯河北灣邊防站。因爲站址設在額爾濟斯河北岸，故此得名。後來刪繁就簡，稱北灣邊防站。

哈薩克人則稱北灣邊防站爲阿克邊防站，意即白房子邊防站。

在左宗棠的年代裏，這裏曾有過一個邊防站，就叫阿克邊防站。這邊防站後來廢棄。可是，遊牧的哈薩克人依然用舊名稱這樣稱它。

邊防站建好以後，便交給了部隊。

部隊於一九六三年五月開始駐守。

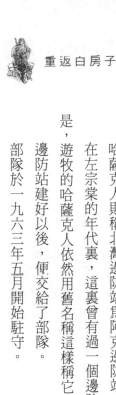

妻子和兒女們循著男子漢的足跡找來了，於是這地面上有了女人，有了小孩的哭聲。隨後又有支邊青年來，例如我看到的中亞細亞陽光下那面色黝黑的澆水女人，又有盲流人口來，充填這一塊地面。一八五團的人數達到四千兩百人。

一八五團人將自己的農工，編成六個連隊，自阿爾泰山腳下到額爾濟斯河河口，順著邊界線一字兒擺開。他們從此成爲這塊地面的用血肉之軀築成的長城。或如我們的老杜所言：成爲國境上永不移動的界碑。

人們告訴我說，一九七九年，由於中越戰爭，這裏曾一度十分緊張。上級動員家屬們後撤。一八五團的女人們，抱著自己男人的腿說：「我們不撤，要死讓我們死在一塊吧！我們不能丟下男人，自己走！」

祖國是什麼？責任是什麼？現在先讓我們把這些空洞的概念撇到一邊吧！僅僅爲了我們的女人的這幾句普通的話，我們也有理由在這裏堅守。

兵團的男人們抹了一把淚，躬身扶起自己的女人，然後，跨上光背馬，向邊界走去。男人那騎在馬上的佝僂的背影，如此悲壯，令人想起西班牙蒼涼高原上的唐・吉訶德。

「不要打破這些老一代的兵團人的那種崇高感和英雄夢吧，那太殘忍了。就讓他們在這種夢境中走到生命的終結，最後微笑地死去，化作戈壁灘上一座簡陋的墳墓。幸福是一種自我感覺，在這種感覺中死去是一件多麼美麗的事情啊！」

據說，每一個兵團團場都有一個十三連[1]。這「十三連」其實是戈壁灘上一片密密麻麻的墓地。

在十三連，在那淒涼的原野上，麇集著一群來自東西南北、操著南腔北調的人們。他們永遠地堅守在這塊中亞細亞荒原上了。他們的遊走的靈魂在早晨化作朝霧，在黃昏則化作晚霞。他們成爲這一處地面一道永遠的風景。每日每日，太陽和月亮輪番照耀著他們，向他們送去敬意和叩問。

上面引號裏的那一段話，是我在酒桌上半醉時，隨手記下的。我把這話先寫在餐巾紙上，爾後又來到北屯電視台，用濃烈的陝西話將那字念一遍，爾後，再回到自己下榻的房間，將這字抄到本子上。

抄完後，其時已是淩晨兩點，四周一片漆黑，北屯城在安靜祥和中漸漸睡去。遠處的阿爾泰山發出寶石般的光芒，近旁的額爾濟斯河，則喧囂有聲。

❶一個團按正常建制，只有十二個連的建制，所以兵團人把那些死去的人，叫「調到十三連去了」。

# 十四　北屯——年輕的童話城

北屯這一塊地面，古爲遊牧地。原名多爾布爾津，蒙語意爲氈子一樣的平地。桀驁不馴的額爾濟斯河，在其北；一座奇異的平頂山，置其南。

在兵團人在北屯屯墾戍邊之前，這一塊空曠地面上沒有一戶人家定居。偶爾，遊牧的哈薩克會在前往高山牧場轉場期間，在河邊搭起帳篷，但是，一旦額爾濟斯河河谷的蚊蟲一起，牧人們便連夜拔起帳篷上路。

西元一一九九年，一代天驕成吉思汗，曾在這裏集結六十萬鐵騎，西征花剌子模，並繼而拉開他的建立橫跨歐亞非的大帝國的序幕。

傳說這個張仲翰將軍攤開屯墾地圖的平頂山，就是成吉思汗當年閱兵的地方。

成吉思汗的六十萬大軍，沿著額爾濟斯河河谷、阿爾泰山腳下，扎下遮天蔽日的營帳。他們在這裏做了長時間的休整，爲西征準備。而今聞名遐邇的旅遊勝地哈納斯湖，當年就是成吉思汗隱蔽在友誼峰下的一個軍馬場。

當時此處通往西域的道路只有一條，那就是翻越高大險峻終年積雪的友誼峰。成吉思汗兵分兩支，一支在友誼峰集結，作佯攻的姿態，另一支則去打通伊黎河谷通道。伊黎河谷那時還沒有道路，河谷爲原始森林所覆蓋。

道路打通以後，兩支隊伍一支從伊黎河谷，一支從友誼峰，成鉗形直撲西域，直撲歐非大陸，鐵騎到處所向披靡，橫掃千軍如卷席。

嗣後我返程中在烏魯木齊，曾經在一心書店見過八個台灣人，這些人組織了一個追尋成吉思汗西征足跡遠征隊，由一個蒙古人帶領，徒步跋涉，他們已經在蒙古地面走了六個月，計畫這次到阿爾泰山去，爾後從那裏到哈薩克斯坦。他們計畫用三年時間完成這個壯舉。

北屯市有三萬多城鎮人口，有一條老街道，一條新街道。白色的樓房一幢挨著一幢，整齊地排列在街道兩旁。我們走時，城裏最高的一幢樓房，十一層的農行大樓正在封頂。

北屯人說，這座城市的房屋建設，經歷了四個階段。第一個階段是地窩子，第二階段是土坯房，第三階段是一磚到頂的紅瓦房，第四階段是現在的樓房。

推而廣之，可以說，兵團人建在荒原上的所有的無中生有的城市，大約也都經歷這麼幾個階段。

漫步在平坦而寬闊的北屯大街上，想到這裏四十二年前竟是一片戈壁和沼澤，這事總讓人覺得不可思議。覺得這座城市的出現像一個美麗的童話。

她多麼的年輕和美麗啊。

正午，中亞細亞的陽光熱烈地照耀著這座童話城。四圍金黃色的葵花地將小城簇擁在懷中。額爾濟斯河、克郎河、烏倫古河將小城纏繞。

小城的上方，天多麼的高多麼的遠。高高的天空像海一樣深藍，幾朵浮雲安詳地停駐在天邊。道旁的林陰樹是白楊。一株一株高大挺拔的白楊箭一般指向天空。白楊葉子墨綠，墨綠的葉子上灑滿斑斑點點的陽光。這種陽光下的白楊只有在印象派畫家莫內的筆下才能見到。

許多年後，不論世事怎麼變遷，朝代怎麼轉換，當人們在追溯這座城市的來歷的時候，追溯這一支人類之群因何原因在這裏麇集的時候，他們會記得這塊不知鐮鋤為何物的亙古荒原上，翻動第一鍬泥土的人，打出第一塊土坯的人。

拋棄所有的政治因素，僅此一點，就足以令這些光榮的創業者們流芳百世，足以令每一個路經此處的旅人，脫帽以禮。

在老杜的辦公室裏，我看到兵團的《農十師志》，這更堅定了我以上的看法。我曾經到過許多地方，接觸過許多的縣誌、州志、府志，它們那悠久的歷史曾引起我無限的遐想。

但是我要把我的最高的讚美，留給這座年輕的童話城！

# 十五　在阿勒泰城

從北屯市往北，跨過額爾濟斯河，直走六十公里，就是阿勒泰市。

阿勒泰與北屯的關係，很有趣，彷彿樓蘭城與米蘭市的關係一樣。兩千多年前漢文帝派刺客傅介子，刺殺投靠匈奴的樓蘭王，扶樓蘭王的弟弟耆即位。耆說，請漢室派一支部隊，長駐伊逎城（今米蘭），以爲佑護，於是乎漢室派出一支三十六人的部隊，屯墾伊逎。這應該說是新疆境內最早的屯墾之舉了。

阿勒泰是地區公署所在地，亦是阿勒泰軍分區所在地。

這是被阿爾泰山擱在臂腕上的一座美麗城池。一條清冽碧綠、一年四季叮噹作響的克郎河，從城裏穿腸而過，一座矮矮的叫「將軍山」的小山，背倚其後。

阿勒泰是中國緯度最北的一座城市。

阿勒泰也是我見過的最美麗的城市。

我可憐的足跡從來沒有抵達這裏。在我白房子的五年中，我像一個拴在拴馬樁上的馬一樣，一寸不離地守在那裏。我沒有因什麼公幹到過軍分區，也沒有因爲生一病住一次十六醫院。但是，阿勒泰這座要塞幾乎每一天都要被我們這些大頭兵提起。

我是一個昨日的士兵，我像一匹老馬一樣戀著舊櫪。我對老杜說，我得到阿勒泰軍分區去報一次到。

在軍分區的大門口，老杜給值班室打了好長時間的電話，值班室支支吾吾，既不說讓進，也不說不讓進。

這情景激怒了我。我搶過電話，對電話的另一頭說：「我叫高建群，我是一個退伍的老兵，我現在回老部隊來看一看。扯雞巴蛋，你是誰？你現在給老子開門！」

為了加重語氣，在說完上面的話後，我又重複了一句「扯雞巴蛋」。

門就這樣開了。

開門的原因大約正是因為「扯雞巴蛋」這句話。這是一個老兵油子才能說出來的話。這句話讓值班室確信這真的是一個老兵。

我步履蹣跚地走了進去。確實是步履蹣跚。五年騎馬生涯曾使我變成了羅圈腿。這羅圈腿又在城市的街道上走了十年之後，才重新變直。現在，不知為什麼，走在平坦的路面上，我的膝蓋彎曲、臀部後墜，脖子向前勾，又變成了羅圈腿。

政委是一九七一年的兵，河南兵。政治部主任是一九六九年的兵，陝西兵。參謀長是一九七二年的兵，山西兵。

我當兵那陣子，一九六九年兵是我的排長，一九七一年兵是我的班長，而一九七二年冬天這一屆兵，是和我一起入伍的戰友。因此，見到他們時，我感到親切。我說多穿一雙解放鞋就是老兵，在你們面前我是新兵蛋子。

政委看過我的書，並且能背誦其中的段落。能有這樣一個讀者我感到高興。創作的全部和唯一的目的，就是爲了讀者，能讓讀者說你的書不錯，還可以讀，這就是對你的勞動的最高的褒獎。

政治部主任叫張連樞，一九九二年從塔城邊防那邊過來的。是老邊防了。聽說他是一九六九年的兵，又在塔城，我說那時候鐵列克提事件剛剛發生，鐵列克提就在塔城境內，因此他當兵的那地方更緊張更危險。

張主任同意我的話。我的話引起他的共鳴和自豪感，也觸發他許多的感觸。他說那一屆兵很難接，眼看就要打仗了，但是陝西的漢中地區還是一次就給這裏送出了三千子弟兵。

那一撥的三千漢中兵中，如今風雲流散，就剩張主仕一個人了。他說他也年過五十，該回家了。回家也不準備再參加工作，離休算了，當了一輩子職業軍人，地方上他也不適應。

我問起我們那一屆兵的情況。

在問的時候，我想起當年那一列長長的鐵悶子火車，想起「男左女右」的哨子聲，想起幾十輛大卡車頂著風雪，向阿勒泰奔馳的情景，想起我的皮手套。

我們那一屆兵中，現在好像留下的也沒有了。

最後一個人幹到邊防四團的副團長，又轉到吉木乃縣武裝部當部長，然後在半年前轉業回內地，在家鄉的那個縣裏當一名副局長。

這人叫張向前，我認識的，他的小名叫「凱兒」。高高的個子，紅臉膛，留著個寸頭。他當兵那陣子在克孜烏營科邊防站。

張主任說，好像還有幾個老鄉，是搞技術的，現在還在。他說出了幾個人的名字，我搖搖頭，表示不認識，因此就不能肯定這是不是我們的那一屆兵。

張主任執意要我在阿勒泰住幾天。我說我現在是身不由己，我是兵團文聯請來的，我現在得聽杜主席的安排。

老杜說，行程已經安排好了，給農十師各團的宣傳科長們講兩天課，爾後去布倫托海一天，去哈納斯湖兩天，然後去一八五團，在團部待一天，在北灣邊防站待一天，最後去一八六團待兩天。

張主任掐著指頭算了一算說，忙完這些以後，恰好到「八一」了。到時，他們從一八六團接我到阿勒泰來，在這裏過個節，爾後部隊把我送到烏魯木齊，送上飛機。

我沒有拒絕，也沒有答應，我說到時候再說吧。

張主任真是一個好人，一個說話算數的人，後來我的「八一」是在哈巴河四團團部過的，張主任則專程趕到了這裏。

那一夜這位老軍人給我聊了許多的事情，他無意中告訴了我，我的戰友「華僑老梁」的故事，那個悽楚的故事我將在最後談，「華僑老梁」大約是那一火車皮新兵中經歷最坎坷和命運最悲慘的人物。這位老軍人還向我詳細地敘述了當年鐵列克提事件的整個經過，我後面專門要闢出一節來談鐵列克提事件。

如果沒有張主任與我那一夜談話，這本書將是不完整的，將會遜色許多的。我因此而感謝張主任，並有些後怕——他如果不來哈巴河的話？

我此生註定將遇到一些重要人物，張連樞就是其中一個。

# 十六　蕭飛將軍與四二二高地

這就是那著名的阿山要塞嗎？走在阿勒泰的大街上，我反覆地問自己。

在我的想像中，我一直把它與普希金《上尉的女兒》中的白山要塞聯繫在一起。那裏應當有著險峻淒涼的高山，有高高瞭望塔，有騎馬荷槍的夜哨兵，有威嚴的城堡，有要塞司令美麗的蒼白女兒，有快馬斥候不斷送來的戰鬥警報。

但是我們的阿勒泰城多麼的安寧啊！像一個慵懶的貴婦人那樣斜斜地臥在那裏。只有「將軍山」這個地名有時還能讓人悚然一驚。

阿勒泰軍分區建國初期曾短暫地沿襲舊稱，叫「阿山軍分區」。軍分區的第一任司令員叫蕭飛，聽老兵們講，這個蕭飛曾是王恩茂的老班長。

我沒有見過這位有著許多傳奇的江西老兵。我到白房子的時候他已經告老還鄉，在家鄉的那個村子裏當一名普通農民。記得在一九七五年的《解放軍報》第一版右下角，我見到一篇《將軍當農民》的報導，說的正是他。

蕭飛司令離開部隊是有原因的。他是犯錯誤回去的。他將蘇方樹立在四二二高地上的那根界樁，揮動斧子砍斷，從而違抗了上級的命令，按當時的情況來說「違犯的邊防政策」。

四二二高地正屬我服役的北灣邊防站管轄。它在額爾濟斯河南灣，跨大河大約二十公里。

過了大河，穿過白楊和白樺相雜的一大片林子，穿過一段約十公里的開闊地，便進入擁擁擠擠的沙丘地帶。最高的一座沙丘，軍事地圖上叫它四二二高地。從這裏再往前走二十公里，便與吉木乃邊防站的管轄區接壤。

我第一次巡邏時候掉馬，就是在四二二高地。我的掉馬的故事曾傳到遙遠的內地，傳到渭河邊我那小小的村子，傳到我的心驚膽戰的母親耳朵裏。

那個被蕭飛司令員砍掉的界樁，斜斜地躺在這個制高點上。它是西伯利亞紅松做的，一摟粗，兩米多長，已經有些斑駁。半截被沙子掩蓋著，半截露出地面。

一九六二年伊塔事件之前的這一段中蘇邊界，由於地形地貌的變化，已經模糊不清。那時候的中蘇兩國忙著舉杯交盞，互訴兄弟情誼，也沒有對這一點予以足夠的注意。

這條國境線叫一八八二條約線，是左宗棠主持簽訂的。

左宗棠帶著他的三千湘軍子弟兵，抬著棺材進入新疆，先平定南疆準噶爾部叛亂，接著收回北疆伊犁，繼而與沙俄簽訂一八八三條約線。

左宗棠是有功於這個國家的。一八八三條約線的簽訂，遏制了沙俄向中亞的領土擴張。

前不久我寫羅布泊一書時，查閱資料，發現那時的沙俄間諜已經深入到敦煌以西的廣大地區，沙俄總參謀部也已經繪製好軍事地圖，地圖將這塊偌大地面的每一條河流、每一處山崗、每一處小小的村落都繪製進去了。（甚至乎一八七六年進入羅布泊探險，從而成為近代羅布泊探險第一人的沙俄退役軍官普爾熱瓦爾斯基，他的羅布泊之行正是應邀為沙俄總參謀部繪製地圖。）看到這裏我捏了一把汗，這時懷著敬意想起左宗棠。

四二二高地這一塊地面，原來是以一條季節河爲界的。河水從西面的沙山方向流來，注入額爾濟斯河。後來這條季節河完全乾涸，接著河道爲流沙塡滿，變成戈壁灘地貌。因此，這一段的國界線究竟在哪裏，誰也說不清楚。

其實，國界線在四二二高地蘇方一側約十公里的地方。因爲在後來哈巴河縣武裝部組成軍民聯防指揮部，強行進入這一塊地方冬牧時，我曾扮成哈薩克牧民，蒙古式皮大衣口袋裏揣著兩顆手榴彈，到這一帶保護牧民們放牧。我們在距四二二高地正北十公里處發現了一根一八八三條約線界碑。

伊塔事件以後，蘇方一夜之間，迅速地在邊界上犁出鬆土帶，拉上鐵絲網，並在四二二高地上樹起一根松木界樁。

蕭飛司令員在一天夜裏坐著吉普車趕到了這裏。面對這一邊界異常情況，他十分憤怒。他認爲這是他的失職。邊民們哭訴道，他們祖祖輩輩都在那一帶放牧，那塊地面還有著他們祖先的墳墓。戰士們則告訴他，他們巡邏的路線也是在那遠處的地方。

司令員用報話機請示了上級。上級告訴他邊境無小事，事事有政策，這事須請示了總參再說。

但是憤怒的蕭飛已經不能忍耐。是夜，四二二高地上燈火通明，燈籠火把照耀著這一塊地面如同白晝，蕭飛司令員借來哈薩克人的斧子，要砍掉這根界樁。斧子借來了，無人敢砍，於是他親自揮動斧子，向界樁砍去。

「一人做事一人當，這事與你們沒有關係！」他對隨從人員說。

此後不久，他即卸職回鄉。

這就是阿勒泰軍分區第一位司令員蕭飛將軍在四二二高地上的故事。

我們每一次巡邏路經這裏，都要勒住馬嚼子，在高地上停立良久，說一說這位昨日英雄。落日西沉，黃羊飄飄忽忽地從眼前的曠野上一剪而過，遠處的大楊樹下，有蘇聯集體農莊的莊員在一揮一揮地打著馬草。我們面無表情地目睹這一幕，然後順原路返回。

蕭飛司令員當年砍那根木樁時，那個沙丘的高度是海拔四百二十二米，所以稱四二二高地。後來由於沙土的流失，在我離開白房子的前夕，高度已經降下五米，因此軍事地圖上曾一度將它叫成「四一七高地」。大約是出於對歷史事件的紀念和對故人的尊重吧，現在的阿勒泰軍分區的參謀長告訴我，這塊高地重新被叫成四二二高地。

作爲這個故事的尾事，參謀長還告訴我，那一塊邊界現在已經重新劃定，哈薩克斯坦主動地從四二二高地向後退讓了一百米。現在雙方在那裏樹立了新的界樁。

## 十七 我的兩次掉馬

按照日程安排，我不可能到四二二高地去看了。因爲這個季節去，得先乘著馬，從河裏游過去，或者坐汽艇到南岸，再上馬，然後還要再走一段路程。算起來，來來回回得一天的時間。

那根界樁還在嗎？能去那裏看一眼多好啊！在二十三年的時間流程中，那塊高地現在的高度變成了多少？現在的人們，知道那塊高地上曾經發生過的故事嗎？

我不敢想像。

我在邊防站時掉過好幾次馬。儘管哈薩克格言說，馬背上掉下來的是膽小的，而我的膽子並不小，但我還是掉過好幾次馬。

記憶最深的掉馬有兩次。

一次是四二二高地的掉馬，一次是臨復員時，在一號口那一片沼澤地裏的掉馬。

那年冬天我還是個新兵，是第一次騎馬，也是第一次巡邏。我的那匹馬額上有一片白，灰黑的，走起路來撂腳撂胯，活像一隻騾子。

牠早我來邊防站幾個月，是從伊犁八一軍馬場入伍的。在這次巡邏前我幾乎沒有騎過牠，牠也幾乎沒有被人騎過。當邊防站將牠分給我時，我只在幾個晚飯後爲牠洗刷，牽著牠出去遛遛，還偶爾地爬上牠的光背，繞著邊防站的黑土圍牆走過一陣。

牠還不會走[1]，也不會顛，挖蹦子也不太會。馬的這三種運動姿勢，牠都不會。不過根據牠的走勢，邊防站的哈語翻譯說，如果好好地壓上幾年，牠會被壓成一匹上好的大走馬的。

那一次，巡邏隊在四二二高地上停駐片刻，舉著望遠鏡勒馬四望一陣後，便掉頭返回。帶隊的是副連長，河南人，一九六四年的兵。

下了四二二高地，距離白楊林地帶有十公里的開闊地。開闊地上鋪滿了積雪。積雪很厚，上面凍成一個薄薄的硬殼。行走間，只見副連長打了一聲口哨，高叫一聲「來一個李向陽過草灘」，便騎著馬挖起蹦子，向那一片楊樹林跑去。

見副連長的馬跑開了，巡邏隊的所有的馬，便紛紛一陣嘶鳴，揚蹄撂蹶，跟著跑去。我的馬也被裹脅在其中。

可憐的我嚇得閉緊了眼睛。我用兩隻手緊緊地抱住了鞍子，身體在馬背上左搖右擺。我的屁股也沒有學會隨著馬的起伏而起伏，而是在馬縱身馳騁的時候，我的屁股實實地壓著鞍子，而當馬蹄落地時，我的屁股又被「騰」地彈起。

但聽到耳邊呼呼生風，我可憐地想：今天慘了，我的掉馬是不可避免的事了。

我真地掉了馬。

不過還有比掉馬更悲慘的事情。

掉馬以後，我的一隻腳還沒有離開馬鐙。當我仰身從馬背上滾落，落到地上以後，我的一條腿還被馬拖著，繼續往前奔。

這叫「拖鐙」，是騎兵之大忌。對於騎兵來說，這是一件最可怕的事情。

我被馬拖著走，我的腦袋在雪地上像犁一樣犁出一道雪浪花。

我的馬也被這種情形嚇壞了。野性未泯的牠，不知道身後到底發生了什麼事情。驚駭萬狀的牠，更加瘋狂地奔馳起來。

副連長他們發現了這情形。他們也被嚇壞了。奔跑中，他們勒一勒馬釵子，兜一個彎兒，試圖將我的馬攔住。

但是根本無法做到這一點。

十公里寬的雪原已經完了，前面是額爾濟斯河兩岸的白樺林和白楊林。那些粗壯的楊樹樺樹很多被牧民們砍了，地面上只留下一個一個半尺高的樹墩。

如果馬拖著我進入樹林子，那我的腦袋將不可避免地要撞到樹墩上。

副連長的馬快。他的馬和我的馬並駕齊驅，馬頭挨著馬頭。事後他說，他已經拔出了手槍，瞄準了馬頭，馬一旦進入樹林子，他將毫不猶豫地開槍。

可是沒容副連長開槍，我已經意外地得到解救了。

我的腳從氈筒裏拔了出來。

氈筒還在馬鐙子上掛著，隨著馬的疾馳一晃一晃，拍打著馬的右肋骨。而我已經解脫，靜靜地躺在草原上。

我騎在副連長的馬屁股上，回到白房子，完成我的第一次巡邏。

我那闖了禍的馬，則遠遠地跟在巡邏隊的後邊，最後也怯生生地進了馬號。

我的拖鐙的故事傳得很遠。傳到克孜烏營科，傳到阿赫吐拜克。阿赫吐拜克一位探家的老鄉，則把這消息帶給我那遙遠的小村。

另一次掉馬掉在一個叫「白鼻樑」的馬身上。

那是一匹烈馬，全身像火焰一樣是赤紅色，從額頭到鼻樑有一道白，像某一次閃電留下的痕跡。那是邊防站最暴烈的一匹馬。

那時我已經快要復員了。全邊防站的馬我都騎過，只是這匹馬我還沒有敢騎。這令我不甘心。一個陽光燦爛的春天的中午，戈壁灘上霧氣騰騰，我叫馬倌備好鞍子，我說我要騎牠。

騎上牠以後，牠明顯地藐視我。牠先像袋鼠一樣直直地立起來，我呢，俯身抱住牠的脖子。牠又以兩個前蹄爲重心，屁股猛地向上一掀，我呢，則兩腿蹬直馬鐙，背向後一靠，平展展地睡在馬背上。

白鼻樑見甩不下來我，便揚起脖子來嘶鳴了一聲，爾後，撩起四蹄，向戈壁灘上疾馳而去。

牠載著我瘋了一樣在戈壁灘上疾馳，可是就是扔不下來我。

我感到自己像在飛翔一樣。我大聲地呼喊著。我揚起雙臂，我用兩條腿不停地叩擊著馬的肚子。在飛翔中我的帽子被風吹落了，我也不去管它。界河對面蘇聯瞭望台的哨兵也站出來，手扶欄杆，向我大聲喝彩。

白鼻樑見狀，是徹底地憤怒了。憤怒的牠跑進一號口的沼澤地裏。沼澤地黑色的泥漿濺了我一身，可是，我仍然像一個口香糖一樣，牢牢地黏在馬背上。

牠後來是用這種辦法將我甩下來的。

牠鑽進了沙棗林。沙棗樹枝劈劈啪啪地從我的臉上一掃而過。我的臉上被劃出了血口子，胳膊也被劃破了，血流不止。

即使這樣，我仍然沒有被甩下來。

我緊緊地抱住馬的脖子，把頭深深地埋進馬的乍起的鬃毛裏。

但是最後，當又一枝粗壯的沙棗樹枝橫亙在我眼前時，我明白我得掉馬了，這匹馬今天是和我較上勁了。於是我從容地從馬的屁股上滾落了下來。

在滾落的同時，我吸取上一次教訓，雙腳先離開了馬鐙。

馬勝利了。牠跑出沙棗林，站在不遠處的戈壁灘上，注視著我。

我這時才注意到馬的後肚帶勒在了生殖器上。難怪牠今天這麼暴躁和瘋狂。

此後一直到離開白房子，我都沒有再敢碰過白鼻樑子。我承認我的失敗。

❶騎兵術語。馬的一種比走快、比顛慢的運動姿勢。小腿打直，大腿關節活動，後蹄踩著前蹄窩。

## 十八　白房子人物儲鼻子

在阿勒泰城，我還匆匆地去了一次十六醫院。

這個羅圈著腿、腆著屁股、佝僂著脖子的老兵，在阿勒泰城行走的時候，眼前祥和安寧的景象叫他感動。他想起了四二二高地，想起了與高地有關係的蕭飛司令員，由四二二高地，他又想起了自己巡邏時的那一次掉馬，由那一次，他又想到自己的另一次掉馬。

後來他突然又想起了「十六醫院」這個地方。在他的蒼白而又淒涼的白房子歲月中，大頭兵們常常提起十六醫院，那些有幸住過一次院的士兵，會將這十六醫院的各種故事，在嘴邊掛上半年。

在唾星四濺的渲染中，十六醫院被塗上了一層玫瑰色。

而說一句老實話，十六醫院的全部魅力，僅僅只在於那裏有一群身穿白大褂的姿色平平的女護士而已。

記得一位缺少兩顆大門牙的老兵說，他住院期間的一天夜裏，門外傳來女護士的敲門聲。伴隨著敲門聲，還有女護士那甜美柔和如夢如幻的聲音：你喜歡月光下的美人嗎？

望著嘴巴上有一個黑窟窿，說起話來咬字不真的這位老兵，我很懷疑他的這話的真實性。那時正放朝鮮電影「賣花姑娘」，老兵說的那一句，其實是「賣花姑娘」中的一句台詞。

但是不管怎麼說，僅僅這麼一句話，就足以令我這個沒有住過院的人對那地方產生嚮往。

還有一個故事說，有一次體檢的時候，隨著一個女護士的走來，脫得光光的大兵的那東西，直直地立了起來。女護士是個老油條，見了這場面，並不害羞，而是手執玻璃棒，走過來，說了一句「老實點兒」，然後那玻璃棒兒，朝那玩意上敲了一下。

這一敲不要緊，將那東西敲得從此蔫了下去。大兵的那東西從此再直不起來了。醫學名詞這叫「陽痿」，傷亡鑒定這叫「三等殘疾」。

好一個女護士，從此以後，自告奮勇，和那陽痿患者同床共枕，睡了三年，終於將那東西重新弄硬。女護士因此而立了個三等功，成爲那個時代的學雷鋒的積極分子，四處巡迴演講。

那大頭兵後來則提幹，並與女護士結婚。

這個或真或幻的十六醫院的故事，由一屆一屆的白房子老兵口口相傳，一直傳到我那裏，再由我又向後面的兵傳去。

不過十六醫院和白房子曾有過一個真實的聯繫，這也就是我爲什麼要到十六醫院去看一看的原因。

白房子有個儲醫生。他是浙江金華人，白淨面皮，高高的個子，軍裝的領子上夏天襯一個白領襯，冬天則襯一個毛線織的綠領襯。他是三醫大畢業的，軍醫大畢業後，自小生活在溫柔水鄉中的他，做夢也沒有想到自己會被分配到這險惡的白房子。

我們叫他「儲鼻子」。叫他儲鼻子的原因是，吃飯的時候，他除了吃自己碟子裏的一份菜以外，看見別人端著碟子出了飯堂，於是湊上去。「讓我看一看！」他說著，瞅你不注意，迅速地用手按住自己的一個鼻孔，一運氣，另一鼻孔則「滋滋」兩聲。

不管有沒有鼻涕流出來，這事都叫人胃裏難受。「不吃了！」端著碟子的人說。「不要浪費了，我來吃！」儲醫生笑嘻嘻端起菜，倒進自己的碟子裏。

「你真是個儲鼻子！」大家說。

孤寂的邊防站生活令待得時間長一點的人都成了賴子。

記得那時候每一次吃飯的時候，副連長和儲鼻子便一前一後走出了連部。副連長走一步趔一下屁股，放一個響屁。從連部到飯堂有二十米的距離，以佇列的標準步伐，每步零點七五米計算，副連長這一步一屁，得放將近三十個屁。誰知道他那麼些屁是從哪裏來的。後來我揣摸，他是把一個大屁分成許多小屁來放的。

副連長一步一屁，響屁連天。儲鼻子則跟在後邊，用筷子在碟子上敲出鼓點。一邊敲一邊還用醫生的口吻說：「放屁是胃功能良好的表現！」

儲醫生的對象就在十六醫院，那是一個姓聶的女護士，據說是伊犁軍分區司令員的女兒。

儲醫生除了偶爾給大家看看病以外，他在邊防站的主要的工作，大約就是給十六醫院的那個護士寫信。

白房子沒有郵局，所以，那幾年中，只要是外出的人，每個人大約都會爲他捎一封信出去。有些人是探家，走到那個地方，見有郵筒，隨手將信扔進去就行了。有的人是去阿勒泰，甚至是去十六醫院看病，那麼，他們一定要捎一封信去。那些偶然來一回的工作組，電影放映組，儲鼻子一定是不會放過他們的。

那時候只要邊防站那輛吉普車一發動，儲鼻子就緊張。他匆匆地給信紙上畫上幾句，然後交給司機。

按頻率，他大約是一個星期給十六醫院寄一封信。

有一次，由於倉促，信封沒有封口就寄出去了。幾天以後，他收到一封同樣沒有封口的信。信中語氣嚴厲，那女護士說：「難道你沒有封口的意思，是我們之間已經『事無不可對人言』了嗎？如果是這樣，那麼我也同意！」儲醫生接到信，開始鼻涕一把淚一把地給十六醫院寫信道歉。

他這次真的是有鼻涕流出來了。我看見的。

儲鼻子接信時的情形也很有趣。那時，一八五團那個穿郵差服裝的小夥子，大約每半個月來邊防站送一次信。郵差怕狗，站在大門外的那個沙包子上，勒住馬，大聲地喊叫著讓攔住狗。而邊防站那隻老白狗，只要看見不是穿軍裝的人，一律撲上去猛咬。

第一個出來攔狗的人一定是儲醫生。

那時只要一聽狗叫，儲醫生就滿臉幸福，激動不已。當然，狗並不單有郵差來時才叫，牠平時也叫，甚至有時一個獨自在那裏叫，這是發情，老白狗是一隻母狗。不過，由於邊防站來人少，一般來說，儲醫生即使撲空上幾回，總有一回，是在第一時間拿到這些信件的。

通常，儲鼻子一次會拿到好幾封信。看來，十六醫院那邊寫信的熱情一點不比白房子這邊的小。拿到信以後，儲鼻子通常會將信貼在胸口，貼上一陣，然後關起醫務室的門，一封封地看信。

十六醫院那姓聶的女護士的照片，我看過。一個紮著兩根羊角小辮的姑娘，著一身不佩標誌的軍裝，手拿一本紅寶書，騎馬跨襠，列成一個姿式。儲醫生說，這姑娘還會演戲，演的是「智取威虎山」中的小常寶。

這事後來吹了。

吹的原因是十六醫院的女護士嫌邊防站的小醫生政治上不要求進步。具體地講就是至今還沒有入黨。

儲醫生在我們班聲淚俱下地念了那女護士的絕交信。念完以後，又將這信交給我們，大家一個一個地傳著看。這女護士的文采叫大家驚詫不已。

絕交信說：「中國如此之大，人口如此之多，儲同志，相信你以後會找到比我更優秀的女人的！」

即使到了這種時候，儲同志給我們看信的目的，除了要散發自己的悲痛之外，另一個目的，仍是向我們炫耀那位女護士的才華。

儲醫生後來發誓要在十六醫院再找一個女護士，而且要再找一個分區司令員的女兒。他後來也終於得手了，找了另外一個，而且是哈密軍分區副令員的女兒。

我也見過這一個女護士的照片。這一個好像比上一個漂亮。如果說上一個像京劇裏人物小常寶的話，這一個則像京劇人物李鐵梅。當我將我的感受說出來後，儲醫生面無表情，他還是覺得前一個好。

這個女護士所以瞅中儲醫生，原因和上一個恰恰相反，她恰好是看中儲醫生沒有入黨這件事。這姑娘非但不要儲醫生進步，還拖他的後腿，動員他打轉業報告，並且說，只要轉業命令一宣佈，就和他結婚，然後和他一起回他的江南水鄉去。

儲醫生果然很快就轉業了。他是在那一年的冬天離開的。邊防站用雪爬犁子，將他送到南灣爭議地區的軍民聯防指揮部，指揮部再用史達林一百號拖拉機，將他送到哈巴河縣城。

往南灣去送的時候是我去送的。那天雪片很大，手掌大的雪片在白房子上空上下翻飛。

全邊防站人員站成兩行，儲醫生的雪爬犁子從中間穿過。他哭得成了一個淚人。

這就是我的白房子兄弟儲鼻子的故事。

這也就是我爲什麼對中國人民解放軍第十六醫院懷有一絲情愫的原因。

十六醫院的院子像一座花園。有兩幢白色的樓房，一幢是門診室，一幢是住院部。人們說，老房子已經沒有了。由於我原來沒有在這裏住過院，因此我也不知道它原來的情景，我的眼前只出現那些匆匆而過的女護士的身影，當然她們已經是二十多年後的護士了。

我不甘心，我總希望在這十六醫院能尋找到一點東西。於是我提出到病房裏去看一看戰士。

在病房裏我果然還是得到了一點東西。

我見到一個來自克孜烏營科的士兵，詢問他的籍貫，知道他正是我當兵的地方，勝利公社反修大隊的，於是我問：反修大隊有個傳奇式的哈薩克勇士，名字叫塞力克，這是我的一個老朋友。你知道關於他的消息嗎？

士兵告訴我，塞力克已經在一些年前去世了，墓地就在離白房子十公里的比利斯河畔。

聽了這話我嗟歎不已。我決定在我的白房子之行中，一定去拜謁他的墓地，並講述他的故事。

因爲在我的白房子故事中，如果沒有一個勇敢而豪邁的哈薩克人物，那麼這本書便不算圓滿。

# 十九　對一個女演出隊員廿五年的追蹤

我從阿勒泰又回到北屯，然後在北屯待了三天。

我講了半天課，其餘的時間，便是接待方方面面的人。我的接待完全是被動的。農十師文聯每年的辦公經費是五千元，今年給撥了一萬五千，所以老杜拿出這多出的一萬元，以辦會的名義邀請我來一趟。一萬元根本經不住花，所以每逢吃飯，老杜總是抱起個電話四處打，請人來安排飯局。好在他交遊甚廣，因此飯局總是安排得滿滿的。

這就給我辦了一件好事，令我坐著不動，就接觸到許許多多的人，用一句老話說：許多事情門裏窗裏，一齊向我湧來。

大家聚在一起，於是喝酒。每天不喝到個昏天黑地，不算喝好。新疆人的喝酒，名堂很多。「頭三尾四」這是最基本的了，除此之外，爲你夾一塊魚嘴唇，說這叫「唇齒相依」，你得喝一杯，爲你夾一塊魚背，說這叫「備感親切」，又是一杯，魚肚子呢，那叫「推心置腹」，還得一杯。最叫絕的是將一顆魚眼睛放進你的酒杯裏，那叫「高看一眼」，滿席間就高看一眼你，你能不端起酒杯一飲而盡嗎？

在一次的酒桌上，我遇到一個兵團人老周。他是農十師醫院的工會主席，也是被老杜抓來請飯局的好多人中的一個。

在喝到半高之際，當我在重複老杜的關於兵團人的三句話時，眼睛喝得紅勾勾的老周，將嘴巴貼著我的耳朵，說了一句重要的話：「告訴你一個秘密——世界是由我們這些小人物創造的！」

「是的，世界是由我們這些卑微的、可憐的、無香無臭、如草芥如螻蟻的小人物創造的！」

我站起來舉杯，爲這句話而舉杯，爲一群小人物而舉杯。我將這句話又高聲重複了一遍。然後大家碰杯。

這句由這個老兵團人的噴著酒氣的嘴裏混淆不清地說出的話，當時曾引起我巨大的感慨。我因此而那天喝得過量了，滿臉通紅，全身火一樣燃燒。

老周是一個到過白房子的人，這事叫我吃驚。而更加叫我吃驚的是，我的記憶中的許多白房子故事，到老周這裏都找到了最後的結局。或者用我當時在酒場上的話來說吧，就是「線頭在這裏挽上了一個疙瘩」。

舉例說吧，前面我談到的儲醫生原先的那個女友，即十六醫院那個姓聶的護士，老周竟然知道她的下落。

話題是這樣引起的。

酒桌上，老杜說我們去了趟阿勒泰，還說我情緒激動，執意要去十六醫院去看一看。這一說，老周立即接過了話頭，他說他明白我去看的意思，那裏有個姓聶的女護士，二十多年前曾經和北灣邊防站的一個人談過對象，這對象一定是我，我這次去十六醫院是去懷舊，是去睹物思人。

我聽了趕快否認。可是我哪能否認得了，滿桌的嘴都衝著我喊，我只好不言語了。

老周繼續說，那個姓聶的女護士，後來找了個兵團的人，現在定居在烏魯木齊。那男的好像是個文藝團體的人，以前也在農十師待過，因爲老周說起那人的名字，在座的人都知道。

老周甚至要抓起手機，給烏魯木齊那邊打電話。這事讓我制止了。

再舉個例子吧。我在〈我的兵團兄弟〉一文中，曾經提到農十師演出隊到白房子慰問演出的事，裏面特別提到一個唱「布倫托海打魚歸來」的小姑娘。老周聽了，又說他知道這事。他說，當年去白房子慰問演出，他也是演出隊的一員，好像還是個帶隊的，他說那個小姑娘他知道，小姑娘現在是農十師的工會主席。

允許我在這裏將〈我的兵團兄弟〉中那段話在這裏重複一遍。

「記憶中，農十師宣傳隊來邊防站慰問演出過一次。那是一群面黃肌瘦營養不良的姑娘。她們很可愛，那『布倫托海打魚歸來』的歌聲充滿柔情。記憶中，這些姑娘們特別能吃。邊防站的家底很厚，餐桌上的東西很豐盛。但是這些姑娘們風捲殘雲，餐桌上的碟兒碗兒很快就見底了。

「邊防站的副連長特意用一個大洋瓷碗，盛了滿滿一碗米飯，端給那個唱『布倫托海打魚歸來』的姑娘。米飯一層一層，用鏟子拍實，上面又堆成一個寶塔狀。副連長是想讓這姑娘出醜。誰知，那姑娘，端起碗來，一口氣將這碗米飯吃得一粒不剩。直看得副連長在旁邊目瞪口呆。

「姑娘們見副連長很有趣，於是晚飯後邀請副連長到她們的住處去打撲克。那時流行的撲克遊戲叫『五十K』，誰輸了給誰的臉上貼紙條。臉上貼的紙條最多的當然是副連長了。打的途中，有些熱，副連長就將帽子甩在了鋪上。

「打到半夜，散場的時候，副連長站起來，尋找他的單軍帽。鋪上沒有，那兩個姑娘站起來，摸摸屁股底下，也沒有。只有一個姑娘沒有站起來，就是唱『布倫托海打魚歸來』的那姑娘。副連長猜想，帽子肯定是在那姑娘的屁股底下了。他撓撓頭，不知道該怎麼辦才好。突然，那姑娘尖叫起來，而在叫的同時，另外兩個姑娘趕緊把副連長往門外推，嘴裏還喊道：『首長你快走吧！她來了！』副連長莫名其妙：『她來什麼了？』姑娘們尖叫道：『你白克一個，她來例假了！』副連長是有家室的人，『例假』這個字眼兒當然懂得，他一聽，嚇壞了，趕快就往外跑。隨著門『嗵』的一聲關了，屋裏傳來三位姑娘的暢懷大笑。

「這就是兵團農十師宣傳隊那一次留給人的溫馨而美麗的記憶。印象中，那也是我在白房子服役五年中，邊防站唯一住過女人的一夜。那一夜，姑娘們的房間門前都加了雙崗，界河邊也派了幾組潛伏分隊，為了騰房子，戰士們還擠在一起過夜。但是所有的人都很快樂，她們的那歌聲和笑聲，夠我們在此之後咀嚼很久很久。

「相形之下，新疆軍區文工團來的那一次，留給人的印象就不怎麼樣了。她們彷彿像一群從天上掉下來的人一樣。那個領隊的男幹部，喝了邊防站的第一口水，就咂咂舌頭說：『大家不要喝這北灣的水，提防拉肚子，這水是鹹的！我第一口就喝出來了！』

「幾個女演員去上廁所，蹲在茅坑裏，她們嘰嘰喳喳地說：『瞧，這地方還常有女人來，你看那坑裏！』此一刻，我正在廁所的另一邊，聽了這話，我大聲說：『這地方哪有女人來呀！你們蹲的那是幹部廁所！白房子沒有男女廁所，只有幹部廁所和戰士廁所，你們來以後，幹部廁所臨時改成了女廁所！』我說話的嗓門大約很大，將女演員們嚇了一跳。那邊悄沒聲息了。只有嗖嗖的小解聲。

「那一夜演出期間，蘇方邊界那邊，信號彈、照明彈、曳光彈、穿甲彈打得天空五顏六色，不時地還有警報器刺耳地響起。本來，軍區文工團準備在邊防站歇息一夜，第二日返回的，我們已經為她們騰好了床鋪。但是，邊界上蘇方的這些恫嚇舉動嚇壞了她們。演出進行中，大卡車已經發動，演員演完一個，臉也顧不得洗，就鑽進了車裏，演出一結束，她們就連夜離開這兇險之地了！

「爹媽也給了我們兩條腿，但是我們不能走。全邊防站列隊，眼睜睜地看著汽車的大燈消失在夜幕的深處，副連長喊了一句，要這天晚上加強警戒。完了，他還嘟囔了一句：媽的，她們命貴！」

這就是我記錄下的當年的故事。

算起來，農十師演出隊來白房子，應當是一九七五年秋天的事情，也就是說，距現在已經整整二十五年了。

在老杜的安排下，我見到了農十師的工會主席何勤。

「你就是那個頭上紮著兩根羊角小辮，唱『布倫托海打魚歸來』的小姑娘嗎？」望著眼前這個一身幹部裝束的中年婦女，我問。

我像在問她，又像在問自己。我努力地把眼前和過去聯繫起來。爲了刺激她的記憶，我還向自己的頭頂上指一指。

「帽子！帽子！一頂單軍帽！」我喊。

何勤主席終於說話了。

她說那一次慰問演出她確實去過，是坐船從額爾濟斯河順流而下，到達一八五團漁場之後，一八五團用馬車來接的。這樣，她們去北灣是坐的馬車。但是關於用大洋瓷碗吃飯，關於副連長的單軍帽，她說自己沒有任何記憶。

「那麼，『布倫托海打魚歸來』這支歌，是你唱的嗎？」我抓住最後一點線索問她。

何勤糾正說歌名叫「布倫托海漁歌」。

她說那歌確實是她唱的。不過唱歌的不是她一個人，那是一首女聲小合唱，唱歌的一共有八個人。

說到這裏的時候，何勤主席突然一拍巴掌說：「我知道你們說的那個姑娘是誰了，她叫張潤香，頭上紮兩根羊角小辮，能歌善舞，是演出隊的台柱子！」

何勤接著說：張潤香一九八六年在車禍中已經死了，她是從山東來的支邊青年。

我打了一個冷顫。這樣，我從這裏知道了又一個記憶中的白房子人物的最後的結局。

「這麼說，這個紮著羊角小辮的小姑娘，也到十三連報到去了！」我喃喃自語道。

## 二十　聶副師長一席話

農十師有個副師長叫聶玉成，陝西人。他原先曾經是一八五團的團長，去年調回來當副師長。那一夜，也是酒酣之際，在我下榻的房間，我們曾經有過一次長談。這是一個頭腦清楚的戰略家，關於兵團存在的重要性，關於如何加強兵團，他說了很多重要的話。儘管我是在努力地將我的白房子故事寫成一部紀實體小說，而他的話明顯地有些與體例不符。但是權衡再三，我還是無法捨棄聶副師長這些重要的話，於是乎將它簡略地抄錄於下。

他說，西部大開發，新疆兵團應當發揮集團軍作用，幹大事。只有兵團才有這種特殊性和優勢：一聲號令，兩百四十萬人一齊出動。

他說，應當將兵團現在的軍事力量、民兵組織堅持和擴大。

他說，現在真正搞分裂的是民族的上層分子。

他說，認識兵團，加強兵團。

他說，屯墾戍邊是新疆地區反分裂、反西化的重要一環。

他說，有兵團在這裏，老毛子不敢動，新疆分裂主義分子不敢動。

他說，一九六二年伊塔事件之後中央發佈的一〇一九號文件，沒有過時。

他說，王樂泉的父親、哥哥就埋在一八五團一營。

他說，從政治上，穩住兵團，發展兵團，壯大兵團。

他說，從經濟上，加大對兵團的投入，改善兵團的工作環境，生產條件，社會環境，調整利益關係。增加兵團的凝聚力、吸引力、號召力，才能增加它的戰鬥力，才能發展它的生產力。守住國土，建設好邊疆。

他說，如果出了事，才想起要加強兵團，那就遲了。

他說，農十師每年爲阿勒泰地區提供一千七百萬元稅收。

他說，要給兒女留一個安定的環境，要不，我們死不瞑目。

他說，兩千年來新疆境內歷朝歷代曾有過許多次屯墾，過去的屯墾沒有一次是成功的，他希望這一次能成功。

在北屯的萬籟俱寂的夜晚，在這中國大陸的偏遠一角，我用筆粗疏地記錄下他的談話。這是一個老兵團人深思熟慮過的話，是在經歷過許多事件之後的過來人的思考。我希望這些話能夠借助我的卑微的筆，傳到更遠的地方。

在傾聽聶副師長談話的時候，我想起中亞探險的先行者，瑞典人斯文·赫定在第三次羅布泊之行之後，受到蔣介石接見時，向當時的中國政府發出的那個警告。

赫定氏說，必須趕快修一條從西安抵達迪化的鐵路，如果現在還沒有力量修鐵路，那麼就先修兩條簡易公路，一條從西安穿過河西走廊抵迪化，一條從北京張家口過內蒙額濟納旗抵迪化。

赫定氏說，修建鐵路或公路的目的有兩個，一是加強邊疆與內地的聯繫，或者說白了，加強中央政府對新疆的控制，二是改變大西北的經濟拮据民不聊生局面。

赫定氏最後警告說：如果做不到這一點，新疆這片廣袤的國土，就有脫離中國版圖的危險。

我們知道，赫定氏的關於修築鐵路和公路的建議，在當時得到了部分的實現，在新中國建立之後則得到了全部的實現。

今天，我願意把這個老兵團人的關於「加強兵團」的呼籲，當做與赫定氏當年的那個警告同樣重要的一個警告，告訴社會。

真的一旦出事，那時再想動用兵團這股力量，那就遲了。因爲這些年來，兵團已經被削弱得大傷元氣了。據說現在決策部門已經明智地意識到了這一點，但是要加強它，恐怕還得一個過程。

# 廿一　錫伯渡的民族傳奇和家族傳奇

在北屯往上幾十公里的額爾濟斯河上游，有個古老的地名叫錫伯渡。它一度易名齊伯渡。兵團將它收入後易名西北渡。它現在則又恢復成錫伯渡這個名稱。

以上三個地名，都曾經在中國地圖上出現過。

錫伯渡與錫伯族人有關，與錫伯人那一次遷徙新疆有關。

十八世紀中葉，清廷平定準噶爾叛亂後，從東北瀋陽一帶十七屯中抽調一千零二十名錫伯族青年和他們的家屬共三千兩百七十五人，分兩批來伊犁戍邊。

乾隆三十年（一七六五年）春天，第一批出發的人，通過蒙古大草原從科布多翻越烏爾莫蓋提達阪後進入阿勒泰。

其時正值初夏，額爾濟斯河春潮氾濫，無法渡河。他們所攜帶的糧食已經不多了，而且人馬已經十分疲憊，遂決定在此做短暫停留。

這一個停留就是整整一個夏天。而額爾濟斯一帶有大量野獸出沒，河中又有北冰洋逆水而上的湧來不退的魚群。錫伯人多是射獵和捕魚的高手，因此他們在這裏度過了一個令人懷念的夏天，然後拔營繼續西行。

這地方遂被後人稱爲錫伯渡。

這地方遂成為前往阿勒泰城時必經的一個渡口。直到北屯公路大橋修築以前，它一直是這樣。後來大橋修成後，它完成了擺渡車輛的使命，主要用於擺渡前往阿爾泰山夏牧場遊牧的畜群。

兵團農十師新聞中心主任小于，拿出了一疊他在錫伯渡拍攝的照片，並且爲我講述了上面所談的錫伯渡的來由。

照片上的錫伯渡的艄公，剽悍、雄壯，年紀六十歲上下，手拄著路旁的「闊鄉牧道」字樣的石頭路標，眼望大河，一副沉思的樣子。

艄公叫莫合買提。

指著照片上的艄公，我對小于說，錫伯渡我知道一點，這個艄公的父親是山東人或者河南人，是在那遙遠的年代裏，步行走了三年，才從內地走到新疆，然後走到額爾濟斯河邊，走進一家哈薩克帳篷，被招贅爲婿的。

我的話令小于大大吃了一驚，他說艄公的父親確實是山東人，他也是最近才知道這件事的。他不知道我爲什麼二十多年前就知道這個家族秘密。

小于在錫伯渡長大。他是兵團的第三代了。

我在白房子當兵的時候，我們班有個民族戰士叫阿依同拜以的人，他就是這錫伯渡的人，按年齡推算，他應當是那個從山東過來入贅哈薩克帳房的老艄公的孫子，是眼前這個老艄公的兒子。

我正是從阿依同拜以的口中，知道這個家族秘密的。

阿依同拜以是哈語「三個巴依」的意思，他說他出生的時候，恰好有三個巴依從他家門口走過。

阿依同拜以的姐姐，曾經給在福海縣擔任縣委書記的賈那布爾當過秘書。照片上的姑娘，漂亮極了，像當年來中國訪問的尼泊爾國國王的王后。

在邊防站，我是火箭筒射手，阿依同拜以是班用機槍射手。我們曾同在一個班。

阿依同拜以騎馬的姿勢漂亮極了。歪著身子騎在馬上，馬兒一路大走，踏踏作響。他還爲邊防站趕過大車。趕的是那種平板車廂的馬車，一匹轅馬三匹稍馬拉著。裝得山一樣滿的一車草，晃悠悠地從戈壁灘上駛過，他盤腿坐在高高的草堆頂上，揮著鞭子，唱著歌。如果是空車，他則手扶著車前面的那個X形的木架，站在車上揮著鞭子吶喊，馬兒揚起四蹄，車子在戈壁灘上狂奔。

阿依同拜以早我一年復員。他如今不知道在哪裏？按照常規推算，他也應當在這一帶工作才對。

我沒有對熱情的小丁說我爲什麼知道錫伯渡的這樁秘密。我的心裏很惆悵。我只對小于說，能安排個機會，咱們去一趟錫伯渡，我想在那裏，尋找一個昨日白房子人物的蹤跡。

但是老杜將我在北屯的日程安排得很滿，那近在咫尺的錫伯渡，看來此行我是無法去了。

我想，如果誰能將錫伯渡的歷史寫成一部小說，那會是一部史詩的。寫一寫錫伯族向大西北遷徙的歷史，寫一寫那個勇敢的山東人跨過千山萬水，最後入贅哈薩克帳房的故事，寫一寫渡口的今天和這個家族的今天，那真的會成爲一部史詩的。

記得在烏魯木齊，一位年輕的作家告訴我，根據我們現在知道的情況，在新疆這塊土地上，曾經流行過十七種死文字。我告訴他說，這十七種泯滅了的文字本身就是一本大書，一本我們先民的風雲流散的歷史，一種來自遙遠年代的聲音，溯根求源，我們能從裏面找到許多古老的資訊，找到昨日的人類向今天的人類的遙遠的問候。

舉例說吧。

佉盧文西元二世紀時曾在阿富汗貴霜王朝風行，成爲官方文字，後來貴霜王朝滅亡，佉盧文變成死文字。然而，它卻又開始奇異地在新疆的羅布泊地區風行，成爲與漢文同時使用的官方文字。這說明了什麼呢？這說明了樓蘭人除了是從歐洲遷徙而來的古老高貴種族之外，二世紀時它曾有過一次大的人種融和，這塊中亞地中海慷慨地接納了阿富汗蒼涼高原上的遠方來客。

還記得，一九九一年的時候，在西安，張賢亮先生剛剛從貴州講學回來，他對我說，在貴州講學時，學員提問道，如何才能寫出深刻的、大氣的作品，他回答說，你們要去尋找歷史的斷裂帶，比如說吧，貧窮得連鹽巴也吃不上的苗族，爲什麼婦女們的頭上要盤上十幾斤重的銀首飾呢？這說明，這個民族過去曾經是生活在溫柔富貴中，一定是有過一次什麼不測，或者天災，或者戰爭，才使他們逃向荒野，淪爲赤貧。一個作家，如果他能將那段歷史挖掘出來，他就把這個民族寫出來了。

錫伯渡的充滿民族傳奇和家族傳奇的故事，它爲什麼如此地觸動我，原因大約也在這裏。

# 廿二　老排長

在北屯已經羈留得太久了。

我渴望風一樣疾走的生活。白房子就近在咫尺，可是我還在這裏慢條斯理地磨蹭，遲遲不能抵達。這真是一種精神折磨。

我的心在咚咚地跳動著。那聲音宛如馬蹄聲。我彷彿一匹急待要向前走的馬一樣，不停地用蹄子砍著地面，噭噭嘶鳴。

站在平頂山上，望著蒼茫的天際，看一隻蒼鷹在平緩地飛翔。牠曾經是我當年看見過的蒼鷹嗎？抑或是馬鐮刀在一百年前看過的那蒼鷹的子孫嗎？我呆呆地舉目望天，無限感慨。

**你看那蒼鷹又在天邊遨遊，**
**牠莫非生在戰亂的時候?!**
**你看那片片的流雲在疾走，**

## 它莫非在呼喚已去風暴的怒吼?!

這不知道是誰的詩。明天就要離開北屯了，站在平頂山上，我低聲吟哦著這詩。

在離開北屯之前，我還得見一個白房子人物，這就是當年的一排長李紅記。我的手裏有指導員在烏魯木齊時寫的電話。

我打通了電話。

接電話的是一個年輕的女聲，她說李紅記不在。我問她是誰，她說她是媳婦。我以爲是老排長的夫人，於是我叫了一聲「嫂子」，並且說，你的聲音還這麼年輕。電話那邊笑起來，她說她是「兒媳婦」。

她說老排長知道我要來的，是指導員從烏魯木齊打來的電話。還說老排長等不及了，自己先一個人跑到哈巴河老部隊串去了。這姑娘答應馬上和老排長聯繫，讓他回來。

接著，一個年輕的小夥子來找我，提著甜瓜和香蕉。一看他的模樣，我就知道是老排長的兒子，和當年的老排長一模一樣。我感到親切，我摟著他的肩膀，將他請進屋子。我滔滔不絕地講著老排長的許多事情。我說，我當新兵第一次見到老排長，老排長先給我來了個見面禮，那見面禮叫「摳板油」。伸出一隻大手，往你大腿根使勁一搓，搓得肌肉繃緊了，然後用五個指頭，使勁一摳，於是，你痛得大叫起來，眼淚汪汪。這老兵於是鬆了手，站在旁邊，兩手叉腰，哈哈大笑。

我還說，這老排長你不要小看他，他當年是警衛團的理髮員，專門給王恩茂、郭鵬、熊晃他們理髮。後來指導員領上一排人去八鋼支左，他也去了，支左結束，他領了個漂亮的上海支邊女青年回來。這女青年就是老排長的前妻。後來，一個北方大漢，一個上海阿拉，過不到一塊去，於是散夥了。散夥的原因聽起來也可笑，這上海姑娘要老排長抽好煙，少抽煙，老排長則堅持要抽劣質的煙，多抽煙，於是這件小事成爲離婚的導火線。

我唾星四濺地講述著，旁若無人。

那小夥子則靜靜地聽著，抿著嘴笑，並不插話。

我突然問道：「你今年多大了？」小夥子回答說是「二十四歲」。這樣我明白了，小夥子是老排長後來的妻子生的。可是激動中我又不知趣地問了下一句：

「小李，你知道老排長的前妻有孩子嗎？」

小夥子愣了一下，他說他父親只找過一個妻子，就是他現在的母親。

聽了這話，我明白我今天是失言了。我後悔自己剛才的多嘴。

小夥子又說，老一代的事情，我們不管！他們怎麼做都是對的！

這真是一個好孩子，我摟了摟他的肩膀。

後來，老排長也從哈巴河縣城風塵僕僕地趕回來了。

他沒有大變，只是顯得蒼老了一些，性格還是那麼豪爽，老是咧著嘴在笑，像個永遠長不大的孩子。

抱著老排長寬闊的肩膀，我流下了眼淚。我的又一個白房子人物哪！

我對老排長說，你記得你第一次見我時，那個「摳板油」的見面禮嗎？那地方我直到現在還痛。

排長笑起來，我看見他的眼睛裏也閃爍著淚花。

排長說：「你嫂子已經把飯做好了，是地地道道的新疆拉條子！走，上車！」

這樣，在離開北屯的最後一夜，我在老排長的家裏吃飯。

老排長也於今年的前些時候退休，退休前是北屯石油公司的經理。

嫂夫人是個十分賢慧的女人，她是烏魯木齊附近五家渠的人。她臉色微黑，長得很俊巧。吃飯的時候，我想起來了，當年我離開白房子以前，老排長已經和她結婚。我們這些復員老兵在哈巴河時，曾經在他家裏吃過一頓飯，吃的正是嫂夫人做的拉條子。

老排長的孩子和媳婦也都十分可愛、懂事。這是一個和諧的家庭。

第二天我們從北屯出發，老杜帶了農十師各團的宣傳幹事，乘一輛麵包車，開始浩浩蕩蕩地在阿勒泰草原遊蕩。

先去了布倫托海，那個產生過一首美麗歌謠的地方。

據說烏倫古河有六十公里長，是全國十大淡水湖之一。在乾旱荒涼的戈壁灘上，冷不丁地出現這麼一汪藍水，確實給人一種奇異的感覺。烏倫古湖距北屯好像有七十公里。

接下來的一天，我們驅車去膜拜那個有名的頂山，即農十師一八二團的駐地。

那裏純粹是一個死角，只是因爲這裏有一個團場，人們才將道路修到了這裏。如果不是這個團場，這裏現在還是個荒涼的戈壁。

站在頂山上面，望著眼前零零散散的破舊低矮的兵團村莊，我感到兵團人在這荒涼戈壁灘上的定居，活像是將一條魚扔到了戈壁灘上。有點水，但是水不多，勉強可以活下去。你要自己活，而且想讓後代們生活得比你好一點，你就得拚命改變環境。

「魚」這個比喻令我想起羅布泊乾涸的事。以前在羅布泊的時候，我曾報怨過兵團農十師塔里木河大西海子水庫的建設。正是大西海子一庫、二庫、三庫的修建，令塔里木河斷流，令羅布泊乾涸的。現在我不抱怨了，將他們扔到塔克拉瑪干邊緣，他們也要活命呀！

## 廿三　在路上

七月廿六日早晨重新從北屯出發，汽車向正北方向直馳過一陣後，遇到額爾濟斯河。汽車便沿著大河，直往西走。

河水藍汪汪的，十分地清澈，緩慢地向西流去。兩岸是原始森林。樹木高大、敦厚。在河流的轉彎處，我們見到一艘採金船，像一座三層高的白色樓房，靜靜地停在河心。

戈壁灘依然十分地蒼涼。一會兒眼前是紅戈壁，一會兒眼前是黑戈壁，一會兒眼前是白戈壁。

半輪殘月高懸在西邊天空，一輪太陽則高懸在東邊天空。

蒼鷹，草原忠實的居民，仍然在我們的頭頂飛翔。牠平穩地在天空舒展著翅膀，有時候會突然淒厲地鳴啾上兩聲。牠爲什麼無緣無故的鳴啾呢？快要拐上二一六國道的時候，左手的遠處有一溜黑烏烏的大山。大山十分險惡的樣子，像天邊地平線上停駐和堆積的一團烏雲。老杜說那叫黑山頭。

「黑山頭」這個地名我知道。當年接新兵的卡車前往哈巴河時，一路上，接兵的念叨著的就是這個「黑山頭」。接兵的說，如果風雪太大，黑山頭過不去，那麼就折回來，晚上住在和什吐魯蓋。後來過黑山頭時，風雪果然很大，但是我們的車隊還是哼哼唧唧地嘶鳴著，終於過來了。黑山頭一過，記得所有的人都鬆了一口氣。

黑山頭這個地名叫我感到親切。此刻，幾天以來一直恍恍惚惚的我，才確定自己是真的在走向白房子。

我們的汽車從沙土路往上一拐，進入二一六國道．這正是我當年走向白房子的道路。在此之前，我們走的是東線，現在終於又回到西線上來了。

老杜說，二一六國道的那一頭在上海。

踏上國道不久，很快地就進入了布爾津。這座小城美極了，街道十分寬闊，白色的樓房分列街道兩邊。道旁樹高大而碧綠，陽光在樹葉上閃閃爍爍。

額爾濟斯河與布爾津河在這裏交匯。

布爾津在中蘇友好年間曾經是個通商口岸。蘇聯的船隻，順額爾濟斯河上溯到布爾津河，再到這裏卸貨。現今的哈薩克語言中，二十世紀出產的許多日用品的名字都用的是俄文譯音，可見這個口岸當時的吞吐量還是很大的。在我的稍後的行程中，邊防四團的團長告訴我，哈薩克斯坦曾經提出，想重新開放布爾津口岸，中國政府考慮到布爾津已經進入縱深，出於安全方面的考慮，現在還沒有答應。

當年，通商的船隻正是從我駐守的白房子那處額爾濟斯河河口，進入中國境內的。我當兵那陣子，邊防站有一個巡邏艇。這個汽艇，當年就是爲過境船隻引航的。後來口岸廢棄後，這個汽艇便留下來做了邊防站的巡邏艇。我在那陣子，汽艇曾經溯河而上，到布爾津來大修過。那時候這條河上還可以通航。

我們在布爾津辦了邊防入境手續。手續費是每人兩塊錢。據說在哈巴河也可以辦，不過那裏是每人十塊錢。

從布爾津到哈巴河縣城是七十公里。

廿六日中午，我們在哈巴河縣城吃飯。

從這裏到白房子只有九十公里的路程了。但是，按照老杜的安排，我們的下一站是到哈納斯湖去。連同路途，得在哈納斯湖待兩天，也就是說，兩天之後，我們的汽車將重返哈巴河，然後從這裏趕到白房子。

哈巴河這座縣城裏，有許多我所知道的故事。在飯後的一段時間中，我到縣城就近街道轉了轉。我打問供銷社在什麼地方，郵局在什麼地方，一八五團轉運站在什麼地方。它們都已經不是原來的建築了。我問了一街兩行許多的人，他們中居住時間最長的人，也是在我走之後來的。我問不出所以然來，這叫我很失望。

不過我終於在哈巴河縣城找到了我熟悉的東西。

那是一棵老楊樹。在縣城的翻天覆地的改造工程中，它有幸得到保留。

嗣後我們又從哈巴河筆直向北，走入重重疊疊的阿爾泰山的懷抱中，去造訪哈納斯湖。

哈納斯湖其實就是我們的一個邊防站駐守的地方。這個邊防站叫白哈巴邊防站。從這裏往東北方向三十里，就是中俄、中蒙交界處的友誼峰。

我們在白哈巴邊防站做了短暫的停留。我登上瞭望台，舉目向西望去。瞭望台下面是哈巴河湍急的河水，河水對面那險峻的大山，即是哈薩克斯坦的領土了。

在我的印象中，白哈巴邊防站曾經是一個兇險的地方。在那個年代裏，這裏也發生過許多故事。

白哈巴往下的邊防站叫札木拉斯邊防站。札木拉斯再往下，就是阿赫吐拜克，克孜烏營科，北灣了。按照新的建制，白哈巴叫一連，札木拉斯叫二連，阿赫吐拜克叫三連，克孜烏營科叫四連，北灣，也就是我的白房子，被叫成五連了。它們都隸屬於邊防四團。

白哈巴往上的邊防站叫紅山嘴。紅山嘴在中蒙邊境，它隸屬於邊防三團。我後來將要講述的「華僑老梁」的故事，就發生在紅山嘴。當年我們那一火車皮的新兵，就有一部分到了這紅山嘴。「華僑老梁」就是這其中的一個。

白哈巴和紅山嘴，相距遙遠的路程，一座人跡罕至、終年積雪的、海拔四千三百七十四米的友誼峰，將它們隔開。

兩個邊防站每年在友誼峰頂會一次哨。那時，紅山嘴邊防站將選身體最健壯的士兵，組成一個分隊，騎上馬，帶上帳篷，曉行夜宿，走上一個月的路程，才能到達友誼峰頂。

所謂的聞名中外的旅遊勝地哈納斯湖，就在友誼峰的下面。順著狹長的山谷，一連串六個湖，像一串珍珠一樣鋪排開來。水流最後從山谷流出，形成美麗的布爾津河。

高大的西伯利亞白松、西伯利亞紅松、西伯利亞冷杉，將這一塊地面裝點得宛如仙境。

在哈納斯湖，當隨行的朋友們登上一座叫望雲亭的大山，去眺望風景，或坐著汽艇，泛舟湖上的時候，疲憊的我，在兵團作家小錢的陪同下，到森林裏漫步。

在森林空地裏，我們看到一個穿著紅衣服的蒙古族小女孩，正在採野草莓。草地上開滿了白色的花，紅色的花，和紫色的花。哈納斯的水霧像夢一樣在草地上飄游，陽光則閃閃爍爍在花朵上跳躍。

你好呀，成吉思汗的後裔們！

小姑娘叫金巧英，我和老錢在草地上躺了很久，和這正在忙碌著採草莓的小姑娘攀談了很久。

「親愛的小姑娘，我要把你寫進書裏的！有一天，你走進書店，隨意地打開一本書，於是，你在書中看到了自己的名字和照片！」臨離開時，我留戀地對這位小姑娘說。

林中空地上滿是紅豔豔的野草莓。走在路上我才發現，我的白褲子的兩個屁股蛋子，星星點點，被野草莓染成了紅色。

## 廿四 抵達

我在哈納斯湖住了兩夜。第一夜住的是一個木頭做的房子，第二夜住的是一個很大的蒙古帳篷。

嗣後我們便離開哈納斯湖，重新穿過層層疊疊的紅松林、白松林、冷杉林，順原路折回哈巴河。這是廿八日。

我是在廿八日的傍晚，抵達白房子的。

從哈納斯湖回來，中午的時候，我們在哈巴河縣城吃飯。

是邊防四團接待的。熱情的四團團長李文德，已經接到軍分區的電話，知道我們的到來，他一直在這裏等著。

北灣邊防站正屬四團管轄。因此，這也是我向老部隊報到。

李文德團長身高一點九四米，一副威武雄壯的樣子。他是我離開那一年來的新兵，當時「新老不見面」，我是一九七七年四月十四日離開哈巴河的，他是一九七七年四月二十日在鹽池草原接受完新兵訓練，來到哈巴河的。

雖然沒見過面，但是我覺得很面熟。細細想來，才想起在一九九八年中央電視台的春節晚會上見過他。主持人向大家提問說：「這是西北第一團的團長，你們猜猜他有多高？」身高一點九四米的李文德站在那裏，宛如西天一柱。

吃過飯以後，我們便徑直地奔向白房子。

李團長將他的指揮車讓給我坐。他說從現在起，接待老班長的任務就交給部隊了。

汽車風馳電掣般地向邊境駛去。

據說，這九十公里的路程，只要一個多小時就到了。記得我們當年騎馬到哈巴河，得整整一天。坐邊防站的那輛嘎斯六九，也得大半天的時間。

當車過比利斯河橋的時候，我心跳得多快呀！

我的心在跳，全世界都聽得到！

我已經看見了遠處有著雷達的黃土山，看到了灰濛濛的戈壁灘上，那一座孤零零的白房子，看到了我的那蒼涼的青春。那歲月，那兇險，那無盡的記憶，正蜷縮在寧靜的天宇下，等待著我的到來。

我突然遲疑起來，駭怕起來。

我甚至在此一刻有這樣一個想法。我希望我乘坐的汽車在此一刻出事，我的生命就此完結，那我就不必經歷那巨大的震盪，和可怕的面對了。

我多麼的懦弱呀！

但是汽車繼續往前走著，它絲毫不顧忌我此刻的感覺。

我是在那一天傍晚到達白房子的。

當車行進到一八五團團部的時候，兵團的朋友們擋住了我。他們執意要留我吃一頓飯。而在兵團，吃飯也就是喝酒的同義詞。這樣，我喝了一肚子的酒。

當一個兵團的女孩子對你說，當年，你騎著馬從她家門口經過時，她那一年七歲，正怯生生地站在土坯房的門口，向你招手時，你無法拒絕她的吃飯，也無法拒絕她的敬酒。

這樣，在那個中亞細亞淒涼的黃昏，我的遲緩的腳步才終於抵達白房子。而直等到第一隻白房子的蚊子落在我的臉上，並狠狠地叮了我一口之後，我才確信自己是真的回到了白房子。

在清醒的白日，我曾經為自己設計過一千次的走入白房子的形式。而在沉沉的夢中，我曾經一千次地以不同的方式走入白房子。但這種以醉酒的方式走入，卻是不曾料過的事情。

我矇矓著醉眼，搖晃著身子，腆著屁股，邁動羅圈腿，走入白房子。

「在沒有我的日子裏，你好嗎？——白房子！」一句話還沒有說完，我已經熱淚漣漣。

關於白房子的小說——

# 遙遠的白房子

186团
181团
183团
185团
乌伦古湖
福海
阿勒泰城
红山嘴边防站
伊宁市
伊犁河谷
霍城
博乐
一连
二连

# 一　男人的故事

一隻餓鷹在荒原上空盤旋，牠用犀利的目光搜索著獵物。

牠看見的是一塊死海，黑色的沼澤地，白色的鹽鹼灘，疲憊地站著的沙棗樹，灼熱的沙丘，還有，那座默默僵臥在大地上的寂寞孤獨的阿爾泰山。

太陽像只大火球一樣，緊貼著荒原，無情地炙烤著牠。陽光照在大地上，又被沙子反射回來，於是，天空出現了無數條明顯的亮閃閃的曲狀輻射線。

餓鷹失望了，牠耐不住地長唳了兩聲，饑餓是一回事，牠更多地感到一種寂寞。沒有敵人，沒有朋友，世界好像把牠，和這一塊地方遺忘了。

正在餓鷹企圖走開時，突然精神一振：牠看見了地面上有一個活動的黑點。餓鷹自高空直直地俯衝下來。

就在接近獵物的一刻，一聲槍響。一股白煙騰起，鷹掉了下來。

鷹沒有掉在獵物的身邊，牠掙扎著向上飛了一下，便開始滑翔，結果，終因受傷過重，落在了一條小河的另一邊。

小河已經乾涸。

隨著槍聲，沼澤地旁邊的白柳叢中，走出一個剽悍的男人。一枝槍擔在馬背上。他站在小河邊，停住了。

白柳叢中，櫛次走出一個個騎兵，在這男人左右站定。

要邁過小河來是件容易的事，但他沒有這樣做。他喚狗去叼那倒斃在地的倒楣的餓鷹。

那餓鷹看見的獵物，原來是一條狗。說是狗，其實也不準確，牠的模樣更像一條狼。大耳朵，黃瓜嘴，麻稈腰，拖在地上的長尾巴，再加那一身焦黃色的毛。

前年春天，牠的母親，一隻從內地引回來的良種狗，由於在這方圓幾百里的荒原上，找不著一隻配偶，只好痛苦地嚎叫著，加入了一支從這裏路過的狼群之列。幾個月以後，牠帶著大肚子回來了。

生產後不久，在一個漆黑的夜晚，這支西伯利亞狼群又從這裏經過。幾百條公狼將邊防站團團圍定，用只有牠們自己才懂的語言，一會兒柔情脈脈地說著情話，一會兒又咆哮著大聲威脅，一會兒又用最無恥的語言進行挑逗，一會兒又痛哭流涕地敘述思念之苦。這畜生如何能經得起如此誘惑，便丟下未曾滿月的崽兒，加入到狼群中去，從此一去不回，重歸原始。

那畜生留下五個崽兒，因為缺奶，四個先後死去，獨有這個，如今已經長大，健壯無比，孔武有力，集狗的忠誠與狼的兇悍於一身，成了老站長的心愛之物。

老站長姓馬。在中國，一提到「馬」姓，讀者一定會疑心這是一位回族同胞。親愛的讀者確實猜對了。這老站長不單是回回，而且在許多年前，以馬回回為尊姓大名，在草原上闖蕩。那時他還是一位俊俏後生，隨父親，一個半是商賈半是強人的老回回，在這一帶做著偷越邊境的走私生意。遼闊的中俄邊境上，沒有什麼人能擋住這些走私犯嗒嗒的馬蹄聲。他們將中國內地的各種工藝品，山貨、皮毛，甚至阿爾泰山的黃金，裝上馱子，運到齋桑泊後邊的阿拉木圖，甚至翻越茫茫草原，疊疊野嶺，直抵莫斯科城下。接著又販回各種新興的日用品，賣給居住在這荒原地帶的哈薩克。至今，在哈薩克的辭彙中，許多日用品，例如熱水瓶之類的，就沿用著俄語名稱，槍支也是這樣。

在這風一樣往來無定的奔波中，小回回漸漸長大。世上輔助男人成長的東西有兩個，一是酒，一是女人。在中亞細亞遼闊的原野和塵土飛揚的大道上，有的是酒館和女人。年輕俊俏的後生慢慢地鬍渣密佈，慢慢地變得骨骼堅硬孔武有力，而終於有一天，在經歷了無數個女人之後，他終於拜倒在一條石榴裙下，不能自拔，從而毀了自己。

她叫耶利亞。她屬於最後的匈奴，一個業已泯滅了的民族。在中亞細亞栗色的土地上，散落著許多的種族，他們在那裏生息和繁衍，世世代代。他們大約是在那遙遠的年代裏，匈奴民族橫跨歐亞，向黑海和裏海以至多瑙河畔遷徙時，撒落在這路途中的他們的後裔。我的炊事班長被處決的地方的那一大片木質的黑森森的墳墓，相信就是屬於他們的，那是遷徙年代留下來的。

她有男人。像那些代代相傳的憂傷情歌唱的那樣，在一個漆黑的草原之夜，嗒嗒的馬蹄打破了他們的溫柔夢。憤怒的丈夫領了一群憤怒的牧人將他們團團圍定。不貞的女人半裸著身子，被橫陳馬背，帶走了。她的被奶茶和抓羊肉養大的白皙的身子，那剛才還處在亢奮狀態的身子，現在縮成一團，在暗夜裏泛著白光。兩個碩大無比的奶子，令人想起花奶牛的乳頭，隨著身體哆嗦而顫動。

偷情的男人被馬刀背砍，皮靴尖踢，鞭稍子抽，最後昏死在草原上。

牧人們放著喊聲，用一把一米多長的大鐮刀，像釘釘子一樣，讓刀尖穿過他的肚子，把小回回釘在了草原上，他們剛才偷情的地方。

黎明時分，草原上空蕩蕩的，牧人們已經把帳篷放到馬背上，又向那隱約可見的阿爾泰山深處進發。他們從此忘掉這個故事，就像忘掉曾經歇息過的這片草地一樣。假如許多年後，他們會偶爾遊牧路經此地，那時草兒已經幾綠幾黃，往事已成往事了。

這個被活生生釘在草原上的過路客，將要被天空那尋食的蒼鷹發現。蒼鷹每天早上都要在草原上巡視一遍，看有沒有因春乏而在夜間倒斃的羊子。牠將為見到這個食物而欣喜，然後喚來牠的左鄰右舍們，飽餐一頓。當然，在沒有回去報信以前，牠應當先吃掉兩隻眼睛，眼睛的味道太誘人了。

但是，當阿爾泰山那積雪的山巔剛剛露出一抹紅，小回回醒來了。他艱難地、一釐米一釐米地拔掉了戳在肚子上的鐮刀，搖搖晃晃地站起，捂著肚子和後腰，慢吞吞地走了。

不久，草原上出現一群強盜。他們的頭兒是一位相貌英俊受過教育的青年。原來，強盜的頭兒死了，大夥約好，在草原上碰見的第一個人，就是他們的頭兒，如果他不答應，就把他殺了，然後再碰下一個人。這樣，他們碰見了小回回。小回回思索了一陣，答應了。

正像人們所預料的一樣，強盜多方查找，找到了那對新婚夫婦。

強盜頭兒沒有殺那牧人。他望著那被捆住了的他，似乎面有愧色，臨走時候，從馬背上卸下一袋在阿爾泰山礦區搶來的金礦砂，扔到了牧人的腳下。對著齜牙咧嘴怒目相視的牧人，他寬容地拍了拍他的脖頸。

倒是他抽出鞭子，狠狠地打了他的情人幾下，他悶悶不樂地說：「你毀了我的一生，母狗一樣的女人，迷人的奶子！還有……」他揪著自己的頭髮痛心疾首地喊，「……要命的情欲!!」隨後，把她馱到馬背上，帶走了。

他正式易名馬鐮刀。那位老商人聽到這個不幸的消息後，遠道而來，找到他，鄭重其事地宣告和他脫離父子關係。並且不准他啟用自己為他取的那個名子。小回回咆哮著，用馬刀撩起衣襟，指著肚子上那個鐮刀戳下的傷疤：「馬鐮刀！」

眾強盜一聲喝彩：「好！馬鐮刀！多響亮的名字！」

老商人嚇了一跳，差點從馬上栽下來。他打著馬，朝來路走了，從此，再沒有在這片草原出現過。

幾年過去了，過去的馬回回不見了，人們看到的是一位面色鐵青，體形剽悍，目光陰沉，寡言少語的馬鐮刀。過往的走私犯為他提供了槍支，破產了的淘金工人為他擴充了隊伍，他成了這一帶的草原王。

這時候，左宗棠已經離開新疆，一八八三條約線已經簽訂。大家知道一八八三條約線的簽訂，使中國失去了一百五十萬平方公里的領土，這些，公正的列寧在他的不朽的著作裏，已經做了傾向性鮮明的論述，這裏就不囉嗦了。加之，小說所要講述的故事，是發生在這些事件以後，和事件本身沒有多大的牽連。

條約線簽訂以後，中俄邊界時有事端。馬鐮刀日益勢大，清政府見奈其不得，使用了招安的辦法，給他封了個職務，又在荒涼的邊界地帶蓋了一座白色的房子，令其駐守。

馬鐮刀長歎了一聲，用一部流傳在中亞細亞的奇書——《福樂智慧》裏的兩句話，為他的俠盜生涯做了總結：

**我放走了行雲般的青春，**

**我結束了疾風般的生活。**

然後，帶著他的糊裏糊塗的漂亮妻子，到邊防站就職。他還三十歲不到，卻顯得異常衰老，頭上甚至已經有了白髮。看得出，在從事強盜這個職業的歲月中，他的內心一定經歷了無數的痛苦。他現在陰鬱的臉上開始露出微笑了。

他把幾年來積攢的一點錢財，從妻子那裏要來，平均分給了所有強盜，讓他們各尋生路。這些強盜大都是些破產了的農民、牧民和淘金工人，各民族都有。有些拿到錢財之後，便返回故鄉去了，有些穿著士兵的衣服，跟他來到了邊防站。

## 二　女人的故事

邊防站坐落在一片草地與沙漠相雜的空曠原野上。阿爾泰山隱約可見，一條大河在邊防站圍牆外邊喧囂。這條大河叫額爾濟斯河，它發源於阿爾泰山，穿過中亞細亞栗色的土地，流入沙俄境內，與鄂畢河匯合，注入北冰洋。根據一條未經證實的傳聞，大詩人李白，就是溯這條河而上，從碎葉城進入祖國內地的。

在馬鐮刀的時代過去很久以後，本文作者作為一名普通的中國邊防軍士兵，曾來到白房子邊防站服役。他驚歎於這裏夏天氣候的酷熱，根據氣象預報，氣溫會高達攝氏四十六度以上。他驚歎於這裏冬天氣候的寒冷，氣象預報顯然是壓縮了的報法，低達攝氏零下四十六度以下。這裏有半年時間，人們的大頭鞋是踩在冰雪之上的。那麼，夏天好一點吧？不，夏天更令人生畏。相信這裏在許多年前是一片黑色的沼澤，現在沼澤已退去，但芨芨草、蘆葦茂盛地生長起來，成團的蚊子就附著在這些綠色植被上。你試圖向草叢中伸下一腳，立即，「轟」的一聲，周身密密麻麻落滿了蚊子，綠軍裝變成了黃軍衣。至於住宿的房間，那簡直令人說來不寒而慄：房間的四個角上，蚊子如同蜜蜂朝王一樣結成一個拳頭大的疙瘩，終日不散。為了防蚊，人們穿上厚厚的衣服，擦上防蚊油，戴上防蚊帽。但是，拉屎時候怎麼辦呢？人們只好點燃一張報紙，趁火燃起時，就得提上褲子，要不屁股上就會落上一層。每當這時，大家就咒罵著這第一個建站的人。曾經有幾任領導，向上級建議，將邊防站改建在地勢高一些的沙漠地帶，但都遭到了拒絕。因為上級一直履守著「維持邊界現狀」這個國際準則。

馬鐮刀領著他的隊伍來到邊防站後，便開始了苦役般的生活。白日巡邏，晚上站崗，所經所歷，不必細述。

營房是一座相當結實的土坯房。用黑色鹼土打成十塊，然後壘起。外牆用白灰刷過，遠遠眺去，在昏濛濛的荒原上分外醒目，所以人稱「白房子邊防站」。一溜黑色的土牆，將白房子圍在中間。院子裏有一口井，井很淺，因為臨近大河。吊水用的是一種杠杆原理，正如我們今天從地理教科書上所看到的波斯人的汲水方法一樣。每天早晨，馬鐮刀的妻子來這裏打一次水。馬鐮刀的妻子住在邊防站邊緊靠圍牆的地方。那是一座用白柳條子編成的房子。雙層柳條中間夾著牛糞，裏層又釘著氈，很暖和。

茫茫的天宇下，與世隔絕的地方，一個胸部豐滿的女人和一群野性未泯的男人，這裏邊本該有許多故事發生。可是，最初，一切都相安無事。士兵們一方面懾於馬鐮刀的威力；另一方面，也被馬鐮刀的義氣所感動，在大家眼中，她的性別消失了，她同他們一樣，是一個在世界上受苦受難的、懷著朦朧的報效祖國的信念而從事單調工作的人。

她並沒有吃閒飯，她放牧著邊防站的近二百隻羊。這是一個不可思議的女人，她的美麗不知得力於哪一次母親的不貞。她十分多情，恨不得張開她那豐滿的胸膛，將所有的男人都摟在懷裏，給他們以溫存和愛撫。在做這一切的時候，她又顯得那樣單純、天真和可愛，好像不諳人事。許多年以後，當我在草原上偶爾與這位女巫式的人物相遇時——她那時已經很老很老了。親愛的讀者知道，這裏新近被列為世界的長壽區之一。遲到的我除了為那不以歲月變更而變更的美麗容貌所驚訝外，便是驚歎那雙清澈如春水的純真無邪的眼睛了。你看見那雙眼睛，你只能為她那往日的不軌行為歎一口氣了事，你絕對動不起怒來。

「我叫耶利亞！你叫什麼名字？」馬鐮刀的女人這樣問訊那些新近從軍的新兵。新兵紅著臉，為站長夫人打起一挑子水，跑開了。

耶利亞不忘抓住一切機會誘惑這幫大兵。通常，星期六的時候，她遵照馬鐮刀的指示，將大兵們的床單收攏起來，拿到河邊洗淨。大家知道，大兵的床單上常常有些他們在睡夢中不經意而流出來的東西，從而斑斑點點，很難洗淨。每次，耶利亞都要帶著詭秘的神情，向大兵們道歉，道歉的原因是她沒能洗淨床單。她把大家弄得神魂顛倒，又愛又恨，終於有一次，發生了這麼一回事。

邊防站從很遠的薩爾布拉克運來了一批雞。就要過春節了，連裏有一名漢族士兵。他的父親可能是江南的一位商門大賈，十九世紀末葉，為了扼制新生資產階級在沿海地區的發展，清政府將一批一批這樣的人物遣送到了北方，這位漢族士兵就是其中的一個。耶利亞就看中這位白皮嫩肉的漢族巴郎子❶了，經常有時故意地在他面前撩撩裙子，叩叩靴子，或者挺挺鼓鼓的乳頭。

這天合該有事。夏天的黎明，白夜剛剛過去，東方又泛白了。漢族巴郎子站晚間最後一班崗。他正在院子裏轉悠，耶利亞已經擔了一擔水桶，扭動著腰肢來了。

一瞅見巴郎子，她的眼睛裏露出百般撫愛，羞得他低下了頭。

一群雞在院子裏無憂無慮地覓食。

耶利亞嬌滴滴地問：「你看，那是什麼？」

漢族巴郎子抬頭一看，一隻母雞和一隻公雞，翅膀扇著，尾巴搖著，正在幹著牠們傳宗接代的工作。

他惶惑地低下頭。

耶利亞步步緊逼：「告訴我，這件事，用漢語怎麼講？」

邊防站靜悄悄的，整個荒原靜悄悄的，耶利亞清脆的嗓音好像捲來一陣暖風。

巴郎子忍耐不住了，向她走來。

耶利亞扔掉了水桶，牽著巴郎子，快步來到乾草堆後邊，仰面朝天躺下來，撩起裙子遮住了自己的臉。

事後，巴郎子哭著跪倒在馬鐮刀面前，請求他的饒恕。

馬鐮刀既沒有處罰巴郎子，也沒有收拾女人，他夾起一條氈，一塊被子，離開了氈房，住進了站長辦公室。

這以後不久，耶利亞的帳篷就為這一群男人所共有了。

只有馬鐮刀再也沒邁進氈房半步。他的臉色又像先前那樣憂鬱。有人說，他常常在空閒的時候，懷念他那水肥土美的故鄉和禮儀之邦的臣民。

耶利亞想要彌補自己的過失，可是已經晚了。她老是不明白，為什麼男人都那麼專橫，總是把女人據為己有。「想想你，也是從別人手中奪到我的呀！」她常常遠遠地望著馬鐮刀，一個人遐想，可是到底也沒想通這個道理。不過，她知道自己是做錯了，她總想彌補這個錯誤。

她用上等的羊奶做成了酸奶子，想給巡邏隊送去，可是，每次，在馬鐮刀那威嚴的目光下，她都像被釘住了的人一樣，一步也不敢向前挪動。

今天，她鼓足了勇氣，背著一牛皮褡褳酸奶子，看著巡邏隊出發了，便迎著馬鐮刀走去。

「下賤的女人！」馬鐮刀看也沒看，便揚手一鞭，隨後一叩馬刺，揚長而去。

馬鞭恰好給她的脖子上烙了一道紅頸圈。她腰身一軟，哽咽著坐下來。

那個巴郎子縱馬趕來，眼裏充滿著愛憐之色，他想下馬來扶她一把，又不敢，只好怏怏地走了。

待到馬蹄揚起的風塵漸漸平息，耶利亞站了起來，摸著脖頸的紅印子，她不知為什麼反而笑了起來。她從氈房外邊的拴馬樁上，解下一匹母馬，馱上酸奶子，尾隨而去。

她不知道，將要發生一場變故，而一切皆因酸奶子而起。

❶哈薩克語，少年郎。

# 三 巡邏

馬鐮刀矜持地微笑著，看著他心愛的狼狗躥過小河，去叼獵物。

早晨，那個女人引起的一點點不愉快，已經因這一聲槍響而消失。說實在的，他永遠也不會理解這位迷人的女性。因為他們之間接受的教育迥然不同，而民族習性又相去甚遠。那一天，對著哭倒在地的巴郎子，他的攥著刀把的手，捏出了汗，卻沒有動。或者，他可以找一個堂而皇之的機會，讓這位巴郎子體面地去死，但那樣做就不是馬鐮刀了。望著窗戶外弟兄們一個個憔悴的蓬頭垢面的樣子，他突然一陣心酸。他覺得這一切的責任彷彿在自己方面似的，他可憐這些遠離家鄉，遠離親人，遠離人類，在這荒原地帶與他相依為命、出生入死的人們。他原諒了巴郎子。

原諒了第一次，第二次也就原諒了，以後麼，也就無所謂了。

他的聲譽和威望反而比原來更高了。這裏是荒原地帶，不能用人口稠密地區的行事準則來衡量他們。士兵們從站長那發青的面孔、佈滿血絲的眼睛中，明白站長為他們做出了多麼大的犧牲。

不過對於從小接受過正統教育的馬鐮刀來說，這不能不是一塊心病。他不讓耶利亞靠近他的身邊，這不純粹是恨，還有一條是因為，每見到她，他就渾身發抖，怒髮衝冠，他怕自己不能自制，拔出刀來。

剛才他打了她一鞭子，現在回想起來，似有幾分悔意。他想起那令他情竇初開的帳篷之夜，那是他們各自人生的轉捩點，而溯根求源主要責任還應當由他來負，沒有他，她現在也許還是草原上一個飄忽不定的牧人的妻子。從那件事一開始，他就知道她的水性楊花了，可是沒有辦法，連像他這樣自信心十足的男人，也無法理智地掌握自己。

「考慮這些幹什麼呢？」馬鐮刀想。他使勁地咽了一口唾沫，突然感到口渴。天真他媽的熱，他有些後悔沒有帶酸奶子來。

撫摸著尚有餘熱的槍筒，馬鐮刀心中騰出一股英雄氣來。阿爾泰山比在邊防站看時近了許多。它青色的岩石閃閃發光，翠綠的雪松將山根和山腰圍定，而山巔，那終年積雪不化的山巔，像一位帶著白色頭盔的巨人，屹立在阿勒泰草原上。

就在這時候，從他們來的那個方向，出現了一點什麼動靜。馬鐮刀皺皺眉頭，遺憾地喚回了他的狼狗。那狼狗已經聞到血腥味了，實有幾分不捨。牠向馬鐮刀齜了齜白牙，馬鐮刀向牠揮了揮鞭子。看來，男人的威嚴似乎更厲害一些。狼狗屈從了，搖著尾巴跑了回來。

這是一九〇一年夏天的某一天，這一天平常而又平常。這是一次例行的巡邏，與先前的無數巡邏沒有任何兩樣。然而，這一次巡邏，卻改變了這塊五十多平方公里土地的歸屬。至今，相信在兩個毗鄰國家的歷史檔案裏，還能找到有關這一天的某些記錄。

他們現在是沿著一八八三條約線前進。

這條乾涸的小河就是界河，在春天春潮氾濫，在冬天也會冰封雪裹，但現在完全乾涸了。阿爾泰山消融的雪水，無法度過這漫漫荒原，到達額爾濟斯河。雪水在路途中，一半被沙漠吞食了，一半被空氣蒸發了。

相傳在許多年前，這條小河還是中國的一條內河的時候，一位趕著羊群的女子路經這裏，用光滑的春水洗她的烏黑髮絲，不慎，她的頭巾掉進了河裏，被水沖走了。於是，這條無名小溪有了名字——頭巾河。現在，既然已成界河，羅曼蒂克隨之消失，頭巾河的稱謂也被人們遺忘了。

大地熱得能烤熟雞蛋。狼狗突然感到爪子發燙，一聳身，躍上馬背。馬已經習慣了這種剝削，牠翻了翻白眼，垂下頭，慢吞吞地走著，蹄子自然而然地踩著上一次留下的蹄窩，這樣可以省力氣些。

荒原重歸於可怕的寂寞。遼闊的天宇，將它的一天寂寞都壓向這幾個默默行走的人。剛才因為打鷹而激起的那一段情緒，現在已經沒有了。馬鐮刀騎著馬，在前面默默帶路，一行人拉開五十米距離，依次相跟。

狼狗用兩隻爪子搭在馬鐮刀的肩上，渴望愛撫。

馬鐮刀懶得動牠。

就在這時候，一個士兵自後邊打馬而至，報告說，界河對面一隊沙俄的巡邏兵，顛著馬匆匆而來。

馬鐮刀其實早就看見了，但他還是點了點頭，褒獎了士兵兩句。

# 四　道伯雷尼亞

沙俄老兵道伯雷尼亞，今天早晨接到妻子的來信。妻子在信中告訴他，他唯一的兒子，最近在參加一次進步組織的遊行示威中，被警察的亂槍打死了。道伯雷尼亞陷入了極度的悲傷，他無意識地在邊防站的圍牆外邊轉來轉去，嘴裏嘟囔不停。後來，當意識清醒以後，他明白他是在唱一首兒歌，那是他第一次見到兒子時，為搖籃裏的兒子哼的，而兒歌是他從母親那兒學會的。

他感到日月無光，他第一次對他所服務的祖國產生了一種憎惡之情。多年來，隨著一次又一次的調防，他一直在漫長的中俄邊境駐守。他在小時候就聽過母親講俄羅斯勇士道伯雷尼亞的故事。給他取了這樣一個名字，不能不說是希望他將來能成為一名守衛邊界的勇士。他照母親所希望的那樣做了，可是，他如今感到了惶惑和委屈。

平時挺得筆直的腰，今天不知為什麼佝僂起來。他悲哀地意識到自己衰老了。他用語法不通的單詞寫完退職報告後，感到一陣空虛。他努力回憶俄羅斯勇士道伯雷尼亞最後是如何結局的，可是回憶不起來。母親的故事只講到道伯雷尼亞老來的三件事。

道伯雷尼亞老了，他已經感到皇帝嫌棄他了，便默默地穿上鎧甲，戴上頭盔，拿上長槍和盾牌，騎上那匹伴隨了他一生的老馬，離開軍營，在草原上遊蕩。

一天，他來到了一個三岔路口，看見面前的三條路上，路口各豎立著一塊石頭。第一塊石頭上刻著：誰從這條路上走過去，誰將成為全世界最富有的人；第二塊石頭上刻著：誰從這條路上走過去，誰將得到一個漂亮的妻子；第三塊石頭上刻著：誰從這條路上走過去，誰將得到死亡。

道伯雷尼亞笑了笑，沿著第一條路走去。走不多遠，看見路旁有一塊巨大的石頭，他明白全世界最富有的寶庫在這石頭下面了。他下得馬來，彎下腰，用兩手摳住石頭，使勁地搖動起來。由於用力過大，他的兩隻腳深深地陷進了地裏，成了兩口井，他的頭上流的不是汗，而是血。轟隆一聲，石頭搬掉了，金燦燦的寶庫出現在他面前。道伯雷尼亞喚來草原上所有的窮人，將寶庫的金子一個不剩地分給了他們。他順著原路回到三岔路口，抹去了第一塊石頭上的字，用矛尖刻下下列字樣：我從這條路上走過了，可我並沒有成為富翁。

道伯雷尼亞歎了口氣，又沿第二條路走去。「我將得到一個怎麼樣的妻子呢？」他默默地想。果然，前面出現了一座金碧輝煌的寶殿，美麗的侍女將他引進去晉見公主。美妙絕倫的公主從天鵝絨座椅上飄然而下。她說：我已經等你很久了。然後，拉著他的手走進一間令人頭暈目眩的新房。道伯雷尼亞冷靜下來，他想：我身上有哪一點能引起公主的興趣呢？一個窮光蛋，一個糟老頭子！公主說，你先上床吧，我換一下衣服就來。當公主重新出現的時候，道伯雷尼亞卡住她蛇般的腰肢，輕提起來，扔到了合歡床上。只聽「咔」的一聲，床翻了個過，公主掉了下去。「原來是這麼回事！」道伯雷尼亞發怒了，宮殿搖晃了起來，侍女嚇得跪在他的腳下，不知如何是好。「拿地下室的鑰匙來！」道伯雷尼亞怒吼著。打開地下室，他看見了四十個國家的王子被關在這裏，新近掉下來的公主也在這裏。四十個貪戀女色的王子滿面羞慚地從他胯下溜走了，妖女被他撕為兩段。疲憊的老馬帶著他又來到第二個路口，他抹去石頭上的字，用矛尖刻上：我從這條路上走過了，可是，我沒有得到愛情。

「現在，該讓我嘗嘗死亡的滋味了！」道伯雷尼亞向第三條道路上走去。他在這條道路上遇到了四十個手拿利刀的強盜。他笑著走下馬來，取下希臘式的帽子，向前一揮，二十個強盜倒下了，向後一揮，世界上已經失去了四十個強盜。他重新回到路口，像前兩次一樣，抹掉石頭上的字，重新刻上：我從這條路上走過了，我並沒有死亡。

他重新騎上馬，像個夜遊神一樣，在荒原上漫無邊際地走著：蒼老，疲憊，痛苦，孤獨，空虛……不知何處是歸宿。

這就是道伯雷尼亞最後的傳說。老兵道伯雷尼亞不知自己為什麼在此一刻想起了這個傳說。他總覺得這個貌似平淡的傳說包含著很深刻的哲學內容，而這個哲學內容不是他這個頭腦簡單的大兵所能悟覺的。

一位新近從莫斯科來服役的士官生，跑來請示說，巡邏時間已經過了，是不是今天不去了。他搖了搖頭。半個小時以後，這個憂傷的老兵，領著他的隊伍踏上了邊界。

## 五　路遇

我相信由於我以上的敘述，讀者對邊防軍的寂寞的生活已經有一個大概的瞭解了。事情確實是這樣的。我服役的那幾年，常常見到邊防站的一位副連長，站在菜窖的頂上，呆呆地眺望家鄉。單調的生活將他折磨成了一個滑稽的人物。他放屁放得又大又響，從他的辦公室到飯堂約有二十米，每次開飯時，他端著個碗，一步一響，一直走完這二十米長途。醫生跟在後面，模仿他的動作，並且說，放屁是胃功能良好的表現。我們這群當兵的正在排隊唱歌，大家都笑了，那笑聲裏卻有一股辛酸的味道在裏面。人是離不開人的，如果將一個人放逐到渺無人煙的地方，那麼，用不了多久，這個人便會發瘋的。記得有這樣一首詩：

街上走著一個盲人，
不停地用竹竿點地，
他既看不見前面的人們，

也看不見街心花園的長椅。
人們匆匆地趕路，
把他擠來擠去，
這時有一個人發了急，
提醒大家注意：
走路要當心，
也不要擁擠。
但是在嘈雜中我聽見了盲人的話語，
儘管他聲音很低：
「碰就碰吧……沒關係……
至少我可以知道，
人們和我在一起！」

這首詩的作者對人所具有的孤獨感，有一種多麼深刻的認識！相信他一定有過在荒原獨身生活的經歷，即便沒有，他也一定在別的什麼地方長久地處在孤獨中，即使他一落地便在繁華的城裏，而且從未出過遠門，那麼，一定是茫茫人海難覓知己，他的一顆心仍然浸泡在孤獨的毒汁裏的。

事後，人們在分析這一次邊界事件的起因時，將罪責怪到酸奶子頭上，認為它那清涼酸甜的味道，無疑給了乾渴難挨的沙俄士兵以致命的誘惑，他們忘記了一切，踏過了那似乎和別的河流一樣，又似乎神聖得令人異樣的界河。我卻以為原因並非如此簡單，如此表面化。

還是繼續開始我的故事吧！那些人物已經在我的腦子裏焦躁不安，宛如奔馳中而不能急停的馬匹，他們急於要走完他們悲劇式的歷程。

老兵道伯雷尼亞策馬向前。從表面上看，他還和往日一樣，嚴肅而沉默，但是，馬兒已經明顯地感覺到主人比往日重了許多，他的屁股已經不能隨著馬的跳躍而在鞍上顛簸了，而是實實在在搭在鞍橋上。

老兵重重地叩了兩個馬刺，馬由小走變成了大走。老兵不明白，自己今天這是怎麼了，按照慣例，看見對方的巡邏隊後，應該設法避免直接照面，如果確實避不開，就應付地打個招呼，一走了事。可今天，當眺見遠遠的那一隊土黃色地平線上的人們時，他反而加快了步伐。

大走馬四個蹄子風一般地替換著，沒用了多久，兩支巡邏隊伍就平行前進了。

道伯雷尼亞現在看見了中國頭目的眼睛、眉毛和刮得鐵青的嘴巴。多少年來，他沒有這樣近地和中國士兵相遇過。儘管兩個邊防站在以往的相處還算是融洽的，甲方的牛越境了，乙方並不向上級報告，以便避免舉行那些冗長的移交手續，而是順原路如數趕回。乙方也就投桃報李，遇見這一類問題，同樣解決。但是，道伯雷尼亞現在卻有幾分怯意，他曾經在阿穆爾河一帶與中國士兵打過交道，他們的悍勇和忠誠給他留下了深刻的印象。關於河對面的那大名鼎鼎的馬鐮刀，他的羅曼史，他的強盜生涯，也經過那些走私犯，那些越過邊境互相通婚的牧人，間或送入他的耳中。他一直慶幸這幾年的邊防執勤中，沒有與他正面衝突。這位憂傷的老者，有些後悔自己莫名其妙的舉動。

## 六 眼淚不是水

馬鐮刀手臂上青筋暴起，他死死地盯著沙俄頭目的面孔，彷彿想從那面孔裏看出他匆匆而來的含意。

在他的眼中，這是一個老謀深算的兵油子，他那把稀稀疏疏的山羊鬍子準確無誤地告訴了這一點。自然，他的坐騎也這樣告訴人們，草原上有一句俗語：不要和騎走馬的打交道！意思是說，這些人的青春和激情的年月已經過去，已經不騎那種能夠馳騁衝殺的奔馬了。他們開始工於心計，他們的這種心性恰好喜歡騎那種穩妥、舒適而速度不算太慢的走馬。

馬鐮刀在行進中，吩咐他的隊伍進入戒備狀態。

他本想緩下步子，拉開一段距離。可自尊心不允許他這樣做。自尊心之外，還有一種更重要的原因，即對面這支隊伍的到來，給他，給他的隊伍，給他們乏味的生活帶來一種興奮。他們平時的漫無邊際的遐想現在都停止了，思想飛過界河，牢牢地注意到這些與他們相處了幾年，彼此距離不超過一公里，而在感情上和心理上，又是異常遙遠的人物。

道伯雷尼亞也想拉開一段距離，也隨之否定了自己的想法，可能是和馬鐮刀出於同一想法吧。

不管怎麼說，我們看見了，在茫茫的草原上，在炎炎的烈日下，在一條乾涸了的、寬不過兩丈的界河兩側，走著兩隊巡羅兵。這是一九〇一年夏天的某一天。

沒有人來注視這兩支奇怪的巡邏隊伍。荒原上寂靜如舊。假如那隻鷹還在的話，牠也許會飛來觀瞻，但是這荒原上唯一的鄰居，已經在早些時候，死於馬鐮刀從未落空的土槍之下了。雙方的首都太遙遠了，無暇顧及這些事情。此一刻，沙皇也許正在手忙腳亂地鎮壓著各種風潮；偉大的列寧也許正蟄居在拉茲里夫湖畔低矮的茅屋裏，完善他的不朽的學說；清王朝正在一個叫承德的地方，進行宮廷政變；心有餘而力不足的孫中山，也許正面臨太平洋而興歎；而毛澤東，剛剛在他的家鄉上完小學，正在轉學的途中。

道伯雷尼亞突然記起了什麼，他摘下帽子，向馬鐮刀在空中劃起了圓圈。

劃圓圈是國際上通行的表示友好的標誌。遇見這種情況，不能向前揮，向前揮，意思是說，你已經越界了，請往後退。也不能向後揮，向後揮，通常被認為是種挑釁行為，有策動士兵向己方投誠之嫌。

道伯雷尼亞看見馬鐮刀的臉色漸漸變得和藹了，他的心裏輕鬆了一些。他的模糊的眼前出現了兩隻大奶頭，這奶頭是母牛的。有一次，他們抓住了幾頭越境的中國母牛，出於對這個神秘國度的好奇，晚上，瞞著勤務兵，他偷偷地拿了一個缸子，來到牛棚。他找到了碩大的奶盤，卻發現奶盤上沒有奶頭，他很吃驚。鬧了好一陣，方明白原來是在撫摸一頭公牛的睾丸。連他自己也啞然失笑了。他找到了奶牛，擠下了奶，他發現這種奶熬成的奶茶，和俄羅斯的奶牛並沒有多少區別。

這奶頭又不是奶牛的了，而是他的相依為命的那個俄羅斯女人的。他還記起了自己某一次休假時，怎樣從基輔的亞瑪街一家最下等妓院裏，領走了這個有著一對大奶頭的女人。而這女人怎樣生孩子，怎樣用這對大奶頭為他餵養孩子。女人臨生孩子時，躺在被窩裏，紅著臉說：「你來咂一咂奶頭吧，未來的父親！孩子出生後，這咂過的奶頭就很容易下奶了，這是鄉下的媽媽教給我的！」

道伯雷尼亞掉下了眼淚。

馬鐮刀看見了這滴眼淚。他揮動的帽子在空中靜止了。如果這真是眼淚，而不是汗水的話，那麼，對面的這個老兵就很可憐。他的臉上總帶有一種苦相。這種人的命運是不會好的。他的頭髮全部白了，稀稀拉拉的，瘦削的臉上掛滿了疲憊。他的山羊鬍子讓人想起內地那些在田野上安閒地吃草的老山羊。

他的隊伍不時有人喊叫乾渴，馬鐮刀已經十分後悔，早晨沒有帶酸奶子來。可是他把自己的煩躁埋在心裏，用一種無可奈何的口氣，囑咐他的士兵們忍耐一下。

# 七 借條

不知過了多長時間，他們看見了遠處那棵胡楊的頂尖。

那時候邊界上還沒有設立標誌。豈止那個時分，就是現在，這裏的界樁還沒有栽起，人們是依靠地形地物來確定邊界的。這也就是上級為什麼三令五申要「維持邊界現狀」的原因了。

這是一棵高大的胡楊。楊樹下是一座墳墓。墳墓是用粗壯的樹木，稍加斫砍，成塔形堆積而成的。也許在這地方先有墳墓，然後在這一片變得肥沃了的土壤中，風吹來一粒種子，長成這棵胡楊。也許這地方先有胡楊，而一位熱愛大自然的人，將他的墳墓建在這胡楊的濃蔭之下。這胡楊在界河沙俄一側，當這條河還叫做頭巾河的時候，墳墓主人的後裔，還常常從中國方向趕來，稍作祭奠。自從變為界河以後，這種舉動就不可能實現了。

以胡楊為界，那邊就是另一個邊防站的轄區了，馬鐮刀的邊防站，管轄範圍至樹木為止。

就在這時候，奇跡出現了，雙方巡邏隊同時發現，在胡楊那團橢圓形的樹蔭下，站著一位女人。

那女人妖嬈地微笑著，用手撩起黑得發亮的髮絲。她的白色的臉蛋不知為什麼沒有被中亞細亞的猛烈的季風吹黑。她兩隻長腿後邊是阿爾泰山週邊的耀眼的金字塔式的沙山。她的花格子連衣裙給昏黃色的天和地增加了一縷亮色。

兩支巡邏隊都歡呼了起來。

兩個隊長還是不緊不慢地邁著他們的步伐，他們在這當兒顯示了自己的威嚴。任誰心急如焚，也不敢越過他們的馬頭。

但是當馬鐮刀終於走到樹蔭下，腳尖落地的一瞬間，他的所有的士兵們，一窩蜂地滾鞍下馬。

他們將耶利亞團團圍定，這個扯她的頭髮，那個摸摸她的手，還有膽子大的，爬在地上，從裙子裏往上看。更多的人是盯著她腳下的那袋酸奶子。那位漢族巴郎子，竟嗚嗚地哭起來，他起勁地問耶利亞怎麼跑到他們前面的，他說她不是人，簡直是女巫。

耶利亞笑而不答。

馬鐮刀轉過身去，不願看這些大兵們的胡鬧。不過他的心裏充滿了喜悅，並在這一刻對耶利亞充滿了脈脈溫情。

道伯雷尼亞領著他的氣喘吁吁的隊伍，也來到了胡楊樹下。時間早已超過了中午，胡楊的樹蔭越過界河，越過這一八八三線，落在中國的境內。原先，他曾設想讓他的乾渴的隊伍，在樹蔭下小憩一會兒，現在看來這個設想落空了。

他眼巴巴地看著咫尺之外的地方，中國的巡邏兵們，拿著一個銀質的大碗，碗裏盛著快要溢出的黏糊糊的酸奶子，正一個個地傳遞著，慢慢地品著味道。

想起酸奶子的又酸又甜的味道，他滿口生津，不由自主地掉出一滴涎水來。沒有人發現他的失態，士兵也像他一樣，目不轉睛地盯著界河對面，而且不加掩飾。那神情，就像貪嘴的孩子在看著大人吃食一樣。

他猛然瞅見了馬鐮刀那飽含憐憫的目光，心頭一震，趕快轉過頭來。他命令他的隊伍稍稍休息一下，便折回頭去。他們的巡邏範圍也至此為止。

沒有人聽他的話，大家都在長歎短吁。那位莫斯科來的士官生，甚至唱起了下流的民歌。

他對這位士官生從來就沒有產生過好感。他懷疑這個花花公子一定是在莫斯科的情場上惹下什麼亂子，然後通過關係，來這裏避難的。說來也真叫人搡牙，有一次，士官生帶哨的時候，他去查哨，到處找也找不著，後來聽見一間低矮的盛傢俱的小房子，有什麼響動。他一敲門，首先蹦出來邊防站的那隻母狗，狗的尾巴底下還濕漉漉的，紅豔豔的，接著看見了這位張惶失措的士官生。還有一次，他聽見豬圈裏的母豬亂叫，以為是狼跳進了豬圈裏，趕去一看，士官生正拽著一頭母豬的尾巴，他不客氣地上去給了兩個耳光。他把這些都包攬了，沒有給別人說，要麼，士官生以後就沒有臉見人了，也在這兒待不成了。

道伯雷尼亞清了清嗓子，給他的隊伍講起勇士道伯雷尼亞的故事，也就是早晨他想起來的那個故事。

可是沒有人理他的碴兒，一些不友好的目光還瞅著他那張衰老的臉。

到最後，連他自己也覺得寡然無味。他覺得那個故事充滿對人生的幻滅感，不管是愛情，還是錢財，以及那個永恆的主題——死亡，有一股悲涼的味道，自始至終貫穿其間。

他聽見馬鐮刀在叫他，馬鐮刀慷慨地一伸手臂，請他們過來共用清涼。

他擺了擺手。

他擺手的結果，使隊伍裏揚起了一陣更大的咒罵聲！

「球！怕什麼，山高皇帝遠。這一陣子，沙皇尼古拉二世正摟著他的老婆睡午覺呢！」一個士兵粗野地說。

這句話帶來了一陣歡呼。道伯雷尼亞膽怯地望了一下四周，別出什麼事才好！他馬上就快退伍了，出了事，自己受連累是次要的，老伴的晚年，還要靠他的養老金生活呢！

我們的風風騷騷的耶利亞，已經站在界河邊，向這邊打起媚眼來。而花花公子士官生，也立即給以回報。

道伯雷尼亞看見一個和他年齡一樣老的老兵，將乾渴的舌頭，伸到馬的汗淋淋的胯下，舔著。他感到自己的無能。

他瞅了瞅馬鐮刀，有了主意。

「喂！朋友，如果我們過去了，出了事怎麼辦？」

「不會出什麼事的，棺材瓤子！」

「難說，你把我們哄過去了，最後打一個報告，我的一切就全完了，這些弟兄們的前途也就全完了！」

「那麼請便吧！我這是可憐你們，不是求你們！」

「既然你有如此俠肝義膽，你能不能勞動大駕，寫個條兒。這樣，事後你也就不敢給我們的上司報告了！」

馬鐮刀沒有想到這一著，他思慮了一下，點點頭。

他的頭剛一點完，一群饑渴難耐的沙俄士兵，便跌跌磕磕地越過了界河，道伯雷尼亞跟在最後邊。

他多年來，只有目光能越過這個神秘的界線，至於本人的軀體，那是做夢也不敢想的。每當他看見一隻麝鹿，或者一隻野豬，邁著四平八穩的步子，一步跨過界線時，心裏便「咯噔」一聲。甚至看見天上的飛禽，在高空越過這個界線時，翅膀也會顫抖一下，不過這當然是他的心理作用。今天，他越境時，除了恐懼，不知為什麼，還有一種孩童般的惡作劇式的快感。

直到接到馬鐮刀書寫的字條時，心裏才有幾分踏實。

那字條上寫著：

借條

借給沙俄老兵道伯雷尼亞君並一行牛皮大一塊地盤，以作小憩之用。

中國邊防伊犁總兵府轄下白房子邊防站站長

馬鐮刀

光緒二十七年X月X日

# 八　胡楊樹下的狂歡

酸奶子是一種令人咋舌的清涼飲料，它前幾年曾經引起北京人的青睞，北京的風潮未落，上海便又開始風靡了。上海的《新民晚報》曾刊登專欄文章，介紹酸奶子的釀製過程，以及它在中國受人重視的歷史。

晚報的文章說，追溯起來，酸奶子傳入中國的經歷，大約有一百多年了。一百多年前，一個德國人在北京開了一家冷飲店，冷飲店以酸奶子贏得了大量顧客。我不揣冒昧，給報社去了一篇小稿。經編輯珍貴的手筆而潤色，小稿以〈酸奶子非自今日始，芨芨草焉能作掃把〉為題，全文刊登。芨芨草說的是另外的事情，不在本文範圍。

我曾經有幸飲用過蒙古人用馬奶釀製的略帶黃色的酸奶子，曾經飲用過哈薩克、維吾爾用牛奶、羊奶釀製的雪白的酸奶子。有理由相信，這種食品很早就風行於這些以乳製品和肉類為主要食品的羅曼蒂克的民族中了。這種美味佳餚是上天的恩賜。也許，一位牧羊姑娘將一鍋奶子煮沸，準備提取上面漂浮的酥油，並且用下面沉澱的奶渣做奶疙瘩，這時，情人在外邊打起了口哨。姑娘慌不擇路地衝出去了。第二天早晨，當她記起她的工作的時候，結果，奶子已經發酵，黏糊糊的乳狀液體膨脹了滿滿一鍋，並且溢上了鍋台。這時節必須是在夏天。姑娘嚇壞了。她用指頭蘸起一點嘗了嘗，有點奇異的芳香，有點略帶寒意的酸澀。這時父親走過來了，姑娘急中生智，說這是她新學習的一種釀製方法。父親相信了，相信的理由是這食品確實可口。於是，酸奶子便這樣流傳開來，我相信，在那交通閉塞、語言不通的遙遠年代，各民族都是靠自己的智慧首先發現這種釀製辦法的。所以他們都應當第一個擁有專利權。

閑言少敘。二十個中國的邊防軍士兵、二十個沙俄的邊防軍士兵，橫七豎八地躺在胡楊為他們設置的這一團綠蔭下。

馬被使上了羈絆，零零散散地在附近潮濕的地方喘息。

發了狂的士兵將他們的土槍和馬刀，雜亂無章地扔成一團。這些武器在過去的歲月裏，還忠誠地為他們的國家服務過，以後也將繼續為國家服務，那刀刃照樣被鮮血噴軟，被骨頭崩卷，那土槍照樣向外噴射致人死命的彈丸，但是在此一刻，他們忘乎所以了。他們都受不了荒原所給予他們的這種壓抑感了，他們的精神在殘酷的大自然面前崩潰了。酸奶子只是誘發他們這種念頭的媒介。

饑渴的沙俄士兵表現了全部的貪婪。

士官生首先捷足先登。他搶過了中國士兵手中的銀碗，一口氣喝完，又覺得不解饞，於是，將頭鑽進了盛酸奶子的口袋裏。當他的頭好不容易拔出來的時候，人們看見，他好像不光是用嘴，而且用鼻子、眼睛、耳朵同時往進喝酸奶子似的，因為嘴角裏、鼻翼上、眼睫毛上、耳朵裏，同時沾滿了酸奶子。

道伯雷尼亞是最後一個喝的。皮口袋已經空了，他伸出舌頭，一點一點舔著皮口袋。那味道一定很好，因為他的眼睛都快瞇成一條縫了。

看見馬鐮刀無言地盯著他，道伯雷尼亞覺得有失體統，便張著缺少一顆牙的大口，笑了一下，那是感恩的笑。他喃喃地說：「真不好意思，我們甚至比你們喝得還多！」

馬鐮刀始終沒有喝，甚至沒有到皮口袋跟前去。只要士兵們喝飽了，他心裏也就比喝了還暢快。

馬鐮刀也報之一笑。他正在捲莫合煙，那只繡花的煙荷包是耶利亞當年為他縫製的。他覺得眼前的道伯雷尼亞很善良，他絲毫不像一位巡邏隊的隊長，只要給他穿一件農家的開領衫，再提上一把砍土鏝，他簡直就是一位地地道道的老農了。

馬鐮刀為自己先前的戒備心理而有些難為情，他想分辨出這種戒備心理是出於膽怯呢還是一種責任，結果沒能分辨出來。他從來是懶於動腦的。

道伯雷尼亞遞來了自己的煙荷包。這只煙荷包是他的妻子為他做的。不過那時他們還沒有結婚。一個舉目無親的大兵在亞瑪街最黑暗的街道上度過一夜後，回到了邊防站。不久，他接到姑娘用保價郵包寄來的煙荷包。煙荷包現在已經很是陳舊了。道伯雷尼亞雙手遞上，也就近看了看草原上的這位傳奇人物。馬鐮刀不像他所看到的別的清兵一樣，他沒有留小辮，而是有著剃得發青的腦袋。他的外表給人的總體感覺是兇悍，但是一件一件拆開看來，卻給人一種敦厚、實在，甚至是愚鈍的感覺。他的嘴唇很厚，因此看起來很可愛。照實說，道伯雷尼亞在做夢的時候，有幾次都夢到過馬鐮刀割掉了他的腦袋，腦袋像西瓜一樣在地板上打轉。現在，他也覺得他的想法是可笑的。甚至，當孤獨的晚年臨近時，他從馬鐮刀那寬闊的肩膀上，得到了一點慰藉。他也感到馬鐮刀更像一位牧人，如果給他一把大鐮刀，他一天可以割十幾畝草的。

他們用當地的一種土語交談起來。隨後馬鐮刀叫他的勤務兵拿來棋子，他們便在這裏下起棋來。棋子是羊骨做的，用羊血染成深紅色，馬鐮刀天天將它帶在身邊。

這當兒，酸奶子已經喝淨，莫合煙已經抽足，太陽已經收斂了它的烈焰，風兒不知什麼時候從阿爾泰山刮來，巨人般的胡楊在鼓著熱烈的手掌。

耶利亞自然而然地成了人們心中的寵兒。她的歌兒唱了一個又一個。她的舞蹈跳了一個又一個。她旋轉時裙子把香風帶到誰的跟前，誰就禁不住聳起了鼻子。她的旋轉的足尖哪怕把沙子踢到誰的眼睛裏，誰也認為這是對自己的一次特殊的寵幸。大家齊聲歌頌她，齊聲向她獻媚。沙俄士兵稱她是他們的女皇，中國士兵則稱她是他們的皇后。他們都異口同聲地說願為她去死上一百次，而耶利亞取笑他們說：「活著不是更有意思嗎？」

莫斯科來的年輕的士官生是一個不亞於耶利亞的跳舞能手。起先，他左手拿著銀碗，右手拿著隨手揀來的一粒石子，為耶利亞伴奏，而士兵們都不約而同地隨著他的節奏一起拍著巴掌。到後來，他自己再也耐不住了，他霍地跳了起來，鄭重其事地彎腰伸臂，向大家行了個莫斯科沙龍裏才用的禮節，然後朗念道：

祝聖的夜晚，
祝頌隊在演唱。
祝頌隊尋找，
主人的庭院。
主人的庭院，
不大又不小，
七十顆圍椿，
八十里方圓。
男主人坐的地方，
太陽在照耀，
女主人坐的地方，
月亮在照耀。
小孩子坐的地方，
群星在照耀。

誰賞給烤餅——
誰家馬成群，
誰賞給糖包——
誰家牛滿圈。

這顯然是一首俄羅斯的拜節歌或行乞歌，士官生借這支歌，巧妙地表達他們對女主人、對中國巡羅兵的感激之情。歌聲剛罷，荒原上彷彿響起了暴風雨。男人們都往上一跳，站起來了，無數雙皮靴開始轟隆隆地踩動著這一塊地面，無數的手臂在揮舞，無數的歌喉裏發出各種叫聲。

地上揚起了團團灰塵，這灰塵中夾雜著汗腥味、羊羶味、尿臊味、狐臭味。馬兒也一匹接一匹地長鳴起來。

人在這一刻變得多麼美好呀！種種的利欲、邪念、地位、享受、陰謀、叛賣都被丟在腦後了，都被丟在這千里荒原以外的地方了，讓那處在人欲縱橫中的人們去佔有那些吧，人生哪怕能有這麼美好的一個時辰，也該滿足了。

不知過了多長時間，人們突然不約而同地停了下來。月亮，一輪蒼白的、豐滿的、像美人的臉盤似的月亮，來君臨他們的頭頂，正像歌中唱到的那樣：月亮在照耀。

這是中亞細亞一帶最美的白夜，它一直要延續到凌晨四點鐘。太陽已經早早地落下了。

但是，它不斷將自己的白光，戀戀不捨地送給曾經照耀過的地方。大地、山脈、天空在這一瞬間鍍上了一層水銀。芨芨草泛著白光，白楊的葉子泛著白光，所有的各種顏色的馬匹，以至人類本身，都變成白色的了。沙狐、土撥鼠、刺蝟也不知道是從哪裏爬出來，現在在荒原上大搖大擺地走著，甚至走到人的腳底下來。

士兵們請一直沒有吭聲的馬鐮刀和道伯雷尼亞唱歌。

馬鐮刀朗朗有聲，是一首唐詩：

**葡萄美酒夜光杯，**
**欲飲琵琶馬上催。**
**醉臥沙場君莫笑，**
**古來征戰幾人回。**

道伯雷尼亞撕開嗓子，唱了一首同樣蒼涼悲壯的古歌。這首歌本該是要用六弦琴伴奏，可惜沒有六弦琴。耶利亞拿起那只銀碗，卸下一副馬鐙。馬鐙擊碗，錚錚作聲。眾士兵則用馬刀的刀背敲打。

**一位哥薩克淪落在庫班河對岸，**

他不是單獨一人，還有好友陪伴，
他的好友是烏黑的烈馬，
風快的戰刀是他的保鏢。
他用戰刀打著了火，
他又拾了許多羽茅草，
他把羽毛草放在火上，
一面裹傷一面說：
「我的傷哪，是很重的傷！
傷勢沉重，直接連著心臟，
連著心哪，流著殷紅的血。」
哥薩克臨死前對馬說：
「烏黑的烈馬，你聽我說：你要掙斷韁繩，
掙斷韁繩，拔起拴馬樁，
你不要聽喧嘩吶喊，
你不要看河水奔騰，
你順著小路一直向前跑，
順著小路跑回我們光榮的靜靜的頓河，

跑回頓河，跑到我親愛的父親居住的地方。
我的馬啊，你敲敲門，
一位老人出來迎接你，那是我親愛的父親，
一位老太婆出來迎接你，那是我親愛的母親，
一位年輕的寡婦走出來，那是你的女主人。
她挽起你的絲韁繩，
把你牽到馬廄中，
把你拴到木樁旁，
拴到木樁旁，拴到銀圈上，
然後會向你仔細打聽：
馬呀馬，你對我說，你的主人在哪裏？
我的好友啊，你就對她說：
你的主人在庫班河對岸，
在庫班河對岸和別人結了婚，
給他訂婚的是槍彈！
為他祝福的是刺刀！
飛快的馬刀是他的花冠，

**他的妻子是棺材板，**

**潮濕的土地是他的母親。」**

歌聲用悲愴的男低音，繞了一個彎兒後結束，它那發自胸膛的聲音搖撼了整個荒原。心腸軟的戰士已經掉淚了，而耶利亞，她那張孩兒臉在白夜裏閃閃發光，那是淚流滿面的緣故。她突然意識到自己是緊緊地靠在馬鐮刀的肩上的，嚇了一跳。但是，馬鐮刀並沒有斥責她，他仍然處在歌聲所描繪的那個悲壯的意境中。

月亮像個睡眼矇矓的美人，靜靜地、賢淑地照耀著這塊荒原。

## 九　一張牛皮的故事

一次巡邏就這樣結束了。不久，季風就會掩沒士兵們留在沙礫上的腳印，雨水會沖刷掉河裏那深深的馬蹄印，沙狐會把每一個滴過酸奶子的沙粒舔淨，誰也不會知道中俄邊界胡楊樹地段，曾發生過這樣一件事情。即便是過了許多年以後，那些士兵退役了，在家鄉的酒館裏吹牛的時候，洩露了這件事，那也無關緊要，時過境遷，誰也不會追究那些過去很久的、並沒有造成後果的事情的。

相信我，在這之前和之後，都發生過類似的事情的，這些事情都沒有產生後果。

但是這一次卻要發生悲劇了。馬鐮刀的不祥的詩歌和道伯雷尼亞不祥的歌曲，已經早就開始預兆了。據一位士兵回憶說，那一天晚上的月亮很怪，它的外邊有一個圓圓的風圈。據另一位士兵回憶說，那一天晚上，沙狐立起身來，兩隻前爪對著月亮祈禱。而一向以兇悍著稱的狼狗，像被定身法定住了一樣，竟無意於去追捕牠。

怎麼說呢？第二天早晨，馬鐮刀就產生了一陣後怕。他忐忑不安地過了一些日子。在這些日子，他在巡邏和執勤中都格外謹慎。他甚至希望世界上這些天內能有別的重大事情發生，以便掩飾這件事情。他為自己的衝動而懊悔不已。

邊防站短時期內依舊相安無事，陰謀是在荒原以外的土地上進行著的。

冬天到了。這是一個白雪茫茫的冬天。在沙俄新近出版的地圖上，中國邊防線大河以北、胡楊樹以南五十五點五平方公里的土地劃入沙俄版圖。

接著，他們正式向滿清政府提出了對這塊土地的領土要求。

滿清政府驚詫地接受了沙俄的外交照會和那本袖珍地圖冊。他們以為這是搞錯了。在這期間，他們從檔案館裏找到許多的資料，像他們以前或以後遇到此類問題時所能做到的那樣，從這塊土地的歷史淵源、人口變遷、陳物古跡等等方面進行了論證，從而證明這塊土地歷來是中國的，沙俄犯了錯誤。

沙俄的外交官並沒否認這塊土地是中國的，但是他們說，中國已經借給他們了。

當會晤發展到一定火候之後，變成了會談。會談中，他們從文件夾裏拿出一張保存得很好的紙條。我們知道，這是馬鐮刀在荒原地區、胡楊樹下，用捲莫合煙的黃紙信手寫下的一張便條。

中國官員傻眼了。他說：「即便如此，那這上是說，一張牛皮大的地盤，而你們劃去了……」

沙俄官員說：「我們試驗過，把一張牛皮割成細條，恰好可以圈五十平方公里！」

「即使真是這麼一回事，那條子上只是說，借給你們的！」

「是借給我們的，但是，請你注意，這條子上沒有寫還期。這意思就是說，這是永久借給我們的。」

這位中國官員不能說是一位賣國主義者，他像我們大多數人一樣，對土地有著深切的眷戀，在他的家鄉還時常發生農民為爭一條犁溝而互相仇殺的事。所以，他為五十五平方公里而心疼。但是，這是一九〇一年的冬天，滿清政府被八國聯軍趕出北京，避難西安，現在剛剛回來，驚魂未定，實在不願意為那五十平方公里蠻荒之地，而惹出事端了。

沙俄官員的態度露出殺機，他們暗示說，他們要仿效往日在阿爾穆河一帶採取的、以火與劍為先導的政策，強行佔領這一塊地方。

中國官員唯唯諾諾地退出會晤室。

懶散的中國只有在處理這類涉外事件時，才能表現出少有的高效率。會談剛罷，外交部門立即通過軍事部門，火速前往霍城伊犁總兵府，伊犁總兵府又立即將白房子邊防站站長馬鐮刀，傳訊歸案，經過馬鐮刀對那紙條的證實以後，懦弱的滿清政府，沉默不語了。

接著，滿清政府承認了沙俄對白房子邊防站所轄這塊領土的主權，命令白房子邊防站從五十平方公里以內遷出，重新建站。

接著，滿清政府給伊犁總兵府下達了就地處死白房子邊防站站長馬鐮刀的命令。

# 十　與狼共舞

這是一個悲哀的日子。馬鐮刀被五花大綁，捆在馬上，離開了邊防站。他心愛的狼狗，幾次躥到馬背上，都被那位面目兇惡的差官，用鞭子毫不憐惜地打下馬來。邊防站全體官兵，踩著陷入大腿的積雪，把馬鐮刀送了一程又一程。耶利亞用手扶著馬鐙，隨著馬緩緩而行。她被這件事情弄糊塗了，呆呆地不知說什麼好。

「今年的雪大，明年的蚊子會很多的，你們要有個思想準備。」馬鐮刀皺著眉頭說。他對官兵們的過於感情外露，有些看不慣。他認為不管怎麼樣，他還會回來的，當然不會再當站長了。他將前往伊犁總兵府，解釋事情的整個經過。他還沒有料到事情的嚴重後果。

他用仇恨的目光眺望著邊境線外邊的那座邊防站，一群沙俄士兵正在積雪的院子裏踢足球，雪原上傳來陣陣愉快的尖叫聲。他的眼前浮現出那個留著山羊鬍子的老頭，他的總是瞇起的、不敢正視人的眼睛，他的讓人憐憫的一大把年紀，他吮吸酸奶子時的那種貪婪的神情，他的感恩戴德的語言。

馬鐮刀在這一刻，對人類——這個站起身子用兩隻腳走路，從而騰出兩隻手，幹著各種各樣的壞事的高級動物，深深地失望了。他感到好像有一把尖刀，向他那行俠仗義的胸膛捅來。

他們在荒原上走了十天，才走到伊犁總兵府。這十天馬鐮刀有許多次可以逃跑的機會，他都沒有跑，他想向上屬解釋一下。

沒有必要解釋了，上屬早就對這位當年的「草原王」心懷戒心了，正好趁這個機會除掉他。即使，話又說回來，上屬想保護他，也是沒用的，蓋著朱紅大印的命令，早就通過驛站，層層送了下來。

馬鐮刀聽到這個事情所產生的後果時，他嚇呆了。他雙膝跪倒，號啕大哭。

「我有罪呀！我有罪呀！」這位壯漢撕著自己的胸膛，痛心疾首地吶喊。

他主動請求以死來彌補自己的過失。

就在行刑的前一天晚上，大雪滿天，朔風怒吼，馬鐮刀掙脫手銬，越獄出逃。

伊犁總兵府向各地發了通緝令。

馬鐮刀在暴風雪中走著，他不知道自己走了多少天，因為在暴風雪中，是很難分辨出白天和黑夜的。風像刀一樣地劃過他的臉，沉甸甸的雪團打得他直不起腰。他的大衣，不知怎麼搞的，被風給剝走了，只要一剝走，就不可能再找回來了。風能一直把它吹到天上去，大衣斜斜歪歪地，像一隻張著翅膀的兀鷹。風又能把它吹得在地上滾著走，像吹動一卷沙蓬。

馬鐮刀強迫自己無休止地走下去。現在的走法，已經沒有任何目的性了，只是為了不被凍僵。在草原上，凍死一個人是微不足道的事情。他一邊走，一邊用耳朵聽著，這時候，如果能碰上氈房，他就活命了。

他突然聽到一陣細微的叫聲，開始，他以為這是風的尖叫，後來把帽子卸下來，細細地聽。

這是嬰兒的叫聲，其間還有母親的溫柔的撫愛聲。

他大喜過望，連想也沒有想，就向那聲響的地方奔去。

他聽見了有別於風雪的另外的聲音。

他看見了兩扇小小的窗戶，窗戶透出淡淡的藍光。

他又向前走了兩步。

他看見那亮光動了起來，向他移了過來。

他鬆弛的神經一下子繃緊到了極點。

「狼！」他大喊一聲。

他拿出馬刀，一個箭步衝過去，手起刀落，狼的半個腦袋被砍下來了。

他蹲下來，把狼抱在懷裏，暖了暖自己凍僵的身子。他突然發現，狼的腿上帶著一個夾子。這就是說，附近有牧人，狼是中了牧人的夾子，不能行走，才在冰天雪地裏呼喊的。

他已經憑多年的經驗，意識到暴風雪快要過去了。他準備在這裏摟著狼，待到天亮。可是，現在他突然改變了主意，他明白自己依然處在危險中。單獨的狼在這樣的夜晚是不會出來行動的，牠們會抱著自己的母狼在家裏安睡。這肯定是一群跋涉中的狼群中的一員，牠的叫聲就是在呼喚同伴：牠遇難了。牠等待同伴折回頭來，咬斷牠的被夾子夾住、而夾子又緊緊地嵌進肉裏的那個腿，然後跟上隊伍前進。

意識到自己的危險處境後，馬鐮刀用馬刀割開狼半截腦袋上的皮，抓在手中，用一隻腳踏住狼頭，然後死勁一拽，只聽「嚓嚓」兩聲，一個整張的狼皮就留在他手中了。前後八分鐘，正是平日剝一隻羊的速度。

馬鐮刀把狼皮反披在身上，提著馬刀，準備趕路。

已經晚了，他看見眼前這片雪地上，佈滿了綠瑩瑩、陰森森的星星一般的眼睛。狼群迅速地移動著，將他圍在中間。

「足足有二百隻狼！」他在心裏對自己說。

一隻狼兇惡地衝了過來，嘴巴直取他的頸部。馬鐮刀一刀砍去，狼從他的腋下溜走了。片刻，第二隻狼又衝了過來，馬鐮刀一刀落下，又空了。看來，狼並不急於取得勝利，牠們只是想先消耗他的體力。

由於他無暇顧及，所以包圍圈越縮越小了。

「不能這樣！」馬鐮刀暗暗提醒自己。他瞅了個機會，躲過撲上來的狼，跨前兩步，把一個正在旁邊觀戰的狼一刀劈死。狼血濺了他一手一臉。

別的狼也被這一刀嚇壞了，一下子後縮了十幾丈。

狼群中又醞釀了一陣。接著，牠們採用了一種新戰術。成百條狼組成了一個裏三層外三層的圓圈，圍著馬鐮刀轉起來。

圓圈就這樣越縮越小，牠們欺馬鐮刀是孤身一人，顧了身前顧不了身後。

馬鐮刀也想到自己形單影隻。這時候，他想起了自己那條心愛的狼狗，有牠在身邊就好了。狼狗曾經有孤身一個與狼群搏鬥的經歷。牠看見狼多，無法顧及身前身後，便躲在邊防站那個三角形屏障的牆角。這樣，三面都是屏障，敵人只能從一面進攻了。現在，馬鐮刀也多麼想找一個牆角呀！可是，這是在荒原上。

他沒有一步退路了，於是打起精神，像個瘋子一樣鑽進狼群，揮起馬刀亂砍，刀法也已經亂了。到後來，地上已經有八條狼的屍骸了。

就在這時候，他看見了那頭指揮這場惡戰的母狼。這是一頭罕見的白狼，一條後腿瘸著。牠已經很老很老了，狐狸越老越紅，狼越老越白。此刻，這隻老狼像個老謀深算的女巫一樣，正滿懷信心地看著這場戰鬥接近尾聲。屆時，牠將得到一頓美餐。

馬鐮刀一聲怒吼，躍前一步，揮刀向白狼砍去，不料腳下一虛，身子軟軟地倒了下來，馬刀也飛了出去。

群狼一聲歡呼，都把嘴巴伸了上來。

就在這時候，雪原上傳來一聲淒厲的叫聲。一個黑影，閃電般自遠處飛奔而來，狼群被這意外的來客驚呆了，就連母狼也甚感異樣。

邊防站的那條狼狗其實一直跟在牠的主人後邊。只是到了伊犁之後，土肥水美，那裏許多母狗對這位體形健美、精力旺盛的荒原來客表示了好感，而牠也就整天沉湎於尋樂之中，等到想起牠的主人的時候，主人已經越獄逃跑，牠循著氣味，步步追趕，一直趕到現在。

馬鐮刀艱難地用手指了指那條母狼，便渾然不知人事了。

狼狗明白了他的意思，只一躍，便躍到母狼跟前。母狼絲毫準備也沒有，被狼狗致命地咬住了脖子。母狼的幾個保鏢在狼狗身上亂撕亂咬，可是狼狗毫不鬆口。

當狼狗鬆開口以後，我們看見，白母狼的脖子已經完全斷了。

頭狼死了，狼群不知道怎麼辦才好。牠們將這一人一狗圍定，不再進攻了，但是絲毫沒有放他們走的意思。

狼狗遍體鱗傷，牠蹲在主人身邊，不時用舌頭舔一下嘴角。

天，放晴了，這是一個異常寒冷的雪原的早晨。一位青年牧人來揀他的夾子的時候，被這場面嚇壞了。他將自己放牧的牛群、馬群、駱駝群全部趕過去，衝散了這支狼群，救出了馬鐮刀和他的狼狗。

減員的狼群將同伴的屍首撕成碎片吃掉以後，又開始牠們的遷徙了，牠們在遷徙中又去產生牠們尊敬的老狼。當然，這是與我們人類無關的事情。

這位青年牧人說他聽見了晚上的廝殺聲，但他沒有敢開門。他為此表示歉意。

青年牧人用最豐盛的食品招待他，並且在他離走時，將自己騎的那匹打有鐵掌的伊犁馬送給他。

儘管好客是草原人的美德，但是，這種禮遇是不是有些過分了。

而且，他沒有問馬鐮刀是什麼人，從哪兒來，又到哪兒去。

而且，他沒有按照通常的慣例，將他的妻子介紹給客人。

馬鐮刀將受傷的狼狗留在青年牧人的家裏養傷，他自己則騎上駿馬，踏上了路程。突然，他想起了這位牧人是誰。他轉過馬頭，滾鞍下馬，跪倒在地。

「卸下你的帽子吧，求您！」

牧人卸下他的帽子。

正是耶利亞原來的丈夫。

「騎上我的馬，趕快走吧，防止我又翻心了，來殺你。你的事情已經傳遍了整個草原，大家都明白你越獄的目的是什麼。去吧，親愛的朋友，從這裏一直向西北，越過黑山頭，就是布爾津。你沿著布爾津河一直走，走到布爾津河與額爾濟斯河交匯處，再沿額爾濟斯河往下走，一連走八個白天和晚上，你就到白房子邊防站了。」

馬鐮刀再一次深深地跪倒，要他原諒那不愉快的往事。

「我早就已經原諒了。我現在有妻子和孩子，我們生活得很幸福。耶利亞這樣的女人不是我們這些安分守己的男人所能留住的，她是為那些草原上的英雄而生的！快起來吧，朋友。問候耶利亞好，她其實是一個很善良的人，你要好好地保護她。草原上流行一句格言，格言是這樣說的：永遠不要欺侮無靠的女人。」

## 十一　野蘋果

一九七二年的冬天，也就是距那次事件整整七十年後，本文作者作為一名普通的邊防軍士兵，從遙遠的內地來到這裏服役，而且就在白房子邊防站。

這塊草原地帶不像先前那麼荒涼了。五十平方公里的爭議地區，就駐有中國邊防軍的三個邊防站，它們依次是白房子邊防站、紅柳邊防站和大沙山邊防站。正規部隊以外，還駐有生產建設兵團一八五團。這個團除一個武裝值班連以外，其餘連隊都是一手拿槍，一手從事農業生產。連隊和邊防站成一字形，沿邊界擺開。

這個不知鐮鋤為何物的荒原，正在接受建設者的改良，人們發現，只要能引來水，這塊土地是可以生產農作物的。

一塊塊的條田修建起來了，在這些田地裏生長著春小麥、向日葵和鋪天蓋地、豔麗無比的罌粟花。一位中年婦女正在引水灌田，她的語音告訴你，她是一九六五年的那批上海、天津支邊青年。

我們在邊防站接受了兩個月的邊防政策教育。我們學習「邊防政策二十條」，背會了

「不吃虧、不示弱、不主動惹事，不挑起邊界事端；有理、有利、有節」的邊防政策總原則。我們還膚淺地知道了沙俄侵略中國的歷史，懂得了一八八三條約線、蘇圖線、雙方實際控制線這些名詞所包含的意義。

我們還在邊防站站長的帶領下，登上瞭望台，看到了對面一公里遠處，那個和我們所對應的邊防站。

那個邊防站院子裏，有一座紀念碑式的尖頂袖珍建築物，在陽光下閃閃發光。我們問站長這是什麼。

站長支吾其詞，他顯然是怕引起我們的精神負擔。他說，以後再告訴你們吧。

我們還學習了列寧的教導：愛國主義是千百年來培養起來的對祖國的一種神聖的感情。

最後，我們就上崗了，艱苦的邊防生活就開始了。農民媽媽不久會接到我們的第一封信，和一張騎著邊防站那匹最老實的老馬所拍攝的照片。

年輕的我，懷著建立功勳的渴望，從沼澤地與沙漠的接壤處，挖下一顆野蘋果樹。我把它栽在院子裏，營房的左首，然後到那個利用杠杆作用吊水的水井旁，打下了一桶水。我希望自己能像樹一樣扎根邊防。

一桶水倒下去，馬上就滲完了。又一桶倒下去，也沒見存住。我一口氣為這棵樹澆了十幾桶水，可是，地下好像有個看不見的大口似的，把這些水都吞掉了。

我有些害怕：雖說沙土滲水，但也不能滲得這麼快呀！

我叫來了全班的戰士。

我們拔掉了這棵樹，然後用砍土鏝和鐵鍬，向下挖去。

後來我們挖到了圓木上面。撬掉圓木，才發現這是一個地道。

在地道的頂端，我摸到一堆像西瓜一樣的圓圓的東西。

抱起一顆，拿到亮處一看，是骷髏。

一共從地道裏挖出十幾顆白生生的骷髏。

邊防站立即用無線電向上級做了彙報。

司令部一班人馬，連同醫生，以最快的速度，趕到了邊防站。

他們仔細地研究了這些人頭骨，認定他們是沙俄士兵的。

在和上級通了長時間的電話以後，他們指示，仍然將這些骷髏埋進地道裏，並且將地道堵死。關於這件事，誰也不許再提。事情已經過去很久了，沒有必要再為那些人頭又進行一次次無休止的會晤了。

而我，依舊將那棵野蘋果樹栽在那裏。

在全站軍人大會上，分區的那個作戰參謀，繪聲繪色地為我們講述了這塊爭議地區的由來，講述了馬鐮刀的故事。從他的故事中，我們知道了，馬鐮刀潛入邊防站後，召集舊部，深夜越過界河，用馬刀割掉道伯雷尼亞以下十九顆人頭。

關於馬鐮刀的最後結局，這位作戰參謀說，有理由相信，他將十九顆人頭扔進地道裏，填死地道口後，便帶領他的曾經做過強盜的士兵們，流竄到別的地方去了。至於到什麼地方去了呢？他說，很可能是在中國與印度、巴基斯坦接壤的邊境地區從事走私活動，當然按年齡推算，馬鐮刀早已死了，但是那個組織還存在著。

我自以為知道了這個故事的全部，其實我錯了。五年以後，當我就要離開邊防站的時候，在一次執勤中間，我意外地遇到了一個女人。從她那裏，我知道了這個故事的真實的結局。

# 十二 女巫

人們一直傳說著，荒原地帶居住著一個神秘的女人，她不住帳篷，不住氈房，而是住在和地面一樣平的地窩子裏。和她無緣的人就是乘馬踏過她的窩棚頂，也不會遇到她；和她有緣的人，經常會在暴風雪的夜晚，或者迷路的途中，得到她的幫助。誰也不知道她多大年紀了，誰也不知道她是從哪裏來的，大家都有些怕她，儘管她從來沒有傷害過人。有些好奇心強的人，想調查一下她生活的來源靠什麼，結果發現，每年的冬天，常常有一些面目不清的人，乘著爬犁子，不知從什麼地方來，為她帶來一年的食品、鹽巴、茶葉，還有一些藥片。

臨離開部隊的前夕，一想到就要和這塊土地告別了，和馬鐮刀的故事告別了，和我的那匹伊犁馬告別了，心裏實有幾分不捨。在一個星期天，我請了假，跨上自己的坐騎，來到了空曠的草原上。後來我迷路了。我生怕自己不慎而越界，鑄成大錯。正在萬分著急的時候，我想起牧人們的說法：迷路之後，你就放鬆韁繩，馬兒會自己找路的。

馬兒帶著我向一塊陌生的地方走去，最後，停在了一座窩棚的旁邊。一位女主人坐在窩棚外邊洗衣服，就著木盆，懷裏抱一塊石頭——那是用動物內臟做的類似肥皂的東西。

她沒有絲毫驚奇的意思，好像早就料到我要來了。她不動聲色地站起來，請我進屋。

倒是我美美地吃了一驚，甚至比在地道裏抱著那些骷髏時更吃驚，我明白自己遇見傳說中的那個女巫式的人物了。

不知是她首先告訴我的，還是我自己首先猜到的，總之，當第一杯奶茶落肚後，我就知道她其實是許多年前那令草原上的人們為之傾倒的耶利亞了。

也許是她自己說的，是我的誠實的面貌取得了她的信任，是她急於要把那個故事的結局告訴世人。

她依然那麼年輕，漫長的歲月沒有給她身上留下絲毫痕跡，這真是不可思議的事情。只是她的滿頭黑髮現在完完全全變白了，白得如同北歐人那種天生的銀髮。

關於她的那些淫蕩的故事，現在還在草原上廣為流傳著，阿肯們把她編進歌裏去，訓誡後人。夫妻們在同房前，將她的故事作為培養他們情欲的作料。

我好奇地打量著她，甚至有些神不守舍。當我盯住她那雙初看烏黑，細看是暗藍色的、宛如深潭一般的眼睛時，我只能夠對自己說，我看見的是一個聖女。

# 十三　重返白房子

馬鐮刀伏在馬鞍上，沿著額爾濟斯河艱難地走著。他的雙腿已經失去知覺，只是機械地夾住馬鞍。那天晚上與狼惡鬥時，流了許多汗水，衣服上又濺了許多狼血，現在這些都凍成冰碴子了，緊緊地裹在他的身上，活像穿了一身硬鎧甲。

暴風雪停了，嗚嗚的西北風在猛烈地撕裂著低垂的濃雲。整個額爾濟斯河河谷響起一陣歌唱般的喧囂。

有一條近路他是知道的，卻不敢去走。雪落了足有整整一米厚，風把高處的積雪卷到低窪的地方，形成一個個雪的陷阱，一不小心就會連人帶馬掉進去，再也出不來了。所以，他只能順著河，繞著圈子。

馬鐮刀完全地變樣了，只幾天工夫，生活便把這位血氣方剛的男人，折磨得皮包骨頭了。臉上被狼抓下的爪印，現在已經結痂，時不時地向外滲著血水。乾裂的嘴唇上，長短不齊地長滿鬍渣。他的眼睛，茫然地注視著前方，暗淡無光，平時的矜持和自信，現在都跑得無影無蹤了。

一條巨大的狗魚，在蔚藍色的冰層下面，自由自在地游動。這是一條母魚。肚子鼓鼓的，眼神裏刻滿了一個魚類母親的憂鬱之色。牠秋天在北冰洋受精之後，便溯鄂畢河而上了，從鄂畢河來到額爾濟斯河。明年春天，春潮氾濫，冰雪消融的時候，它將在一條河汊產卵，然後駕著春潮重返北冰洋。

這些魚兒多麼幸福呀，牠們沒有祖國，可以在地球上任何一處水域裏自由自在地游蕩，而不必有越境之虞。牠們不為任何人承擔信義，也不知什麼叫廉恥，該幹什麼就幹什麼，牠們也不會有叛賣、陰謀、背信棄義的舉動。

那個條子的事給了馬鐮刀致命的一擊。他現在才發現自己貌似兇惡的外表下，有一顆善良的充滿人類之愛的心，可惜這顆心被無恥地利用了。這些天，他的眼前時不時地浮現出道伯雷尼亞的那張假惺惺的臉，和那把翹起的時時伸到人面前的山羊鬍子。他覺得那鬍子彷彿一把雪亮的匕首，緊緊地插在他的滴血的心臟上，一走動就疼痛。

五十平方公里的土地呀！

他緊緊伏在馬鞍上，伸出雙手摟住馬的脖子，靠馬的體溫取暖。

「我是不會放過道伯雷尼亞的！」他在心裏對自己說。這一刻，他的暗淡無光的眼睛明亮起來，射出兩道陰森可怕的野狼般的目光。這目光因為疲憊不堪而顯得愈加猙獰。

「當他幹著叛賣的陰謀的時候，他忘記了，他的冤家是當年令人聞風喪膽的草原王！」馬鐮刀自言自語地說。

終於，馬鐮刀望見了白房子邊防站屋頂上那個被煙熏黑了的煙囪。他還看見，耶利亞像失掉魂兒一樣站在房頂上，向他來的這個方向眺望，風把她的裙子吹得卷起來，纏在身上，在天與地之間搖曳。

瞭望台上的那面國旗，正在緩緩地降了下來。整個邊防站哭聲一片。不光是人類，動物也意識到要發生什麼變故了。馬兒在馬廄裏，長一聲短一聲地叫著，蹄子把凍得發硬的土地刨成了小坑。羊群不在草垛子旁邊吃草，卻在頭羊的帶領下，成一路隊形，從邊防站的院子裏穿過去。由於清理庫房，老鼠也被驚動了，一隻老鼠吱吱叫著，在院子裏的雪地上亂竄，一會兒就直挺挺地凍死了。

邊防站要後撤一公里，離開這塊爭議地區。新的站址將建在哈拉蘇自然溝以外。

這天夜裏，馬鐮刀帶著包括他在內的二十名中國士兵，倒提馬刀，越過了邊境。

# 十四　復仇的火焰

道伯雷尼亞莫名其妙地高升了，連他自己也感到意外。

看到那只郵差送來的公文袋後，他在心裏說，退伍通知下來了，馬上就要見到在遠方熱切地期盼著他的妻子了。從此，他們將在莫斯科的小屋簷下，憑他的退休金，過一個平平常常的安逸的晚年。

打開火漆封著的公文袋，他驚呆了：這是一項升遷命令。他被任命到他的上級部門——那個要塞軍區擔任督察員。這種職務通常是給那些有著特殊的功勳，或者和上級某要人有特殊關係的退役軍官設置的，是一個既體面又有實惠的閒職。

「烏拉！我們的體察一切的、至高無上的沙皇陛下！」這位沙俄老兵滴下了幾滴渾濁的淚。

可是，當靜下來冷靜地一想，他又覺得這事有些蹊蹺了。

他想起了他的戰友們的一個個悲慘的老年。

「一位哥薩克淪落在庫班河對岸」這支歌，真實地表現了這些出身低微的沙俄低級軍官的悲慘的命運。

這歌兒自那天胡楊樹下的一場邂逅後，一直時時縈迴在他的耳邊，攪亂他的日漸衰老的心。近些天來他老是神魂不定，感到似有一場變故將要發生。

道伯雷尼亞是一個小心謹慎的人。那張馬鐮刀即興寫下的條子，他本該在舉步跨過界河的時候，交還給他。可是那天晚上大家都太激動了，兩人都忘掉了這件事。

第二天他記起這張條子的時候，已經找不著它了。他記得他是順手裝在莫合煙口袋裏的。

莫合煙口袋被好幾個士兵動過了。道伯雷尼亞的煙荷包是大家的煙荷包，誰的手都往進塞。他的煙從商店裏買回來以後，還要用酒熏一熏，再加上一點點煙土，這是他多年來養成的習慣。

他問遍了拿他煙荷包的人，大家都承認用過他的煙，和那裁成細條的捲煙紙，但是，沒有見到那張紙條。

「也許，是誰用它捲煙抽了！」道伯雷尼亞寬慰自己說，「但願不出事才好！」

他的一生都有小人伴隨著，他吃夠了這些人的虧。

他擔心這件事將對他的退職和以後的生活產生影響，然而，現在命令宣佈了，不管怎麼說，這是一件應當慶幸的事情。

一位沙俄老兵在邊界度過了他的一生，沒有和棺材板結婚，這本身就夠了，一切奢望都不該再有了。

不過他仍然沒有排除自己那種不祥的預感。

對面——中國邊防軍的活動規律出現了一些變化，他們巡邏的次數減少了，巡邏的路線也有了一些變化。而最令他不安的是，那只經常在界河左右出沒的狼狗消失了。狼狗消失是一種現象，如果狼狗沒死，而是出走了的話，這意味著狼狗的主人——馬鐮刀也不在邊防站了。為了證實自己的想法，他爬在瞭望台上，用望遠鏡瞄準對面的院子，觀察了許多天。

他自己的邊防站裏，也發生了一些變化，那位士官生被指定為臨時負責人。很明顯，等新兵開春一到，道伯雷尼亞和三分之一的老兵一走，他就接任站長了。

「那隻母狗便會成為站上的女皇了！」道伯雷尼亞無可奈何地望著，眼睛裏露出一種俄羅斯式的憂鬱。

他總覺得這位花花公子有什麼事情瞞著自己。一個肚子裏藏不住隔宿屁的人，要想獨自佔有一個秘密是很難的，這秘密會在他肚子裏，燒得他日夜難受。

這天夜裏，暴風雪在吼叫了整整一個星期後，突然停了。荒原顯得異樣的安詳，位於界河西側的這座小小的邊防站，孤零零地陷入一片雪海之中。

夜已經很深了，道伯雷尼亞查哨回來，正準備休息。今年的雪大，明年會有很多的蚊子的，到那時自己雖然不在邊防站受罪，但是，留下的弟兄，還有新來的弟兄，可是要受苦了。

他突然聽見狗沙啞地叫了一聲，仔細一聽，又沒有動靜了。

他犯了疑心，輕輕地從牆上取下了刀。

二十個士兵打成一個通鋪，順著牆排成一溜。現在，有兩個鋪位是空的，一個士兵站哨去了，一個士兵，也就是士官生，趁風雪剛停，到遠遠的兵站運蔬菜去了。道伯雷尼亞本該是睡在站長室的，可是，冬天來了時，他就搬進通鋪了，一則是近些天每夜常常做些惡夢，他心裏有幾分膽怯；一則是快要離開邊防站了，他想和士兵們多待一陣。

正當道伯雷尼亞見沒了動靜，想將馬刀重新掛到牆上的時候，突然一聲響動，大門被一腳踢開，隨著一股寒氣，闖進一個蒙面大漢來。

道伯雷尼亞一驚！大喝一聲，舉刀迎了上去，將那蒙面人逼到門口。

「快起床！」道伯雷尼亞喊了一聲。

士兵們糊裏糊塗地爬起來，亂作一團，衣服、鞋子也顧不著穿，便握起馬刀，溜到了床邊。

那蒙面大漢力大，挺起馬刀步步逼來，道伯雷尼亞只有防守之力，沒有進攻之力。

這當兒窗子被砸得粉碎，蒙面人一個接一個跳將進來，屋子裏亂作一團。

蒙面漢欺道伯雷尼亞年老，馬刀左一下右一下直向他面門上砍。一刀砍來，道伯雷尼亞舉刀一迎，那刀卻順勢滑下，只聽「嚓」的一聲，他的小腹被劃了一刀子，腸子流了出來。

道伯雷尼亞回刀剛將這一橫刀格開，不料這刀卻　個回轉，並未收回，而是直取道伯雷尼亞脖子。隨即，他感到一個涼颼颼的東西，擱在他脖子上了。

「蒙面漢，我與你前世無冤，後世無仇，如何下此殺手？」道伯雷尼亞見必死無疑，索性不還手，壯著膽子問道。

「無冤有冤，有仇無仇，你我明白，且將這顆人頭用上一用，再討冤仇不遲！」

「你到底是哪方好漢，這偌大荒原地帶，我無名的不知，有名的皆曉！」道伯雷尼亞想激起那蒙面漢撕下面紗。這招顯然靈驗了。

「好！我刀下不殺無名之人，也叫你死個明白！弟兄們，取下遮臉兒！」

只聽嗖的一聲，二十個大兵一齊撕下面罩兒。道伯雷尼亞定睛一看，原來是馬鐮刀一干人馬。那些大兵也不愧是馬鐮刀平日所教，只幾個回合工夫，便像馬鐮刀逼住道伯雷尼亞一樣，個個都將那鋒利無比的馬刀，擱在了這些睡夢初醒的沙俄士兵頸上。

見是馬鐮刀一行，道伯雷尼亞輕鬆了一些，問道：「不知何事，冒犯馬大人，昨日以酒相待，今日兵刃相見！」

馬鐮刀哈哈一笑：「我正想借這口刀，來問你個究竟呢！」

「此話怎講？」

「我且問你，這胡楊樹地段一場聚會，我馬鐮刀是對也不對？」

「對！」

「你道伯雷尼亞是對也不對？」

「也沒錯！」

「那一張二指白條，可曾是你要我所寫？」

「正是！」

「那，且將那條子還我，便留你一顆人頭。」

「條子已經不在了！」

「哪兒去了？」

道伯雷尼亞一驚，從夏天到冬天，自己一直擔心的事情果然發生了。他猛然想起那條子很可能是士官生拿走的！因為有人看見，士官生躺在營房裝病的時候，偷偷給上峰寫過信，他將那信交給軍郵兵的時候也有人見過。

# 十五 血祭雪原

那條子確實是士官生拿走的。士官生拿走條子時，不曾想過能因這張條子，引出這麼大的一場變故。最初，他只是想趕在道伯雷尼亞前邊，告他一狀。他總疑心，道伯雷尼亞在臨退休前，一定會將自己的難堪的行徑告訴給繼任的，那樣，他的面子和前程就算全完了。

當士官生得知這件事的結果時，他嚇壞了，他明白自己幹了一件蠢事。聊以自慰的是，他的目的達到了，他取得了上級極大的信任，他將在道伯雷尼亞之後，接任這個站的站長，而到那時候，這個站也許就搬遷到界河那邊去了。

上級並沒有處分道伯雷尼亞，這是士官生所沒有想到的。不管怎麼說，道伯雷尼亞被提升了，想到這一點，士官生受譴責的良心也就得到了一點安慰。

按說，邊防線這幾個月來發生了這麼大的變化，道伯雷尼亞應該知道的，可是，大雪封路，上級預備到明年開春以後，才派人來實際勘察。再則，上級幾次發來的有關這方面的絕密公函，都被士官生搶先得到，並模仿道伯雷尼亞的筆跡，簽了回執。所以，道伯雷尼亞還蒙在鼓裏。

士官生的想法是穩妥的，等明年開春，他擔任站長後，道伯雷尼亞即便知道了這一切，也就無可奈何了。可是，現在需要保密，他知道這個老兵一旦動起火來，是不得了的事情。

據沙俄政府後來向中國政府提出的抗議中說，是馬鐮刀和他的士兵們割掉道伯雷尼亞他們十九顆人頭的，但是眼前這位活著的證人說，是道伯雷尼亞和他的士兵們自刎而死的。我更傾向於這位單純的女人的話。

她說，馬鐮刀頭頭是道，敘述完這幾個月來的變故後，道伯雷尼亞和他的士兵們驚呆了。他們吆喝著尋找士官生的時候，才突然記起這個花花公子已在這個早晨離開了。憤怒的他們請求架在脖子上的刀子緩一緩往下砍，然後砸開士官生枕邊那只上鎖的箱子，終於在裏邊發現了足以證明這場事故的證件及那張地圖。

「我有罪！我鎮守的五十平方公里的土地呀！」馬鐮刀愴然落淚。

聽完馬鐮刀敘述了經過，沙俄老兵道伯雷尼亞萬箭穿心。「聖母啊，你降下甘霖一般的淚水，沖洗掉蒙在我身上的恥辱吧！」道伯雷尼亞痛心疾首地叫道。

馬鐮刀感到詫異，道伯雷尼亞趁機說出了事情的原委，眾沙俄士兵也在旁邊七嘴八舌地解釋。聽到是這麼回事，馬鐮刀的手軟了下來。他看見了明晃晃的馬刀映著一張蒼白的農民式的臉，臉上掛著兩行老淚。

「該說的都說完了，用我的頭，去祭你們的土地吧！」道伯雷尼亞說完，猛地將頭往刀刃上一碰。

馬鐮刀眼疾手快，抽回馬刀，「對不起，驚擾各位了！」他雙手一拱，說。

眾中國士兵也收回了他們的馬刀。馬鐮刀在人群中尋找士官生的面孔，道伯雷尼亞說，他早已藉故逃離邊防站了。

馬鐮刀一刀剁去，士官生疊得整整齊齊的黃軍被被剁成兩截，黃軍被裏有一隻銀碗。兩國巡邏兵抱頭痛哭。馬鐮刀掏出自己當強盜時留下的一點雲南白藥，為道伯雷尼亞抹上，包紮傷口。

馬鐮刀決定離開。正當他剛剛回頭，就要跨出門檻時，突然聽到身後道伯雷尼亞一聲怪叫。

「孩兒們，舉起刀來，不必讓朋友們動手，就讓我們自己這些不值錢的頭，來祭他們的土地吧！」道伯雷尼亞一聲吆喝，不等人們反應過來，便拿起刀來，舉向自己的脖子。一顆人頭掉在了地上，一股鮮血直沖上天花板，將白白的天花板染得片片花斑。

立即，十九顆曾經在半年前在胡楊樹地段歌唱過的人頭落地了，像西瓜一樣滾了滿地。

馬鐮刀想阻擋，可是當時已晚。他半跪下來，將這位老兵的身子放正，讓他靜靜地躺在崗位上，然後，俯身拾起人頭。

在這一刻，他腦子裏又迴旋起「一位哥薩克淪落在庫班河對岸」這首歌。

馬鐮刀和他的士兵們提著人頭回到了中國邊防站。按照中國的傳統形式，將這些人頭一字兒擺好，點上蠟燭，灑上酒，在這寒冷的冬夜裏，為祖國這塊土地作了祭奠。然後，就像親愛的讀者已經知道的那樣，將這些朋友們埋在了這裏，這裏許多年後將會長一棵野蘋果樹，那是一位後來的士兵兄弟栽的。

那麼，難道沙俄的軍醫也看不出來，這些人頭其實是自刎的嗎？耶利亞告訴我，他們是應當知道的，當馬鐮刀當強盜的時候，她見過他殺人，自殺和被殺是很容易分辨出來的。

我問起了馬鐮刀的下落。

「他們死了，集體自殺的，像道伯雷尼亞一樣。那天早晨，雪原上靜靜的，沒有一絲風，天乾冷乾冷。太陽從東方升起來了。太陽升起的最初是一頂光柱。那光柱不是一頂，而是三頂，在它左右的山顛上，還有兩頂。東方美極了，後來，從那中間的一根光柱的尾部，太陽躍上了雪原。所有的二十個中國邊防軍士兵都跪倒在土地上，面對東方，為自己的失職而哭，為這塊荒涼的不再屬於自己的土地而哭。馬鐮刀說，我是一個不忠不孝的人，對祖國，對家人，我都無緣再見他們了。說著，大叫一聲，拔刀自刎。隨後，士兵們也就一個個地倒在這白皚皚的雪地上了。」

有一個沒有死，就是那個漢族巴郎子。臨自刎前，馬鐮刀掏出筆來，寫了一封短信，讓他交給耶利亞，然後再自刎。那巴郎子找到耶利亞，打開條子一看，原來那條子上寫著：你不該死的，你還年輕，領上耶利亞，永遠離開這個地帶吧。你要好好地待她，這是一個善良的女人，草原上有一句格言叫做「永遠不要欺侮無靠的女人」，這是一位朋友向我說過的話，現在我將這話連同耶利亞一起託付給你了。

漢族巴郎子看到這封短箋後，大哭一場。他請求耶利亞和他一起走，而耶利亞默默地回絕了。於是，荒野上，孤獨的兩個人來到馬鐮刀他們行義的地方，掩埋了他們，然後，一個騎著馬兒，向內地方向走去；一個在荒原上搭了一頂窩棚，鑽到了地下。荒原便變得死寂了。

不知過了多久，雙方的政府才發現這裏發生的這場血腥事件，於是便開始處理後事，於是便物色新的士兵來這裏駐守。不過，不知是出於什麼原因，也許是被馬鐮刀和道伯雷尼亞的這種行為震懾了，雙方都沒有再提這塊爭議地區的事，所以，它直至今日，還由中國軍隊佔領著，成為漫長的中蘇邊界上，一百多塊爭議地區中，僅為中方所佔領的三塊中的一塊。然而，讀者如果細心的話，用蘇聯地圖和中國地圖比較一下，一定會發現在這一帶，有五十五點五平方公里是重合在一起的。

至於馬鐮刀他們的屍骸何處，耶利亞始終笑而不答。她是怕我們這些被種種欲望驅使著的現代人，去打攪那已經沉睡的靈魂嗎？她是等待天數，等待某一天，也有一個像我這樣的人，在栽棵樹的時候，無意中與他們相逢嗎？不得而知。

我感慨地望著這位半人半神般的女人。我想像著當時她被這場變故所震驚時的表情。耶利亞被人類的種種醜行和壯舉所震懾了，她張開吃驚的眼睛看著世界，那眼睛開始出現人世的悲涼。她縮回窩棚裏，從此從大地上消失了。她開始信守貞操，從不與任何男人來往，宛如中國古典女子們一樣。對她來說，馬鐮刀死了，世界上所有的男人也就隨之而死了。她沒有痛苦，沒有歡樂，像一位沒有知覺的生物那樣活著，塵世上所發生的一切都不能使她為之所動。

# 十六　有報應嗎？

臨告別她時，我忽然想起了那條兇悍的狼狗，我希望耶利亞能談一談牠的最後的結局。我總覺得，這個為馬鐮刀的形象做補充的動物，一定應當有牠自己的結局的。果然，耶利亞說話了。她說，狼狗正像牠的母親一樣，養好傷回到邊防站後，看到人事全非，便加入到狼群中去了。

幾年以後，在俄羅斯中部，一位沙俄上校軍官受到了狼的襲擊。上校是在黃昏的時候，從小鎮上返回營房的。他的左邊是副官，右邊是警衛，可是，這隻狼逕自撲向路中間的他，兩隻利爪搭在他的肩膀上，黃瓜嘴咬斷了他的脖子。

這件事，曾經引起了長時間的喧嘩，人們說，這狼一定在此之前，與這位上校有著某種深仇大恨。耶利亞問我，這件事有可能嗎？我怎麼說呢？我懷疑這是她一個人在地窩子裏苦思冥想的產物，或者是草原上人們的一種復仇的渴望。是的，人類在邪惡面前無能為力的時候，往往將目光轉向人類以外的自然界，在那裏尋求公正和報應。這就是人類至今對這個世界還沒有完全失望的原因所在。

我說，這是真的。我願耶利亞相信這是真的，也願意自己相信這是真的，也願意親愛的讀者和我一樣的相信。

按照耶利亞的指引，我回到了邊防線上。我讓我的目光越過界河，久久地停留在那座金碧輝煌的無頭烈士紀念碑上。和這邊邊防站一樣，那邊邊防站也有一批新兵進站了。我看見一位身穿馬褲，光著腦袋的軍官模樣的人，正站在紀念碑的台階上，向簇擁著的新兵講著什麼。新兵們個個情緒激動，如果有一架五十倍望遠鏡的話，我一定能看見他們那掛在腮邊的淚花。我有許多感慨，但是一句也說不出來。

我的野蘋果，一年比一年長得壯實。現在正是春天，它那傘狀的枝丫上，開滿了紅色、黃色、白色等美麗的小花，漠風吹來，灑下陣陣花雨。

我就要向它告別了。我的五年的軍旅生活就要結束了，我將要離開馬鐮刀、道伯雷尼亞、耶利亞以及白房子邊防站，重返我那富饒的內地故鄉了。落日將它淒涼的餘暉照在這塊中亞細亞荒原上。我摘下帽子，向這塊土地告別，向與這塊土地毗鄰的那塊土地告別。當帽子在天空劃著一個又一個圓圈的時候，我突然想起，地球是圓的，圓圓的地球是沒有死角的，國界線使地球出現了許多的死角。這是人類的一個錯誤。我還想，當有一天國家消失，國界線的概念已不為人所知時，那時，一位讀者偶爾從塵封的書架上，讀到這個故事時，他從上邊看到的，是一個背信棄義的故事和一個復仇的故事，或者換言之，一個男人和一個女人的故事。

# 在白房子

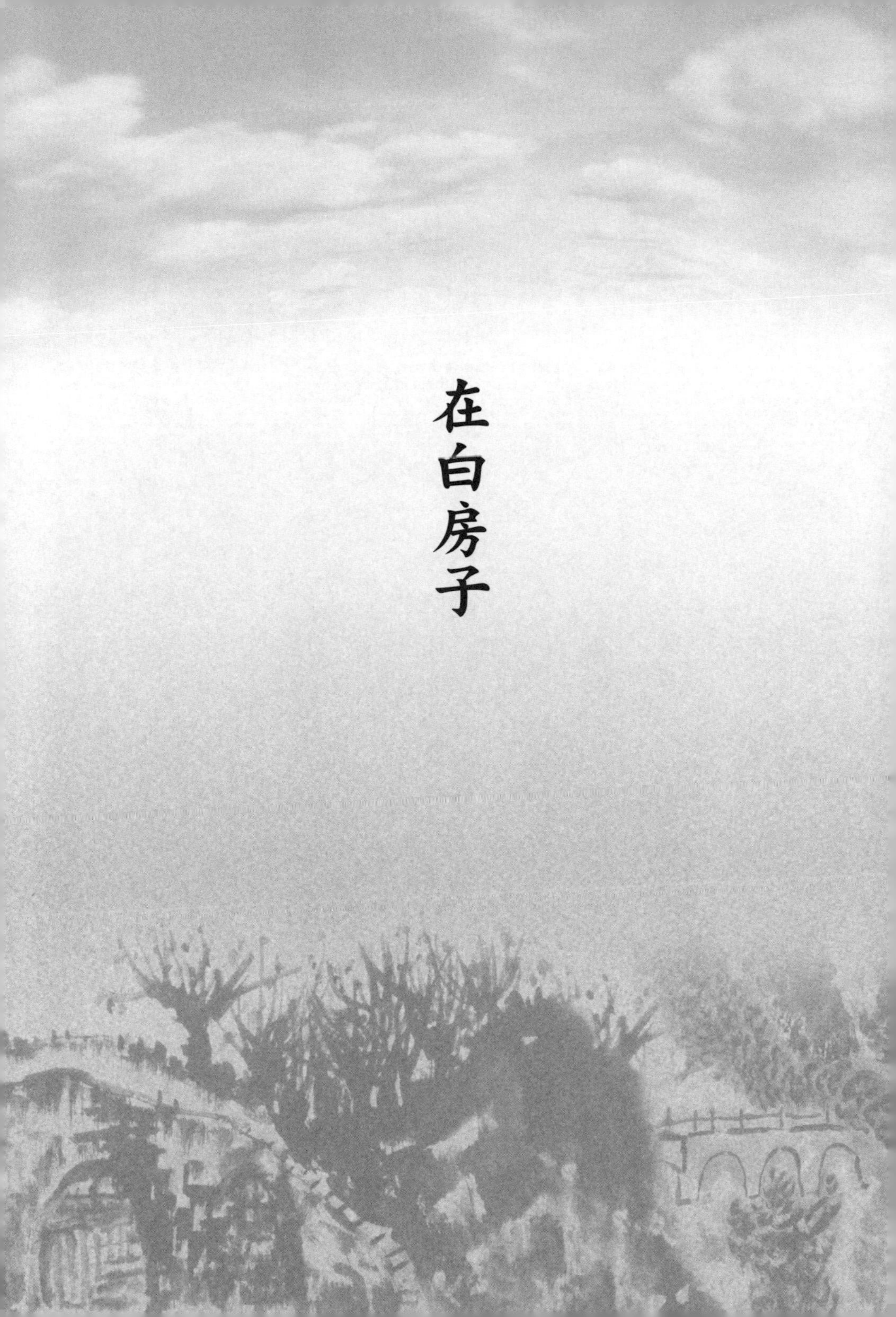

斋桑泊
中
哈
186团
吉木乃边防站
口岸
红山嘴
边防站
181团
福海
183团
乌伦古湖
克拉玛依
额敏
塔城
博乐
伊宁市
伊犁河谷
185团
乌鲁木齐市

# 一　酒神精神萬歲

在離開白房子的這些年月中，遠方天宇下那一座孤零零的白房子，曾經反覆地出現在我的清醒的白日和混沌的夜夢中。

在清醒的白日，每當關節炎來騷擾我的時候，我就會想起它。臨離開白房子時，醫生說，這關節炎一到內地，它就會不治自癒的。但是，醫生的話顯然沒有說對，關節炎並沒有離開我而遠去，或者在初冬，或者在春寒，或者在陰天雨天，它便會來騷擾我，那時，我的兩隻膝蓋裏像有幾千隻小蟲子在撒。

提醒我的還有那件皮大衣，以及皮大衣上的蒼耳。「我耽擱了它多少次開花與結果呀！」捧著皮大衣的蒼耳，我常常作如是之想。

當然還有我的牙齒。我的大門牙在一次掉馬中摔斷了。摔斷的大門牙大約如今正在草原的某一處閃光。每逢吃飯的時候，當我艱難地咀嚼時，我就想起那遙遠的白房子。

當然還有我那憂鬱的北方情緒。我曾經在文章中這樣說：「誰的一生，如果到過北方，並且有幸與一匹馬爲伴，那麼，自此以後，不論他居家哪裏，工作如何，他的身體停止顛簸了，而他的思想，仍然還像在馬背上一樣，顛簸不停！」是的，我無法不停止顛簸，我無法將自己混同於別人，我無法輕鬆地在城市的街道上行走。我的臉上永遠地帶著上帝的棄兒的表情，我是一個天外來客。

多少個白日，當紅日緩慢地沉落在那遙遠的西地平線上的時候，熱淚漣漣的我，會站在城市的陽台上，向西北瞭望，向天宇下那一座孤零零的白房子瞭望。

而在沉沉的夜裏，在夢境中，我曾多少次走近白房子呀！

馬鐮刀憂鬱地微笑著，他那高倉健式的臉上掛滿冷峻之色。他騎著一匹黑色的大走馬，馬的蹄鐵在沙礫裏濺起陣陣火星。一杆土槍，橫擔在他的胸前，而那隻白房子的狼狗，則蹲在馬的屁股上，兩隻前爪搭在馬鐮刀的肩膀上。天氣真熱，狗呼哧著，向外吐出粉紅色的舌尖，那舌尖，不停地有口水滴滴答答地掉下來。

遙遠的天宇下，戈壁灘的盡頭，有一處孤零零的白房子。白房子的頂上，站著一個憂傷的女人。她正在驚天動地地哭著。風把她的紅色的連衣裙吹起來，纏在她纖細的腰上。她驚天動地地哭著，拚命地撕著自己的胸膛，那麼悲傷，好像全世界的苦難都裝在她小小的胸膛裏似的。

還有道伯雷尼亞，那與俄羅斯勇士道伯雷尼亞同名的老軍人，他愁苦的臉像一個苦瓜，他的善良的憂鬱的農民式的眼神死死地盯著我，一眨不眨。

他們就是這樣走近我的。

或者換言之，我就是這樣走近他們，就是這樣走近白房子的。

電影「蝴蝶夢」裏，有一個滿懷惆悵口吻的開頭：「昨天夜裏，我又回到了曼德利莊園。四周很靜，月光照耀著爬滿青藤的小路。」

可是對於我來說，每一個「昨天夜裏」，都是重返白房子的時光。

是的，前面說了，在清醒的白天和沉沉的夜裏，我曾經一千次地重返白房子，我曾經一千次地爲自己設計過重返白房子的形式，但是，我卻沒有料到，自己是以這種方式重返白房子的。

我喝醉了。

醉酒的我，在半爲現實半爲夢境的狀態下，搖晃著身子，邁著羅圈腿走入了白房子。

一切都有定數。也許，這是一個老兵進入白房子的最好的形式。

## 二 白房子的變化

我是在二〇〇〇年八月廿八日的晚上九點抵達白房子的。

汽車從一八五團團部，順著喀拉蘇自然溝時斷時續的水流，穿過自然溝稀疏的林帶，自北向南，一路走去。

這段路程是二十公里。記得我以前說過，我曾經好幾次騎馬走過這條道路。

晚上九點，用烏魯木齊時間來說，才僅僅是七點，但是天已經完全地黑了。暮色四合，天地暗淡無光。戈壁灘，樹林子都一片朦朧，宛若夢境。

天不應當黑得這麼早的。因此我懷疑這是我的錯覺。

現在正是盛夏，正是這塊地域有北極光的季節。在我的記憶中，當年的這個季節，太陽雖然早早就沉落得沒有蹤影了，但是從太陽落下的西地平線上，會有一道強烈的白光射出來。白光射到天上，散開來，落到戈壁灘上，整個世界於是籠罩在一種柔和的、奇異的白光中。我記得，我抱著槍站在碉堡前面，跟前的芨芨草灘白光閃閃，一隻碩大的母刺蝟領著一群小刺蝟，從我的腳下大搖大擺地走過去。

記得，我用槍刺輕輕地一挑，挑起了一個小刺蝟。所有的刺蝟聽到響動，於是像花一樣，閉合了，蜷作一團，像一個個帶刺的皮球。我將那隻最小的刺蝟，用手試探著抓起，包進手帕裏，再將手帕紮緊。手帕紮緊後，刺蝟猛地一下張開，於是硬刺從手帕扎出來，扎得我手上鮮血直流。我趕緊把牠扔到地上。

下哨以後，我用槍刺挑著手帕回到班裏。怕刺蝟憋氣，我將手帕打開，然後，用我的洗臉盆，將刺蝟扣在地上。那一夜，半夜的時候，河南籍的班長下床解手，他光腳丫子，先一腳踢翻了臉盆，再一腳踩在刺蝟的身上。他疼得大叫起來，而刺蝟，匆匆地從門縫中逃走了。

這裏不說刺蝟了，也不說白夜了，因爲我應當揀更重要的事情來說。

較之我的那個年代，白房子的地形地貌，已經變化得叫我難以辨認了。

記得那時，灰濛濛的戈壁灘上，有一座孤零零的白房子。白房子的頂上，有一根煙囪。一日三次，那煙囪向天空升起直直的、細細的炊煙。那情形正如浪漫曲唱到的那樣：哨所一日三次，用炊煙揚起手臂，向祖國問安——早安、午安、晚安。

然後有一圈矮矮的、厚厚的黑色鹼土圍牆，將這白房子圍起。圍的圈子稍微大一些，圈子裏有個籃球場，有個馬號，有個戰士廁所和幹部廁所。

黑色鹼土圍牆也起著掩體的作用，上面佈滿了射擊孔。

院子裏栽著一些樹木。籃球場被剪得整整齊齊的冬青圍起來，這冬青冬天會被用積雪拍成一堵雪牆。此外還有楊樹、榆樹和沙棗樹。最奇異的要數那棵野蘋果樹了。那時我在一班，這樹在一班住房的右手，也就是說，是在院子的西北角方向。

有一個中世紀的吊杆，每天都在那裏吱吱呀呀地從井裏汲水。井在正北方向，大門的右側。

那時的道路，在正北方向，面對阿爾泰山。記得，大門外面有幾個突出的沙包子，兵團的那個靦腆的郵差小夥子，站在沙包子上，勒住馬、吆喝著叫擋狗。我們知道，隨著狗叫聲，第一個衝出的是儲鼻子。

那時的瞭望台，在靠近界河的地方。

瞭望台距離白房子大約有五百米遠。它是木質的，高三十米左右，通體發黑，肩一天風霜，孤零零地站在那裏。遇到刮大風的時候，瞭望台會像一個醉漢一樣，在空中搖晃。迎風一面的牽引鋼絲，繃得筆直筆直，背風一面的牽引鋼絲，則軟蔫蔫地彎成一個弧形。

記得，有一次我上瞭望台的時候，皮大衣被大風剝掉了。我至今還不明白，為什麼我人沒有刮下來，而大衣被剝去了。我唯一能為此事做出的解釋是，當我換攀著扶手的這隻手時，風脫去了這隻袖子，我換另一隻手時，風又脫去了另一隻袖子。

現在的白房子，已經大大地變樣了。

如果不是人們說這就是白房子，如果不是蚊子接二連三地前來朝拜我，我無論如何不能把它和我記憶中的白房子聯繫起來。

鹼土圍牆已經被拆去，院子擴大了一些。代替那鹼土圍牆的，現在的白房子被一圈十多米高的土圍子圍定。

也就是說，白房子深陷在土圍子裏。戈壁灘上那一座孤零零的白房子的景觀已經不復存在了。

我記起了，這土圍子是我們修的。時間在一九七五年到一九七六年。

那時，迫於當時中蘇邊界的險惡態勢，尤其是提防蘇聯的「抓一把就走」，各個邊防站都開始修地道。白房子地面是沙土，根本無法修那種通常意義上的地道。於是先繞著白房子，挖一條交通溝，然後，鋪上地面，用水泥倒出牆壁，打上拱頂。水泥地道做好以後，上面再用推土機推來沙土，堆成沙包。沙包的厚度以坦克上的火炮危及不到地道爲準。

土圍子在一九七六年九月九日之前，已經全部修好。

記得，毛澤東主席逝世以後，邊界一線進入非常時期，我們就是趴在地道上，度過那二十多天的。追悼會那天，大家在地道裏，站了有半里多長。地道裏隔一段點一根蠟燭，忽明忽暗。追悼會進行中，炊事員抬著飯鑽進地道，說外面正在下著瀝瀝小雨。

由於土圍子的修建，白房子的地形地貌便完全地改變了。

不過我在的那時候，道路還是原來的道路，門也還是原來的門，只是將有門的地方的土圍子，開了一個豁口。

現在，原來的那個豁口已經堵住，門開在了正東方向。那地方原來是馬號，馬號如今已被拆除。門前的道路筆直越過喀拉蘇自然溝。自然溝上面，蓋了一座石橋。

廁所也不在原來的地方了。原來那簡陋的廁所已經拆除。現在的廁所修在院子南面，磚混結構，很氣派，一邊寫個「男」字，一邊寫個「女」字。

院子裏的原來所有的樹木，現在都蕩然無存了。栽種樹木的地方，現在變成了菜地。「樹木招蚊子！」年輕的連長對我說。

野蘋果樹自然也沒有了，那段短短的地道，那地道裏一地的骷髏，現在自然也已經像夢一樣地消失了。歲月是一個可怕的東西，它可以將一切撫平。

代替蘋果樹，現在站立在那位置上的，是一座高高的鐵質的瞭望塔。這是後來人修的。從這裏看我的那個木質的瞭望台，曠野上的它顯得多麼的孤寂呀。它已經被廢棄了，但是還沒有倒。它孤零零地立在那裏，蒼老，疲憊，通體烏黑。沒有了重負，它反而更顯沉重了。我不明白這是什麼原因。

三棟白房子，如今只剩下連部的那一棟還在。另外兩棟已經拆除了，翻修成磚混結構的房屋。

變化最大的當然還是人。

記得當我從西安啓程，開始我的白房子之行時，年邁的母親問我：那地方還有人嗎？這話將我逗笑了。我說，鐵打的營盤流水的兵，那地方怎麼能沒有人呢？只是，他們已經是另一代人了。

連長和指導員都是二十世紀九〇年代前後的兵，他們按年齡推算，應當是我當兵的那一年出生的。換句話說，也就是說當我抱著火箭筒趴在戰壕裏的時候，在遙遠的內地，有嬰兒呱呱誕生了。後來他們長大了，來到白房子，成爲連長和指導員。

這想像叫我生發許多感慨。「他們都這麼大了，我怎麼能不老呢？」我對自己說。

我親昵地摟著連長和指導員的肩膀。我說我是一個老兵，我來報到。

連長叫白房子的廣播裏放出了歌曲。那歌曲叫「老班長」。歌曲中，一群粗喉嚨大嗓子的男人在歌唱：「親愛的老班長，你這些年過得怎麼樣？」

# 三　蚊子咬在我身上的四十六個疙瘩

北灣的蚊子是聲名遠播的。

據說，這裏是世界四大毒蚊區之一。又據說，這裏每立方米的空間裏有三千四百多個蚊子。

我記得，蚊子最多的時候是在日落時分。那一陣子，白房子上空密密痲痲的，蚊子和小咬結成一層厚厚的雲彩。蚊子哼哼唧唧地在歌唱，於是這一塊地面佈滿了一種「嗡嗡嗡嗡」的聲音。老兵們說這叫吊死鬼擰繩。

蚊子最多的地方是在草叢裏。你一腳踩下去，彷彿踩響了一個地雷。立即「轟」的一聲，一群蚊子被驚起，蚊子落在衣服上，你的綠軍裝變成了灰軍裝。

那時候，蚊蟲季節，白房子的每一個門口，都照例要生上一堆牛糞火。這牛糞火生出的濃煙，將門口罩嚴。牛糞火幾個月也不滅。但即便這樣，蚊子不知怎麼還是鑽進了房子。蚊子在房子天花板的四個角落，結成四個拳頭大的疙瘩，好像蜂窩。

那時睡覺時，你要做的第一件事情，是先將蚊帳裏的蚊子掃蕩乾淨。你赤條條地躺在那裏，叉開巴掌，等待著哪個地方疼了，你一拍，於是就打死了一個蚊子。爲什麼要叉開巴掌呢？是怕招風，蚊子的翅膀很靈敏，一感覺到風，牠就飛走了。

通常，班裏要劈劈啪啪，響上半個小時，巴掌聲才不再響起，大家才沉沉入睡。

即便這樣，第二天早上起來，蚊帳頂上肯定還會趴著幾個挺著血紅色大肚子的蚊子。

永遠無法解決的問題是拉屎。白光光肥墩墩的屁股大約是蚊子最愛落腳的地方。或者在廁所裏，或者在戈壁灘上，先點燃一張廢報紙。趁報紙燒得最旺的時候，「嗵嗵」兩腳，將報紙踩滅。踩滅的報紙上立即有濃煙升起。這時你得趕快解開褲子，一屁股蹲在那濃煙上。

煙消失得很快。因此你拉屎的速度、提褲子的速度應當比煙的消失更快。擦不擦屁股無所謂的，重要的是你得趕快提褲子。

即便這樣，你的屁股上還是不可避免地要落上十幾個紅疙瘩。

防蚊油、防蚊帽這些手段，對這些蚊子根本無濟於事。

牠不怕防蚊油的氣味。牠會將長長的嘴穿過防蚊帽，穿過你的頭髮，直叮到你的腦袋上。

牠的尖嘴真厲害。在夏天，襯衣根本不能穿，即便是穿上罩衣，只要你站著不動，蚊子也會叮透這厚厚的罩衣。

哈薩克牧民爲什麼夏天要轉場，這原因之一就是牧畜們懼怕蚊子的叮咬。

在白房子，在二〇〇〇年八月廿八日這個難忘的晚上，我已經在邊防站的客房裏睡下了，但是我輾轉反側無法入睡，於是我重新穿衣起來。我在院子裏徜徉，我登上那高高的土圍子。

年輕的連長握著個大手電筒在查哨。他說，老班長，讓我陪陪你吧！

我領著年輕的連長，在白房子轉悠，在土圍子上轉悠。

慘澹的月光照耀著這一塊有些奇怪的土地。

我告訴連長，這一處是馬號，這一處是廁所，這一處原來長著幾棵沙棗樹，這一處是井，井上豎著一根立杆，又擔著一根橫杆，是中世紀歐洲的汲水方法。這一處呢，原來長著一棵野蘋果樹，在春天，它會開著一樹米黃色的花朵，在秋天的時候，它會掛上一樹小果。

我沒有說出那野蘋果樹下深埋的故事。它已經屬於昨天了。

最後我說，明天早上的時候，我領他去看一個地方，那裏是老的白房子邊防站，哈薩克人叫它「阿克邊防站」。它距現在的站址兩百米，在喀拉蘇自然溝以西，大河以北。說這些話的時候，我還輕輕地說出「馬鐮刀」這個名字。

在以上的行走中，北灣的蚊子爬上我的雙肩，爬上我的腳踝，爬上我的臉頰。

我聽任牠們吸血，我的心裏有一種痛苦的快樂，我的痲木的神經因爲刺激而變得異常的清醒。

「你們吸吧，當心醉倒了！因爲我的血管此刻流淌的全是酒精！」

我微笑著說，像在說給老相識。

在蚊子的叮咬中，我的所有的記憶都在一瞬間復活。

而在我復活的記憶中，白房子自第一任站長馬鐮刀開始的整整一百年的滄桑史，像電影一樣從我眼前歷歷閃過。

明天再去看那老房子吧。

而在此刻，由於是蚊子引起的話題，我記起了自己的一個有關蚊子的故事。

當然只是一個微不足道的故事。

我當新兵的第一個夏天，蚊子初起的時候，我被一隻蚊子叮了一口，以致昏迷了三天三夜。

那時候我全身發燒，昏迷不醒，躺在邊防站的醫務室。

開始時，儲醫生以爲是感冒了。他給了我兩包阿司匹林。說了句「頭疼發熱，阿司匹林兩包。多喝開水，少發牢騷」的話，讓我靜靜休息。

後來，見我越來越嚴重，儲醫生才慌了。

他將我接到醫務室裏，細細觀察。

結果，發現我右手人拇指的上方，有一塊紅色的腫包，這才斷定是被蚊子咬了，引起感染。

儲醫生推斷說，我的這隻惹事招非的手，或者是在睡夢中伸到蚊帳外邊，結果被蚊子咬了，或者並沒有伸到蚊帳外面去，而是將大拇指貼在蚊帳上，結果，被外面的蚊子隔著蚊帳咬了。

三天三夜之後我才醒來。

醒來時聽著儲醫生他們正商量著把我往哈巴河縣城送的事。

我的醒來令大家都鬆了一口氣。

但是儲醫生還是堅持說，這個陝西來的小兵不服毒，他該換個環境才對。

但我還是在白房子住下來了，並且一待就是五年。

很奇怪，自此以後我根本不怕蚊子叮咬了。儲醫生說，我的血液裏有了抗體了。

生病令我耽擱了一件事情。

本來，邊防站原來定下讓我去開汽車的，因爲我是下連以後表現最好的兵。後來，由於我生病，耽擱了去阿勒泰報到的時間，結果，連裏又派了一個最調皮搗蛋的兵去。指導員說：「將他送去，讓到別的地方搗亂去！」

較之我在的那個時候，現在白房子的蚊子已經少多了。

我一路向白房子走來的時候，沿途，大家都這麼說。而當我身處白房子的時候，也感覺到了這一點。

高大的土圍子肯定擋住了不少的蚊子。而院子裏的樹木被剷除，肯定也起了不少的作用。

大河的水流減少人約也是蚊蟲減少的一個原因。當年，春潮氾濫，額爾濟斯河的水要順著喀拉蘇自然溝倒灌進來。有時候，水頭一直要沖進院子。而水流過後，浸過水的地方就是蚊蟲繁殖的地方。

記得一百年前的馬鐮刀就曾經皺著眉頭對士兵們說：今年的雪大，明年的河水肯定會大，蚊子會多！

說北灣的蚊子少了，是比較過去而言。其實，和別的地方比，北灣的蚊子還是很多很多的。

那天晚上睡覺前，我數了數自己身上，發現臉頰上，胳膊上，腳踝上，一共被蚊子咬了四十六個疙瘩。

最悲慘的是我的右臉頰上，三四個疙瘩摞在一起，令我的臉變了形。

## 四　在瞭望台

我是凌晨四點入睡的，然後凌晨六點起床。

我想做的第一件事情是登上院內的鐵質瞭望塔，從高處眺望一下界河對面的哈薩克斯坦。

它過去是蘇聯的一部分。蘇聯解體以後，它現在叫哈薩克斯坦。

我舉目向界河的對面望去。

空曠、荒涼、凋敝的原野，和我二十多年前見過的情形，沒有一絲一毫的變化。

不同的是那一塊地面已經變得多麼的寧靜呀。記得戈壁的深處有一條公路，過去，這條公路上總是黃塵瀰天，各種各樣的車輛在奔忙和調遣。還有幾次，這戈壁灘到界河的偌大地面，被坦克、裝甲車、裝著士兵的綠色卡車塡滿，黑壓壓的一片。車輛的發動機的沉悶的吼聲，震得大地微微顫抖。空中則有成群的飛機，在兜著圈子。

現在這一切都蕩然無存，靜靜的荒原連個鬼影都沒有。

這一塊地面也是古爾班通古特大沙漠的一部分。

那座奇異的黃土山還在。它在額爾濟斯河的河口上，威赫赫地聳立著。黃土山向著中國的一面，並排擺著八個雷達。雷達還在旋轉著，有的點頭，有的搖頭，有的原地三百六十度轉著圈子。這些雷達據說可以監測到中國縱深蘭州軍用機場的飛機起落。

黃土山下面瀕臨界河的地方，是哈薩克斯坦的邊防站。它叫阿拉克別克邊防站，是和我們的白房子邊防站對應的一座哈站。

它也是一座孤零零的白房子，然後用黑色鹼土圍牆圈起。

較之這邊邊防站的巨大變化，哈站是一點變化也沒有的。它那麼破敗、孤寂、靜悄悄的，一點生氣也沒有。在我以手握望遠鏡的仔細搜索中，沒有見到一個人影。

在我的白房子傳奇中，自一八八三條約線簽訂以後，阿拉克別克邊防站的第一任站長叫道伯雷尼亞。而白房子邊防站的第一任站長叫馬鐮刀。

「阿拉克別克」是哈薩克語「一串白色的珍珠」的意思。

這同時也是這條界河的名字。

也就是說，一八八三年以前這條界河叫阿拉克別克河。那時它還是中國的內陸河。那時中國的國界，當在更爲遼遠的西方。正是沙俄向中亞細亞的領土擴張，才令中國喪失了大片國土的。而正是由於左宗棠的入主新疆，才令沙俄的領土擴張勢頭有所遏制，從而收回伊犁，簽訂一八八三條約線，停止沙俄的擴張腳步的。

在我的白房子傳奇中，我曾將這條界河稱做頭巾河。

我說，一個哈薩克洋鈷子❶在河邊洗頭，湍急的河水沖走了洋鈷子頭上頂的頭巾，於是這條小小的河流有了名字。

頭巾河只是民間的叫法，它的正式的叫法還應當稱做阿拉克別克河。

額爾濟斯河儀態萬方地奔流著。除了一河藍汪汪的水流之外，春潮氾濫之外，它還孕育了兩岸寬闊的原始森林帶和茂盛的草塊、草場、草甸子。哈薩克人世世代代在河流兩岸居住。在乾燥的古爾班通古特大沙漠中，這裏是爲數不多的適宜於人類居住牲畜放牧的地方。因此它是名副其實的母親河。

阿拉克別克河則是一條可憐的小河。它的全部的流程只有五十公里。它發源於阿爾泰山，自北而南，在白房子邊防站和阿拉克別克邊防站的面前，成九十度直角注入額爾濟斯河。

兩河交匯的那個地方，過去我們叫它「一號口」，現在人們叫它「河口」。記得，在此之前，我曾經談過我當年從那裏越界的故事。

我的這次重返，河口是一個重要的內容。我計畫將在晚些時候到那裏。

後來我將目光收了回來，面向正北，專注地注視著我的五十五點五平方公里的白房子爭議地區。

阿拉克別克河在從阿爾泰山流淌下來以後，分出一支支流。這條支流叫喀拉蘇自然溝，或者叫喀拉蘇干溝。

喀拉蘇自然溝繞了一個不大的圈子，然後幾乎就是從界河注入大河的那個地方，同時注入額爾濟斯河。

因此河口那一塊地面，應當叫三河交匯處。

喀拉蘇自然溝與阿拉克別克河之間的五十五點五平方公里的地面，就是爭議地區，爭議的原因是在蘇聯的地圖和今日哈薩克斯坦的地圖中，他們是以喀拉蘇自然溝爲界，而在中國的地圖上，則是以阿拉克別克河爲界。

前面我說過，在這塊五十五點五平方公里的爭議地區上，排列著邊防軍的三個邊防站，和兵團一八五團場，以及沿邊界線一字兒擺開的一批兵團村莊。

瞭望台近旁的白房子地區，是荒涼的戈壁灘。

較我在的那些年月，戈壁灘上的草稍微的多了一點，高了一點。這大約是士兵們在野外活動過少的緣故。這些草都顏色發焦發黃，這是久不下雨的緣故。

稍遠一些的地方是沙包子。

每一個沙包子的頂上都盤著一簇紅柳。這紅柳發黑、發乾，像枯樹枝，紅柳就是這樣子的，如果沒有雨雪，就這樣乾待著，但是只要有幾星雨飄來，它會在一夜間生出翠綠色的葉針，吐出紫紅色的花穗。

望遠鏡再往前看，就是兵團的大面積的條田了。

這條田裏一年一次永遠種植的植物是向日葵。這種向日葵是專門榨油用的，所以兵團人又叫它「油葵」。

你永遠無法想像，當幾千公頃的一大片葵花地向你湧來時，你會是一種什麼感覺。滿世界是一片金黃。這是梵谷式的金黃，莫內式的金黃，一種令人熱淚漣漣的金黃。

你會在這鋪天蓋地的金黃面前驚駭萬狀。

我的望遠鏡長久地停駐在這鋪天蓋地的金黃中，我在焦躁不安地等待著什麼呢？所有的單個的向日葵也都在束手而立，面向東方，靜靜地等待著。它們又在等待什麼呢？

突然，一輪又紅又大的太陽，躍了兩躍，從東地平線上，從祖國首都的那個方向，升出地面。

於是乎，在同一刻的時間，所有的葵花，都向著東方揚起面孔微笑。它們的笑容多麼燦爛呀！

此一刻，讓我想起俄羅斯詩人普希金那詩一樣的語言：「早晨，一列列的雲彩在等待太陽，好像群臣在朝拜君王！」

陽光在每一片花蕊上跳躍著。

陽光在這金黃色的海洋上跳躍著。

陽光彷彿在揮舞著一根魔杖。雖然仍是金黃色的基調，但是，在魔杖的點化中，這金黃色閃閃爍爍，千變萬化。

五十五點五平方公里在此一刻多麼的美呀！

❶新疆人對已婚婦女的通稱。

# 五　炊事班長的故事

站在瞭望台上，正當我舉著望遠鏡，漫無邊際地搜索的時候，我的心裏突然「咯噔」一聲，此一刻，我想起了一個悲慘的故事。

故事發生在我的一個同鄉身上。

故事發生的時候他是炊事班班長。

那天我正在瞭望台上哨。是哪一年，又是哪一天，我記不太清楚了。雖然我在前面說過，自從白房子的蚊子叮我的第一口時，我的所有的記憶便在同一時復活。但是，要我記住每一件事情的細枝末節，那卻是困難的事。

她坐在界河的旁邊，正在洗腳。

長年累月地裹在靴子裏的腳，很白。她先褪下靴子，然後一層一層地褪下包腳布，女人最美的地方是在腳踝部分，這是瑞典人斯特林堡說的。這女人讀過斯特林堡沒有，不知道，不過她顯然懂得這個道理。她將一雙雪白的腳，時而沉入水底，時而露出水面，時而又像一個頑童一樣用腳板輕輕拍水。

她這樣做只有一個目的，就是誘惑正在界河對面的瞭望台上站哨的我。

也許，阿拉克別克邊防站的士兵們的大獻殷勤，已經令她厭倦和麻木，她想在這劍拔弩張的邊防線上，製造一次桃色事件，給界河對面來一次國際性誘惑。

她是在饞我，這個女妖精！

但是我無動於衷。我的瞭望台的望遠鏡，已經無數次地看到過這場面。

我知道這是阿拉克別克邊防站站長的家屬。她吃飽飯了沒事，常常坐在界河邊，玩這種女人的小伎倆。

蘇聯允許和鼓勵邊防站站長的家屬隨軍。通常，在站長的工資之外，另給家屬發一份工資。

須知，我那時麻木的神經，已經不再把自己當成一個男人了，以此類推，也就不再把界河對面的這個女人當做女人。

我記起來了，那一年我二十二歲。

她的丈夫我知道。他像牛一樣結實，肩膀很寬，一顆大腦袋剃得發青。他個頭不太高，好像也有點羅圈腿。他的光光的大腦袋曾無數次地出現在我的望遠鏡裏，我甚至還和他面對面打過照面。

這就是那次從三號口送越界羊隻的事。

他指揮士兵倒上汽油，將越界羊隻當場燒了。羊隻那焦糊的氣味長久地彌漫在空中。自此以後的許多年中，每當我吃起烤羊肉串時，我的嘴裏便會咀嚼到那味道。

儘管這個白房子士兵無動於衷，但是界河邊上的女人不肯罷休。

女人現在停止了嬉水，她抬起頭來，以一種幽怨的眼神看著瞭望台，看著我。距離是五百米。因此她看不清我的表情，但是她能判斷出，這個白房子士兵此刻正趴在五十倍望遠鏡後面，眼睛一眨不眨地看著她。

她開始脫衣服，這是以前所沒有過的。

她穿的是連衣裙。碎花布連衣裙。女人們的裙子是從上往下脫的，還是從下往上脫的，我現在知道了。脫完裙子，只剩下胸前的白色乳罩，和底下的一個漁網質地的三角褲衩。

然後，她抬起頭來，一邊往她的大腿上撩著水，一邊往我的瞭望台上望。

女人脫衣的平均速度是三十秒，這是一個國際女性問題專家最近告訴我的。他還順便告訴我，比這個平均速度短的叫「急不可待，心急火燎」，比這長的則叫挑逗，因爲女人脫衣的這個過程最具誘惑性質。

中亞細亞荒原的一切節奏都是緩慢的。太陽像一只火球一樣，一動不動地掛在天的中央。所有的生物都呈現出一種麻木。三十秒對這塊亙古荒原，簡直等於沒有時間。因此，這個從容不迫的女人，這個無所事事的女人，這個慵懶的女人，這個存心要在她的生活中創造一次桃色經歷的女人，她那一次脫衣的速度，要長過這三十秒許多倍。

五十倍望遠鏡甚至可以令我看清這個女人身上的每一個毛孔。

望遠鏡搭在我的眼前，我看著那漁網質地的東西；而當女人騰出雙手，揉搓自己胸罩裏著的乳頭時，我感到自己的下身正在發脹，沉寂了多年的下身現在出現一種火辣辣的感覺。

「幸虧軍裝的設計者們爲士兵設計的褲子襠部很大！」我當時這樣想。

我的眼睛因爲注視太久而有些酸痛，我的腦袋則有些迷糊，有些發暈。這正是出事的先兆。

但是，在這緊急時刻，命運之手又一次把我拉了回來，因爲它找到了一個替代者，從而放過了我。

木質的瞭望台突然出現一陣顫動，並且傳來一陣「咚咚咚咚」的登樓梯的聲音。繼而，我聽到了炊事班長的嘟嘟囔囔的聲音。

炊事班不上哨，但是，炊事班長在這個陽光燦爛的中午，突然心血來潮，來到了瞭望台上。他對我說，馬上就要復員了，當了一回兵，都沒看見過一回老毛子，回去以後，怎麼給鄉親們交代？因此，睡午覺的時候，他睡不著，就來了。

他要替我上哨。

他說你回去吧，飯在鍋裏溫著。說罷，他湊到望遠鏡跟前。

三角架上的望遠鏡，焦距正對著那女人。對著望遠鏡，炊事班長那被煙火蒸氣熏得發紅的眼睛，立即瞪得滾圓，臉頰也像貼在望遠鏡上一樣，再也不離開了。

我不知道那女人現在又在玩什麼花樣了，我有些臉紅。炊事班長又一次地督促我，要我離開。我遲疑地看了看壁上懸掛的馬蹄錶，說還有半個小時，我才應該下哨的。炊事班長揮了揮手，他說，他是老兵了。於是，我只好背起我的槍，離開。

這樣，這個傻瓜成了我的替代品。

我當年在新疆那陣子，新疆人把傻瓜叫「白克」。這一次我回新疆，發現他們又創造了一個新的名詞，叫「苕子」。新疆人的語言真是豐富和富有感染力。

炊事班長在我離開不久，就下了瞭望台，然後向界河邊的那個目標衝去。

我的可憐的炊事班長哪！

戈壁灘上無遮無攔，因此界河裏洗澡的女人立即就發現了他。

女人驚愕地叫了一聲，然後迅速地統起連衣裙，提著靴子，赤著腳，急急上岸，向阿拉克別克邊防站方向奔去。

炊事班長毫不猶豫地越過了界河。

界河對面是鐵絲網，鐵絲網裏面是鬆土地帶，炊事班長跨過鐵絲網，然後在鬆土地帶，追逐著這個奔跑的女人。

他像一隻發情的公駱駝，一邊跑一邊解褲帶，嘴裏則「哧兒哧兒」地發出陣陣怪叫，嘴角掛滿唾沫。一剪一剪、一顛一顛地向女人奔去。

女人也尖叫著，提著裙子，赤著腳奔跑。

當距離越來越近時，女人絆了一跤，躺了下來。

大約是裙裾絆倒了她。但是我一直疑心，是這女人自覺自願絆倒的。我總覺得，這個試圖打破國境線那可怕的寂寞的女人，這個賣弄風情開國際玩笑的女人，是想有始有終，將那最後的一幕演完。

當炊事班長紅著眼睛，俯身撲向這個臉上掛著惡作劇的微笑，眼神中三分之一是冷漠，三分之一是恐怖，三分之一是期待的俄羅斯女人時，邊界線上突然警報器聲大作。

警報器是就近的那個蘇軍瞭望台發出的。

蘇軍在漫長的中蘇邊界上，每隔五公里有一個瞭望台。

瞭望哨發現了這一邊界異常。

炊事班長被遣送了回來。這是活著的被遣送回來的最後一個人了。自炊事班長之後的所有的越境者，蘇方都不再遣送，而是將眼睛蒙住，運往莫斯科近郊的一個克格勃營地，訓練成特務。

軍事法庭在經過簡單的審理以後，按照慣例，將炊事班長就地處決。

處決的地點在比利斯河邊。

處決的那一天，全邊防站的人都站在那裏，接受教育。

隨著一聲沉悶的槍響，一股黑血湧出，白色的鹼灘上霎時血跡斑斑。

「你得手了沒有？」在交接他的那一刻，我曾經低聲這樣問他。

炊事班長遺憾地搖搖頭，咂著嘴巴，兩眼迷茫。

後來我們一群老鄉，就地起土，將他葬埋起來，並且堆起一個小小的沙包，樹起一塊木質的墓碑。

我們希望這墓碑速朽，希望這土包儘快地被一年一度的季風吹平。

# 六　不要和騎走馬的打交道

我原先以爲，炊事班長是我們當年那一火車皮兵中，命運最悲慘的一個。但是後來在哈巴河縣城，在從軍分區張主任口中知道了「華僑老梁」的故事以後，我才知道，還有比他命運更悲慘的，這就是「華僑老梁」。

炊事班長說一聲走，就渾然不覺地走了。而另一個越境者華僑老梁，雖然還活著，卻早已在二十五年前便被寫進了死亡花名冊，被追認爲烈士。他雖然還活著，但是他的家鄉和他的親屬至今還不承認他活著。

瞭望台上，正當我漫無邊際地胡思亂想時，突然被馬兒的一陣尖叫聲驚醒。

這是伊犁馬的叫聲。一匹馬先一叫，別的馬應聲附和，於是馬兒愉快的尖叫聲，像多聲部的花腔女高音一樣，打破了這荒原早晨的寧靜。

這是邊防站的馬。

那個年輕的蒙古族小戰士，正把馬從馬號裏趕出，往比利斯河方向去放牧。

馬號已經不在原來的地方了，現在的馬號，在土圍子外邊的東北方向，緊依著喀拉蘇自然溝。那地方原來是牧工的氈房。

或者說在我的白房子傳奇中，它是耶利亞居住的地方。

我記得在烏魯木齊的時候，我曾經說過，我來到白房子的第一件事情，是想看一看我那匹額上有一點白的坐騎還在不在，而我要做的第二件事情，是看一看我當年背過的那個六九四〇火箭筒，現在是由誰在背著。

馬一旦放出去，得晚上才能趕回來。於是我趕緊下了瞭望台，趕往馬號。

我對那位面色黝黑的蒙古族小戰士說：「給我抓一匹馬來騎！」

「你要騎馬到哪兒去呢，老班長？」小戰士說。

我說信馬由韁，騎到哪兒算哪兒。

小戰士費了很大的勁兒，才將馬群重新趕到馬號。

一群剽悍的伊犁馬站在我的面前。馬的屁股渾圓，脖子修長，匹匹都是好馬。

我尋找著哪一匹馬的額上有一片白色。後來我失望了，因爲所有的馬的額頭都和牠的皮色一樣，並沒有一匹白額馬。

我不甘心。我比比劃劃地對這位小戰士說，有一匹馬，鼠灰色，額上有一片白，那曾經是我的坐騎，牠大約不在了吧？退役了吧？

小戰士問我離開白房子多長時間了。

「二十三年多一點！」我回答說。

小戰士笑起來，他說這馬，不知道都換過多少批了，你比比人吧，一屆一屆的兵，走馬燈一般，都換過多少屆了。

我也笑起來。我同意他的話。

小戰士抬起眼睛，望著空蕩蕩的遠處，這樣說：「都這麼多年了。那匹馬我接手時候就沒有見過牠。牠該早就退伍了吧。如果牠還沒有死，要是在城市裏的話，牠現在該在拉糞車，要是在鄉裏的話，牠現在該在某一塊田裏拉犁。」

他說的是實話。

雖然說的是實話，但是，這位可愛的小戰士不知道，他的這番話對這個老兵羅曼蒂克的想像是多麼沉重的打擊。

馬號裏的談話結束了。小戰士爲我挑了一匹黑色的人走馬。

我堅持不要跑不快的駑馬，我說騎上牠是對我昨日的一種不尊重，我也不敢要那些暴躁地砍著蹄子，揚鬃乍尾的烈馬，我的身子已經十分臃腫了，我擔心被牠甩下來。

這樣，小戰士爲我挑了一匹聰明、利索、沒有任何怪毛病，走得又快的黑走馬。

我堅持要自己爲馬披上鞍子。

我走過去，馬看見穿非軍裝的人，驚恐地一趔身子。我沒有退縮，我像遇見了一個老朋友一樣，將牠的脊背先拍了幾下，爾後，又拍了幾下牠的腦袋。在拍腦袋的同時，伸出另一隻手，在馬的耳根輕輕地搔了一陣。在搔的過程中，馬的身子不再顫抖了，牠舒服地放了一個響屁。最後，我伸開雙肩，緊緊地將馬頭抱進我的懷裏，將臉頰貼在馬額上。

這樣很久很久以後，我的情緒才平復過來。

我提起鞍子，一使勁，將牠披在馬的背上。爾後，按照當年副指導員所教給我的那樣，伸出一個腳去，從肚子的另一面勾住馬肚帶，用手捉住，繫緊。繫完前肚帶，又繫後肚帶。

在繫馬肚帶的時候，我想起副指導員在這一刻常說的話：騎兵的命在馬肚帶上繫著。

這樣，小戰士給這匹黑走馬安撫性吃了一瓢豌豆草料以後，我便騎著牠上路了。

而在牠之後，欄杆打開，剩下的馬兒像決堤的水一樣，衝了出去。牠們早就餓了。

# 七　一隻母羊和一隻羊羔的故事

哈薩克格言說：「不要和騎走馬的打交道！」可是我千挑萬挑，最後還是挑了一匹走馬。

走出馬號的時候，我這樣想。

站在馬號外面，茫然四顧，我不知道該到哪裏去。

去大河邊看一看嗎？或者去比利斯河，去看那一片白色的鹽鹼灘？或者溯喀拉蘇自然溝直上，去看當年邊防站的那一塊菜地？或者去界河邊？或者縱馬走入遠處兵團那一塊鋪天蓋地的葵花地。

我站在那裏，拿不定主意。黑走馬在我的胯下焦躁不安，不停地用蹄子砍著地，等待著我的指令。

突然我看見了戈壁灘那拱起的地面上，矗立的老瞭望台。

它多麼的蒼老呀！它多麼的疲憊呀！它多麼的孤獨呀！它靜靜地矗立在荒原上，像一個被飛速發展的世紀遺忘的死物。

「哦，瞭望台！」我輕輕叫了一聲。

我想也沒想，就策馬向瞭望台奔去。

從白房子到瞭望台，應當有一條小路。當年我當兵時，好像還爲這個通向瞭望台的小路寫過一首詩。記得，小路的某一處曾經有一座小橋，因爲那裏是一片黑色的沼澤地。也許是這條小路已經爲荒草所掩，也許是我根本不屑於去尋找它，我拍一拍我的馬，瞄準方向，徑直奔去。

那片沼澤地已經乾涸，堅硬如鐵。沼澤地裏長著些不高的蘆葦。我穿過沼澤地的時候，蘆葦剛好埋住馬的半個身子。

出了蘆葦叢，再前行幾步之後，就到了瞭望台下邊了。

「沒有了重負之後，你爲什麼顯得愈加痛苦了呢？」

我把馬拴在瞭望台的一個腿上，爾後，將我的斑駁面容貼在瞭望台的斑駁的樹杆上，熱淚盈眶。

我試圖登上瞭望台去，但是，當上到第三層的時候，我放棄了。

我是過於臃腫了，瞭望台在我的攀登下發出咯吱咯吱不堪重負的聲音。

我當年的體重是一百零二市斤，我如今的體重是一百六十五市斤，而且，在這次重訪白房子的行程中，新疆的拉條子和炒烤肉肯定會令我的體重多增加幾斤。

我腰裏勒著的這根馬鐙革，是從白房子帶回去的，是我當年臨走時，從白額馬的馬鞍子上卸下的。在這些年中，褲帶一共向外放大了十個孔，孔之間的距離大約是一寸，十個孔就是一尺，也就是說，我的肚圍這些年增加了一尺。

難怪老杜的那兩個瘋丫頭，將我叫「大肚皮叔叔」哩。

當上到第三層的時候，有一個踏板掉了，那地方空蕩蕩的，如果還要繼續往上走，得跨一大步，越過這個空蕩蕩的位置。

瞭望台已經許多年沒有人上了。

我往底下一看，離地面已經相當的高了。我有些頭暈。我明白該在這裏停止了。

這樣，我倚著扶手喘息了一陣，然後背轉身子，緩慢的，笨重的，幾乎是用雙臂架著扶手，滑落到地面。

「當年我上瞭望台時，像個猴子一樣靈巧！」我對地面上束立在側、目無表情的馬說。

然後我重新騎上馬，筆直地向界河走去。

從這裏到達界河的最近的地方是二號口。當年，炊事班長就是從這裏越界的。按照國際法「從原路遣回」的原則，他亦是從這裏被遣送回來的。

「你得手了嗎？」我記起了我當時愚蠢的問話。

「沒得！」炊事班長搖了搖頭，用舌頭舔了舔乾裂的嘴巴。我不敢看他的眼睛，他的眼睛裏空洞得沒有任何內容。

這聲音還在我的耳邊響著，恍惚如在昨日。

站在阿拉克別克河邊，望著眼前這細細的、平凡的水流，我問自己：我爲什麼要到這裏來？

我這時候想起一首俄羅斯古歌。

我用嘶啞的、蒼老的聲音吟唱起來。

**我的地方，**
**小小的地方。**
**並不是我要來，**
**也不是馬兒載了我來，**
**是那命運，**
**——可詛咒的命運，**
**它帶著我來的！**

是的，每一個人都有著自己的命運，都有著自己的定數。我有我的命運，炊事班長有炊事班長的命運，華僑老梁有華僑老梁的命運。

二號口這名字是老兵們給起的。

所謂的二號口，只是界河低矮的林帶中，稍微茂密一些的地方而已。界河在這裏稍稍地拐了一個小彎，所以這地方的林帶厚一些，簇成一個疙瘩。

界河與額爾濟斯河交匯處那遮天蔽日的原始森林，我們叫它一號口。這地方叫二號口，溯河而上，下一個小樹林簇成一個疙瘩的地方叫三號口。下來是四號口，五號口。

五號口那地方有幾棵高大的胡楊樹。

那地方似乎就是我的白房子傳奇中，二十個中國巡邏兵和二十個俄羅斯巡邏兵，在胡楊樹的樹蔭下狂歡的地方。

二號口這地方，樹木遮掩下，有一條被踩出的越境小路。

這大約是野豬、黃羊、野兔們踩的。儘管兩岸都有鐵絲網，但是，鐵絲網絲毫不能妨礙牠們的自由來往。

勒馬佇立中，我想起一件事情。在我幫助哈薩克牧工赫尼亞提放羊的那一年春天，曾經從這裏跑過去一個羊羔。

羊產春羔的季節，牧工往往會向邊防站要一個公羊充當助手。

羊隻在草原上遊牧時，往往會產下春羔。有的母羊，會守候在羊羔的身邊，用舌頭舔牠，直到牠站起來跟上大隊行走。有些母羊戀群，產下羊羔，卸下負擔，牠看也不看一眼，就攆大部隊去了。

我的工作就是跟在羊群後面拾羊羔。

每當有母羊產下羊羔，我便策馬過去，用馬鞭挽成一個活套，一伸，套住牠的脖子，再一提，羊羔就跑進我的懷裏了。剩下來的事情，是將母羊重新趕回大隊伍裏，然後抱著羊羔送回哈薩克氈房。

羊羔越境的時間應當已是暮春了。因爲我記得那時羊羔已經和羊群合群，牧工不在，是我趕著龐大的羊群在放牧。

那隻越境的羊羔通體是黑色的，烏黑發亮，只在嘴巴上，耳朵上，蹄子裏有些鮮亮的白色，彷彿在那些部位開放著幾朵白色小花。

羊群順著界河緩慢地走著，突然，大隊伍過後，我看見一隻母羊，站在二號口的那個地方，咩咩地叫著。一邊叫一邊望著我。

原來是一隻小羊，跳到河的對岸去了。

這條不寬的小河，河心的地方淺一點，原來坐住了一塊冰。這隻羊羔跳到冰上去玩，一使勁，冰流走了，羊羔就勢跳到了對岸。

這阿爾泰山的消雪水刺骨地涼。羊羔試探了幾下，沒有勇氣過來。

母羊則站在河的這邊，一邊叫著一邊流淚。她年長一些，在她的閱歷中，在她的混沌的思緒中，她明白這道河是不能過的。

這是一隻美麗的母羊，她皮毛的顏色和河對面那個越境者一模一樣。

後來，我終於決定趕著這隻母羊歸隊了。

母羊在河這邊跑著，羊羔在河那邊跑著。跑了大約有五十米的距離，直到最後，我再也看不到羊羔，聽不到羊羔的叫聲爲止。

那一年一共爲邊防站接了四十八隻羊羔，除去這個消耗，共是四十七隻。

往後的幾天中，我還趕著羊從二號口經過幾次。那隻羊羔是有記號的。我已經爲每個羊羔，用燒紅的鐵絲在耳朵上烙出了個「S」形的記號。這是白房子邊防站的羊隻的記號。我渴望有一隻上帝之手，能將那隻小羊羔送回來。

羊羔從此再沒有回來，牠是被狼吃了，還是被蘇軍士兵發現了，我不得而知。

在二號口，當大隊伍已經走遠，樹叢中只剩下這隻母羊的時候，我們互望了一眼，明白那隻羊羔已經不可能生還了。

漂亮的母羊熱淚滾滾。

熱淚滾滾的她輕輕地用身子蹭著我的腿。蹭得有些異樣。在蹭了一陣以後，她突然在我面前臥了下來，然後一個打滾，四蹄朝天。

她躺在一片雪白的芨芨草灘上。她陰戶的那個部位，發紅、發脹，水汪汪的。

這個小兵不明白這是什麼事情，他要明白這件事情，還得在脫下軍裝的幾年以後。

後來，在我偶然看過的一本外國小說中，我看到一個情節：一個女人的孩子失去了，她沒有哭泣，而是身穿泳衣坐在海灘上，向第一個向她走來的男人伸出了雙臂。

我在那一刻幾乎要傻了。我的頭腦「嗡」的一聲。我感到全身焦躁不安。我幾乎就要就範了。我已經脫去了自己身上的大衣，將它甩在芨芨草灘上，然後走向那位哀傷的母親。

但是，那殘酷的最後一幕並沒有出現。

人性在此一刻復甦了。人的尊嚴在此一刻戰勝了身上的獸欲。我掌握住了自己，我沒有俯下身去。

是的，我沒有俯下身去，而是狠狠地打了自己兩個耳光，而後，迅速地穿上皮大衣，騎上馬自顧自走了。

第二天我就辭去了羊倌的事情。好在這一年羊產春羔的事情已經全部結束。

我上面所說的都是真的。到了我這個年齡，經歷過的事情卻來不及寫，已經不需要去虛構些什麼了。

哈方的一座瞭望台就在這二號口的附近。

我早就注意到那上面有一個哨兵了。哨兵懶洋洋地坐在外邊，正在將他腳上的裹腳布取下來，在欄杆上曬著。他也許早就發現了我了，只是懶得理我。

這時候，他打斷了我的沉沉思緒。

他用我聽不懂的話含糊地吆喝了一聲。在吆喝的同時，用帽子在空中劃了幾個圓圈。

我也照此辦理，雖然沒有帽子，但我揚起手臂在空中劃著圓圈。

見狀，他就再也沒有理我，而收回目光，又專心致志地曬他的裹腳布去了。

我則知趣地離開了二號口。

我溯阿拉克別克河而上，前往三號口，前往四號口，前往五號口。我在心裏對自己說，這正是白房子邊防站第一任站長馬鐮刀那一次巡邏走過的道路。

我騎的是三十五號馬。

# 八　祭奠老白房子以及第一任站長馬鐮刀

走馬又分爲大走馬和小走馬。

好的大走馬在疾步如飛時，後蹄窩要超過前蹄窩一柞長，有的甚至超過一尺。馬頭向地面勾去，脖子成彎弓，腰身平坦而柔軟，尾巴向後長長地拖去，像腰身的延長部分。牠的四條腿像大對蝦一樣十分彎曲，彎曲的膝蓋幾乎可以碰到馬的肚子。

從遠處看一匹大走馬的疾走，彷彿看到一條龍在大地上遊動，搖頭擺尾巴，飛沙走石。從近處看一匹大走馬的疾走，你看不見馬行走的樣子，你只能看見四隻馬蹄像四個銀碗一樣在上下翻飛。

小走馬則是平庸的馬。牠踩的是碎步，後蹄窩恰好踏住前蹄窩。牠的腰身也很硬。而這一切的缺點則來源於牠缺乏激情。

我騎的三十五號確實是一匹上等的大走馬。

正當我策馬健步如飛，已經看見遠處五號口那幾棵高大的胡楊樹的時候，這時候我的身後響起了馬蹄聲。我扭頭一看，只見一人一騎，帶著呼呼的風聲向我疾馳而來。

這是連長。

邊防站早點名時，發現我不在。連長有些著急，怕我出什麼意外，於是打電話問瞭望台。其實，我剛才的一舉一動，都在瞭望台的掌握之中。瞭望台告訴了我的動向，於是，連長要過蒙古族小馬倌騎的那匹馬，追我回去吃飯。

半個小時之後，我和連長回到了白房子。

連長對我說，兵團一八五團那邊打來了電話，說杜主席他們八點鐘吃早飯，吃完後，就趕到北灣，然後大家一起去河口。

院子裏空蕩蕩的。戰士們已經吃過早飯，到大河岸邊的某一塊草場上打馬草去了。

匆匆地吃罷早飯後，我對連長說，我當兵進白房子的時候，開始是當火箭筒副射手，後來是射手，我扛的是六九四〇火箭筒，這火箭筒，如今不知道是誰扛著的。

連長說，火箭筒已經算老武器了，現在已經不再裝備部隊，現在的戰鬥排，配備了新的武器。

見我露出失望，連長又說，當年裝備步兵班的那兩隻火箭筒，現在還在彈藥庫房裏放著，如果我想看一看的話，他現在去叫文書。

這樣，我見到了我過去扛過的那只火箭筒。

在說明書中，它叫六九四〇火箭炮。

六九是研製成功時的年月，四〇則是它的口徑。

它實際上是一九六九年三月二日珍寶島事件以後，我們繳獲的蘇製武器。或者換言之，它是模仿我們繳獲的蘇式武器，改造而成的。

在此之前，我們曾經配備有火箭筒的，那是五六式。五六式和六九式的最大區別，在於五六式的彈頭是圓錐形的，而六九式的彈頭是菱形的——一個平面上有五個棱角。

珍寶島戰役中，當我們的五六式打到蘇聯坦克的前護甲上以後，蹭一個白印，就滑掉了，而蘇聯的火箭筒打到我們的坦克上以後，五個棱角中總有一個棱角會成九十度直角結實地撞在護甲板上，撞上之後然後旋轉，然後爆炸。

我扛起火箭筒，在操場上，按照當年的教程，臥姿射擊，跪姿射擊，立姿射擊。

「我合乎軍事要領嗎？」我問連長。

比起我記憶中的火箭筒，我感覺到手中的火箭筒好像小了一些，輕了一些。記得我當年提著它，背上再背四發火箭彈，緊急集合在雪窩子裏行走時，我感到是多麼吃力呀！火箭筒上的顏色也好像淡了些。我記得它的筒壁是深紅色的，像凝固了的血的顏色，現在的火箭筒則顏色淺了一些，像晚霞的顏色。

「還有一個小小的《射手使用情況登記本》，是和這火箭筒一起走的。既然這火箭筒在，那個小本也應該在的。那上面有我當年發射火箭彈時的記錄！」我說。

文書又滿頭大汗地在庫房翻騰了一陣，最後報告說，沒有那東西了。

「沒有是正常的！都隔過多少任手了！」看到文書和連長都有些失望，反而由我來安慰他們了。

在我的過去的好幾篇文章中，都曾經提到過這個火箭筒。

我說：「在某一次的中蘇邊界武裝衝突中，當蘇軍的坦克群成一個扇面向白房子撲來時，爬在碉堡裏的我，爲自己準備了十八顆火箭彈。」

按照教科書上的說法，一個射手在發射到第十八顆火箭彈的時候，心臟就會因劇烈的震動而破裂。換言之，一顆最好的心臟所能承受的火箭彈的發射震動是十七次。然而，這個白房子的士兵還是毫不猶豫地爲自己準備了十八顆。

「遺憾的是，這次進攻沒有繼續。因此，我失去了一次成爲英雄的機會！」

在我的記憶中，曾經歷經過三次緊張時期，一次是一九七四年三月十四日蘇聯武裝直升機越境事件，一次是額爾濟斯河南灣——別爾克烏地區邊界衝突，一次是毛澤東逝世後，邊防一線進入非常時期。

我記不起來上面關於火箭筒的那一段回憶，是屬於哪一次的。

當然我後來記起了，是在那個碉堡前記起的。

現在，我則默默地將六九四〇火箭筒交還給連長，連長將它交給文書，文書則將它重新鎖回彈藥庫房。

離老杜他們的到來還有一段時間，現在輪到年輕的連長向我提要求了。

連長先領著我來到院子的東邊，營房的背後，緊靠土圍子的地方，那裏有一排碗口粗的楊樹。

連長問我，這些楊樹你們在的時候就有嗎？

我努力回憶了一陣，最後還是不能肯定。按位置推算，當鹼土圍牆還存在的時候，這些樹木恰好在鹼土圍牆的外邊。

最後我判斷說，我在的那一陣子，有這些樹木，不過還小，一人多高，小胳膊一般粗細。圍牆外面，大門的兩旁，人們栽了這些樹木，有時還提水澆一澆它們。

連長很滿意，他知道這些樹木的過去了。

關於樹木，連長還說，院子裏靠近籃球場的位置，原來有一排高大的榆樹。分區一位首長說這是他在白房子的時候栽的，不讓砍。榆樹愛招蚊子，趁這首長上國防大學時，他們還是把那排榆樹砍了。

榆樹我知道，我的眼角那一塊傷疤，就是和牧工的弟弟摔跤時，讓榆樹枝給劃破的。我在的時候，那些榆樹也是一人多高。它們大約是警衛團來的那一撥人栽的。

接著，連長又領著我來到喀拉蘇自然溝以外，現在架著一座小橋的地方，那裏有動過土的痕跡，有半堵矮牆。

連長說，他推測了很久，不知道這裏是什麼遺址。他想，是不是邊防站的某一個營房設施，曾在這裏建過，最後又廢棄了。

我搖了搖頭，我說白房子的老兵們，是決不會把任何一件營房設施，建在五十五點五平方公里以外的。他們殊死與這一塊土地共存亡。

那麼這一片遺址是什麼呢？

我說，這是一片哈薩克的墳墓。我在的時候，這墳墓還相當明顯。靠南的那一座墳墓，修的是半人高的矮牆，矮牆上面做成一個塔狀。其餘的墳墓，沒有做牆，只是在平地上有土坯做成塔狀。

它是誰的，我們不知道。因爲從來沒有人祭奠過。

會是馬鐮刀以及那白房子十九個士兵的嗎？我不敢肯定！

我還說從這裏端直往東十公里以外，比利斯河附近，一堆沙窩子的裏邊，有一個木質的龐大的墳墓群。

圓木堆成的塔，一座挨一座，占了半個戈壁。木頭已經發黑、發乾，只是在炎陽的炙烤下，它還十分堅硬。

我說，我曾經請教過不止一個哈薩克學者，問這墳墓是誰的。他們說，這不是哈薩克的。它顯然屬於當年中亞民族大遷徙中，一個從這塊地面匆匆而過的民族。

連長說他還從未聽說過有這麼一個地方，等他有時間了，他一定到那裏去尋訪它。

最後，連長說，昨天晚上我曾經答應過他一件事情，就是尋找老的白房子邊防站的遺址。

「是的，我現在也正想到那裏去！」我悵然地說。

這樣，我們便離開墓地，順著喀拉蘇自然溝，向下游走。

我們是越過小橋，走的喀拉蘇自然溝的裏側的。或者換言之，是重新踏上這五十五點五平方公里的爭議地區，往前走的。因爲老邊防站的遺址，在這塊爭議地區上。

喀拉蘇自然溝從這裏開始向西南方向流淌，流經大約一公里的距離後，在靠近河口的那個地方，注入額爾濟斯河。

從小橋開始，我們分開茂盛的蘆葦，越過一棵又一棵奇形怪狀的大柳樹，前行三百米後，眼前豁然開朗。

水流的旁邊，有一塊小小的高地。高地的斜坡上，有幾處雪白的土堆。那土堆靜靜地待在那裏，像蒙古人說的那種「敖包」，又像是森林裏的野豬在不經意的時候，拱起的幾堆土而已。

土爲什麼是白色的呢？這是鹼土，它最初是黑色的，經過長達一個世紀的日曬雨淋後，黑色褪去，它便成了堅硬的白色。

一棵幾摟粗的老柳樹，已經撲倒了，斜斜地躺在河岸與廢墟之間。

「這就是老的白房子邊防站的站址。我們站的第一任站長姓馬，是個回回，他叫什麼名字我們已經不知道了。我在小說中叫他馬鐮刀！」

我對這位年輕的軍人說。

我還說，我在的那一陣子，這個遺址上，最高的那一處白土堆，當時是一道半截牆，可以想見，那裏原來是一座白房子，阿克邊防站的得名，大約就是因爲它。低處這幾個土堆，是地窩子。

我說，我在的那些年月，這些地窩子還沒有完全坍塌。有一個地窩子，還可以勉強鑽得進去人。有一次我就鑽過。我從地窩子裏揀出過一筒老式的乾電池，這是電台用的。馬鐮刀的那個年代裏，還沒有電台，因此我們推測，國民黨統治時候，這個白房子還在使用。

說完這些以後，我面對白房子廢墟，跪下來。

我點燃上三支香煙，將它們整齊地插在地上。我以此來祭奠馬鐮刀、道伯雷尼亞、耶利亞，祭奠中國白房子邊防站二十個死於非命的士兵，以及俄羅斯阿拉克別克邊防站二十個死於非命的士兵。我還祭奠這五十五點五平方公里的白房子爭議地區，祭奠我蒼白的青春。

我要把我此行最重要的一段話，放在這裏來說。

這話是說：在最近幾年的中、哈邊界重新勘界的談判中，哈薩克斯坦已經放棄了對這塊土地的領土要求，也就是說五十五點五平方公里的白房子爭議地區將不再爭議，它已經正式地成爲中華人民共和國版圖上的領土。

在烏魯木齊兵團司令部，在阿勒泰軍分區司令部，在邊防四團，我已經確切地知道了這個消息。但是，我要把這個驚人的消息，放在這裏來說，給我的老站長來說。

「將中哈邊界勘界的情況，將白房子現在的歸屬，說給你第一任的站長吧，年輕人！」我喃喃地說。

年輕的連長打了一個立正，將手舉齊帽沿，開始朗聲彙報。

三根香煙還在嫋嫋升騰，我長久地跪在那裏，老淚縱橫。蚊子一批接一批地來我的身上吸血，我也渾然不覺。

## 九　蘇聯武裝直升機越境事件以及我的十八顆火箭彈

連長還長久地站在那裏，昨日的故事令他驚駭。我則蹣跚著步子離去了。因爲我看見了沙丘上的那個碉堡，於是我記起來了，這正是我握著火箭筒，趴過的那個碉堡。

我現在也記起來了，我的十八顆火箭彈的故事，是因爲一九七四年三月十四日蘇聯武裝直升機越境事件。

這一次蘇聯武裝直升機越境事件，是當時處於劍拔弩張的中蘇邊界武裝對抗中，一次嚴重的事件。在我這一次的白房子之行中，還不斷地有人向我提起它。當然，能提起這個話題的，都是四十歲往上的人了。

事情的基本經過是這樣的。

一九七四年三月十四日上午十一時，一架蘇聯直升機從白房子上空順額爾濟斯河越入中國境內，進入縱深二百公里一個叫黑龍溝的地方降落。當時降落在一個牧場上。遊牧的哈薩克見了這個鋼鐵怪物，紛紛圍攏前來。駕駛室裏共有三名蘇聯軍人：一名少尉，兩名少校。他們打開艙門以後，見了圍攏來的哈薩克牧民的胸前掛有毛主席像章，明白這是進入了中國領土，於是趕緊關了艙門，就要重新起飛。這時，剽悍的哈薩克們揮動著自己的套馬繩，甩過去，無數條繩索套住了飛機的螺旋槳。飛機於是動彈不得了。雙方一直僵持到我分區騎兵連風馳電掣般趕到，此後，駐紮在爭議地區的三個邊防站、兵團一八五團值班連，也都派員陸續趕到。

邊界局勢驟然緊張。

蘇軍的坦克、裝甲車從齋桑軍區向邊境調動。齋桑泊離白房子是八十公里。在集結坦克、裝甲車的同時，大批的蘇聯飛機飛上天空，強行進入中國領空邊界一帶，尋找那架失蹤飛機。

據我的戰友段慧來回憶，出動飛機最多的一次是出事後的第三天，那天蘇軍共出動六十多架次的飛機，闖入中國境內搜尋。這些飛機中有一部分是中型轟炸機。蘇軍的意圖很明顯，一旦找到飛機，就將它就地炸毀。

好在，蘇軍轟炸機就沒有發現這架越境飛機，聰明的哈薩克牧民將飛機用牧草蓋起來，僞裝成一個草垛。

段慧來當時在阿赫吐拜克邊防站當兵，飛機從天上飛過時，他正在瞭望台上哨。

老段，也就是今年春天，白房子的老兵們在西安的一個烤羊肉串攤前聚會時，說出「當年如果發生戰爭，我們幾個現在肯定是在一個烈士陵園裏」的那位老兄，他如今已經是有孫子的人了。

後來，我方一位資深駕駛員，將這架飛機低空飛行駕到烏魯木齊，繼而，這架飛機被用火車運到北京。一九七四年國慶日期間，這架飛機和在珍寶島繳獲的那輛蘇式坦克一起，陳列在中國革命軍事博物館，供人參觀。記得，當時還專門安排西哈努克參觀過一次。

就在截獲飛機後的一周左右，中國方面發表了嚴正聲明，認爲這是一架武裝間諜直升機。認爲這是對中國主權的嚴重挑釁事件。繼而，又大張旗鼓地表彰了這些牧民，認爲用套馬繩套飛機是軍事史上的奇蹟。這些牧民被譽爲孫玉國式的英雄。

蘇方也迅速地提出了強烈抗議。

蘇方說，他們這架飛機是去執行一次人道主義救援任務的，有一個蘇聯邊民病危，飛機是去救援，結果誤入中國境內的。他們說，中國人的做法，嚴重地違犯了國際法準則和人道主義精神。

飛機越境的那天的那個時間，白房子的瞭望台上，恰好是我值班。我記得，那天的天空雖然有一些薄雲，但是能見度尚好，飛機是不至於迷失方向的。中國的說法，蘇聯的說法，其實都有許多違背事實之處。

首先，這架飛機不是去執行什麼救援任務的，它這次起飛純粹是軍事用途。蘇方的說法明顯不對。然而，它也不是如中方所說的武裝間諜直升機。那麼它是什麼呢？它是一架在中蘇邊界上執行正常巡邏任務的蘇軍巡邏飛機。

它爲什麼會越界，也不是天氣方面的原因。原因在三個士兵身上。三個士兵在齋桑軍用機場臨上飛機前，在一家小酒館裏灌了通酒。這樣，醉醺醺的他們，在飛行中，錯把額爾濟斯河當成了界河，於是溯河直上。據說，飛機在失去導航的地面座標以後，曾經降落過兩次，辨認方向，因爲失去地面座標，只好拉起來又飛。

飛機上有兩挺輕機槍，三個士兵的腰間都有手槍。在中蘇雙方的抗議照會、抗議聲明中，中方以武器這件事爲論據，有力地戳穿了這是一次執行救援任務的謊言。

還需要說明一點的是，套馬索是套不住直升機的螺旋槳的，事實上，這架直升機後來是沒有油了，它飛不起來了。這樣，牧民們將套馬繩甩向還在旋轉的螺旋槳，讓它停止轉動，繼而，像拴牛一樣，將牛皮繩的另一頭拴在樹上。

中蘇雙方因爲這架直升機的事，發表了許多的抗議和聲明。邊界局勢，隨著這些抗議和聲明的措詞日益強烈，越來越緊張。

到了一九七五年下半年，蘇方顯然失去了耐性，大量的坦克、裝甲車雲集邊界。從我們的瞭望台用五十倍望遠鏡向蘇方縱深望去，可以看見蘇軍大規模調動部隊的征狀。記得有一天，蘇方一日之內連續三次向中方發出照會，最後一次照會的措詞是：「由此不可避免地引起的一切嚴重後果，完全由中方承擔！」

這話實際上就等於是最後通牒了。

誰也無法預料事情會如何發展。會成爲一場中蘇全面戰爭的起因嗎？難說！須知，一戰、二戰都是以邊境事件爲起因的。會以一場局部戰爭，以蘇方吞併這塊白房子爭議地區爲報復手段嗎？這種可能性似乎更大些。

在那些日子裏，生活在這塊爭議地區的所有的人，他們唯一能做的事情是硬著頭皮支撐。

不管叫「困獸猶鬥」也好，不管叫「以卵擊石」也好，爭議地區的人們，得硬著頭皮起來支撐。其實，說心裏話，那時候大家似乎並不緊張，因爲長期的這種壓力已經使大家神經麻木。

邊防站的人全部剃成了光頭，這樣爲了一旦受傷後便於包紮。大家全都趴在戰壕裏，輕重武器的槍口齊刷刷對準界河。黑夜白晝都守著。吃飯是炊事員用行軍鍋將飯抬來。

大家的幾件舊軍裝和日常零用，則打成一個小包袱，用針線縫好，上面寫上家鄉的地址和自己的名字，集體放在班裏小庫房裏。一旦誰死了，這就叫遺物；如果有可能的話，這些遺物將寄回去。

我那時候是六九四〇火箭筒射手。這種武器是專門對付坦克的。我趴在白房子最靠近界河的那個碉堡裏，火箭彈彈頭安裝好，從射擊孔裏射出來，火箭筒則扛在肩上。

按照教科書上的說法，一個射手在發射到第十八顆火箭彈的時候，心臟就會因爲劇烈震動而破裂，然而，我還是毫不猶豫地爲自己準備了十八顆。

在那些日子裏，有時爲了令自己的神經鬆弛一下，我就不停地擦火箭彈。擦火箭彈之外，還做一件事情，那就是捉皮大衣絨毛裏的蝨子。

事情後來終於沒有發生。

理智代替了訴諸武力。中國拿出了大國的風度，先是釋放了那三名倒楣的士兵，接著在一九七五年的最後一天，將那架直升機送回去了。過了幾天以後，一九七六年一月八日，周恩來總理逝世，因此，我猜想，中方所以後來採取了「和爲貴」的政策，大約與周總理病危，希望邊境安寧有關。

不管怎麼說，受惠的是我們這些當兵的，是那些拖家帶口的兵團人，是那些唱著淒涼歌曲的兵團人。我的十八顆火箭彈沒有派上用場，我也終於沒有戰死白房子。要不新時期文壇，會少了一個不算太蹩腳的小說家的。

在我的重返白房子的行程中，在二○○○年八月廿九日的上午十點，這個步履蹣跚的白房子老兵，終於走到了他的碉堡跟前。

它已經被廢棄。

在後來土圍子修成以後，地道下面，八卦陣一般地向四面八方伸出去許多碉堡，因此這個簡陋的大約是一九六二年伊塔事件後修築的碉堡，已經被棄用了。

因爲那後幾次邊境事件，是發生在土圍子築好以後，所以憑藉這個碉堡，我才確認，那十八顆火箭彈的事情，屬於一九七四年三月十四日那次蘇聯武裝直升機越境事件。

我從這舊碉堡裏，揀下一塊木板，將它先打入行囊中，最後則帶回到了西安家鄉。

# 十　在額爾濟斯河河口

「大肚皮叔叔！」

當我離開碉堡，翻過土圍子，剛剛走進邊防站的院子裏，突然聽到幾聲清脆的童音。

我還沒明白這是怎麼回事，突然從我的兩肋間，鑽過來兩個小姑娘。小姑娘咯咯地笑著，將長著尖指甲的手，伸進我的T恤衫，在我的大肚皮上使勁地撓起來。

我感到像貓爪子在抓我的肚皮，又疼又癢。我大聲地叫起來，一蹦老高。

這是老杜家的兩個瘋丫頭，她們這一次也隨車來了。路上，她倆看見我的大肚子很可笑，按捺不住，總想用手去抓它。我告訴她倆說，我剛剛做過膽結石手術，有刀口，不敢抓。誰知我的話更刺激了她們抓它的欲望。

我好容易一個胳肘窩一個，將這兩個瘋丫頭抓住。老杜已經領著農十師的宣傳科長們來了。我對兩個小姑娘說：「別鬧了，上汽車，隨叔叔一起去看額爾濟斯河！」

剛才還是空蕩蕩的院子，現在停了幾輛車，老杜帶來的紅男綠女們散開來，歡歌笑語，這些，都令白房子少了許多的壓抑感覺，也使我感到白己重新回到了今天的陽光下。

一刻鐘以後，我們分乘幾輛車從一號口穿過密林，進入河口。

汽車依然是從邊防站現在的東門出發。出了東門以後，向北、向西，繞著土圍子轉了半個圓以後，便從我的那個碉堡，下到一號口密林地帶。

汽車先越過一片白柳條，再穿過一片蘆葦叢，然後進入原始森林。

這條道路當年是野豬踩出的道路，亦是我的牛那一次越界時走的道路，現在路面被車輪壓寬下看來，還有汽車時不時地到河口去。

陪同我們去的白房子邊防站的連長說，額爾濟斯河與界河交匯處，今年剛剛栽立了一根界樁。從白哈巴邊防站、札木拉斯邊防站、阿赫吐拜克邊防站、克孜烏營科邊防站，一路數來，到河口的這根界樁，是中哈邊界三十九號界樁。

連長說，中哈雙方的邊界勘察已全部結束，會談也已經結束，邊界已全部劃定，現在雙方正在整理文件階段，文件整理完畢後，將由兩國國家元首正式簽字，互換文本，那時，包括三十九號界樁在內的中哈邊界上的所有界樁，將開始生效。

這就是說，一百年來陰霾四布的白房子，以及白房子地區居住的人們，將從此結束他們不幸的宿命。

人們晚上可以睡一個安穩覺了。這塊地面可以升國旗了。

其實自從我一踏上哈巴河境內，進入邊防四團防地，我就感到了那種安寧祥和的氣息。

我在白哈巴邊防站瞭望台的登記本上，看到所有的哨兵都在上面例行公事地登記一句話：

槍彈完好無損。而當當年險惡的白哈巴防區如今成爲名聞遐邇的世界旅遊勝地哈納斯湖後，我已經明白昨天的一頁已經翻過去了。

在白房子，也是如此。戰士們雖然臉色黑些，臉上有幾個蚊子咬下的大包，但是，昔日那寡婦臉，那上帝的棄兒的表情已經沒有了。他們笑得多麼甜呀！他們和內地軍營裏那些養得白白胖胖的士兵們，已經差別不大了。

「和平是一件多麼美好的東西呀！和平萬歲！」

在額爾濟斯河與界河交匯處，面對隨行的北屯電視台的鏡頭，我這樣說。

我正是懷著這樣和平的心境走入當年險惡的一號口，走入我曾經越境的河口地段的。

空氣變得濕漉漉的，蚊子不停地拍打著車窗，地面上出現了黑色沼澤，連長叫車停下來，他說河口到了。

下了車，向前再走十米遠近，撥開眼前的樹枝，於是，一條洶湧的大河出現在我們面前。

這就是額爾濟斯河，這就是在中國境內最後停駐一刻的額爾濟斯河。

想起我在白房子的時候，我在連隊的迎接節日的壁報上寫的詩：

**額爾濟斯河滾滾流向北冰洋，**

**岸邊有一座中國邊防軍的營房！**

額爾濟斯河已經枯瘦了許多了。我在的那些年月，夏天的時候，額爾濟斯河蔚藍的河水，從河槽裏，從兩岸的林帶間，成一個幾公里寬的扇面，喧囂著，儀態萬方地流過。冬天的時候，額爾濟斯河則是一河堅冰，夜深入靜的夜晚，它有時會發出驚天動地的聲響，那是堅冰凍裂的聲音。

阿拉克別克河也消瘦了許多了。它流得那麼緩，那麼慢，尤其是進入大河的河灘以後，水面攤在河灘上，只有埋住人的腳面那麼深了。

「這就是那個製造出許多故事的界河嗎？」

我問，我簡直不敢相信自己的眼睛。

界河從這裏成九十度直角，直接注入額爾濟斯河。

大家的到來，打破了這一塊地面的沉寂，歡歌笑語在空中迴盪著。兵團作家老錢，還有攝影記者陳旭，見了這綠汪汪的河水，已經按捺不住，脫得只剩下一個褲頭，跳進了河裏。一同來的另外的幾個女孩子，眼饞地望著河水，直埋怨來時沒有帶游泳衣。

陽光燦爛地照耀著這一處河灘。

此一刻，這一處的河灘和地球上別的地方，似乎已經沒有什麼兩樣。

如果不曾經歷過那一切，我想我此刻也該和他們是一樣的。

但是我年長幾歲。我經歷了。而我又是一個很難從自己的經歷中走出來的人。

我默默地來到界河邊，蹲下來，點上一支煙。

我離開他們的原因，是怕我臉上的憂鬱之色，打攪了大家的興致。

此一刻我想起了在八鋼的老指導員，不知道他此刻在幹什麼。

我問我眼前的連長，這條界河的河口，是什麼時候恢復成這個樣子的？在我在的那些年月，界河曾被分成兩個二分之一，而這兩個二分之一，中間圈起了一塊足球場大小的孤島。

「曾經有過這回事嗎？」連長一臉的茫然，「我來到白房子的時候，界河的河口就是這樣子。我當兵十一年了。」

「曾經有過的！」我說。在說的同時我想起了老指導員，我說：「白房子邊防站和阿拉克別克邊防站，雙方達成了一種偉大的默契，向上級隱瞞了這個孤島的出現，從而避免了一場有可能發生的邊界衝突，避免了一場對雙方來說都是悲劇的悲劇。」

「誰敢這樣隱瞞？要知道，邊界上每一個地形地物的細微變化，都要向上級彙報的。要不，就是失職！」

我無法對這位年輕的連長解釋。我只說，當初，年輕的我也是這樣想的，但是，從今天的角度看，從一個長者的角度看，我才知道我年輕時候的想法多麼的愚蠢呀！

我不知道年輕的連長能不能聽懂我的話。但是我說了。

在這河口，爲了我的戰友老段的滿地亂跑的孫子，爲了我的已經長成帥哥的兒子，我向老指導員致敬。

接著，對著界河，對著界河對面額爾濟斯河下游的河灘和樹林子，我講起我那一次趕牛越境的故事。

我講起樹林子裏的碉堡，我講起黃土山上的蘇軍雷達群，我講起那五個攔截我的蘇軍士兵，我講起當我將孤島出現的事情講給指導員聽時，指導員的裝聾賣啞。

在這中亞細亞亙古的荒原上，在這額爾濟斯河與阿拉克別克河交匯處，我把我的越境的故事，講給白房子的一位後來者聽。

我的講述沒有任何的目的，而僅僅是爲了卸去我心頭的陰影和重負。

年輕的連長，這個自白房子的第一位站長馬鐮刀開始的現任站長，靜靜地聽著我的講述。

最後他說：「老班長，我現在特批你，從界河裏趟過去，到你當年越境的地方走上一圈。反正這一刻，這地方除了咱們，連個鬼影兒都沒有！」

這句話令我的心激烈地跳動起來。

我看了一眼連長，他是認真的和真誠的。

我真的就要舉步了。我連腳下的涼鞋也沒有脫，就一腳踏進了界河裏，但是，當邁出第二腳的時候，我的腳在水面停住。

「我不能，連長，我不能給你惹事！我已經是無所謂的人，你還有前途！」我這樣說，在說的同時收回了腳步。

記得當年，白哈巴邊防站的一個副連長，在轉業前的最後一次巡邏中，領著巡邏隊深入蘇聯境內縱深，在那裏舉行了一次野餐，拉了幾泡屎，又在啤酒瓶裏塞下一個「中國邊防軍到此一遊」的紙條，然後返回。後來，這副連長被告發，結果背著個處分轉業回家。

另外還有一次，分區新從中緬邊境調來了一個參謀長，這參謀長來到吉木乃邊防站視察。坐在界樁上，他來了個空中旋轉一百八十度，高叫著：大家快看，我出國了！接著又一轉，高叫：我回國了！這樣轉了一陣子後，後來，被上級就地免職。

我是一個老兵，我得爲白房子負責，我得爲這位年輕的連長負責。

這樣，我遏制住了自己的欲望。

去大河裏游泳的人陸續上岸了。在岸邊拍照的人也都拍得差不多了。該散了。我對連長說：「這裏還有最後一項內容，讓我去看一看新栽的三十九號界碑。」

三十九號界碑，其實就在離我剛才站立的那位置不到十米的地方。

它在一片茂盛的樹林裏。離界河大約有五米，離大河邊的樹林子邊緣大約也有五米。花崗岩石材，上面刻過以後又用紅字描出「中國——三十九號界碑」字樣。

在兩三丈寬的界河對面，哈薩克斯坦也同樣樹立了一個界碑，號碼也是三十九號。

# 十一　對一些瑣碎事情的紀錄

河口的樹林裏，蚊子特別多。我在界樁前短短的幾分鐘的照相時間中，背上落滿了蚊子。那天我穿了件深藍色的半袖，蚊子們大約把我這裏當成了草叢。

照完相，我和攝影記者陳旭幾乎是逃跑似的離開界樁，回到河灘上的。光光的河灘上小風吹著，這裏的蚊子倒是很少。陳旭驚叫一聲說：你的背上全是蚊子！說完，拍打了好一陣，才將這些蚊子趕走。蚊子們又回到樹林裏去了。

聽說那裏有界樁，一八五團的宣傳科長們，便吵吵嚷嚷地到那裏去拍照。這樣，我們又在河口耽擱了一陣。

「年輕的一代，不知道歲月的滋味！」望著兵團這輕鬆的一代，我想。

我還想，如果我換成一種旅遊的心境，眼前這一樁一樁應接不暇的事情，倒是能給人一種新鮮，一種刺激，一次閱歷的。

我這想法其實也是在給自己以心理暗示，我希望自己能就此輕鬆起來。有一首流行歌裏說：「我瀟灑是因爲我能放鬆！」那麼，放鬆自己，打開自己吧，你這個還留在昨天的人。

後來我們穿過沼澤地，上了汽車。

上了汽車以後，關好門窗，拍拍打打了好一陣子，我們才將帶到車裏的蚊子打淨。爾後，車便拐彎抹角，穿過樹林子，出了一號口。

走出一號口的低窪地，上個塄坎，便就是坦蕩蕩的戈壁灘了。塄坎的邊緣，五米一個，順邊界線一帶，挖了許多的小坑。早晨我騎馬向三號口走去的時候，也見到有這樣的坑。連長說，這些小坑是埋水泥樁子用的。水泥樁子栽好以後，再接上鐵絲網。鐵絲網的外邊，犁上鬆土帶，鐵絲網的裏邊，修一條邊境巡邏公路。

看來邊界的整理工作，確實是在有條不紊地進行著的。

那架老瞭望台，在空蕩蕩的戈壁灘上，十分顯眼。

兵團的宣傳科長們，吵吵鬧鬧地要到瞭望台去看一看。這樣，汽車便拐了一個彎兒，來到了瞭望台底下。

人們在肆無忌憚地歡笑著，整個瞭望台好像要被抬起來似的。小夥子踏著階梯，一個挨一個地往上攀著，姑娘們則扶著樹幹照相，穿著紅裙子照了，又跑到汽車裏換一身白裙子出來再照。

這大約是這個瞭望台建立起來以後，最熱鬧的一刻了。

我靜靜地站在一株紅柳邊，目睹著這一幕。我感到我的蒼老的，疲憊的，孤獨的瞭望台，因了這歡歌笑語的感染，此一刻也好像輕鬆了許多，年輕了許多。

下一個要去的地方是額爾濟斯河邊的汽艇碼頭。

碼頭在距河口上游約兩公里的地方。過了邊防站，再穿過哈拉蘇自然溝，前行一陣，靠右手方向一拐，就是汽艇碼頭了。

汽艇好像哪地方壞了，不能開動。它被靜靜地拴在河邊的一棵大柳樹上。汽艇的旁邊，還繫著一隻小木船。

所謂的碼頭，只是用石頭在河邊砌了個堤岸而已。額爾濟斯河春潮氾濫時節，水會很大，所以石頭的表面，網了一層網。

如果有一天，額爾濟斯河口岸重新開放，相信這地方會相當熱鬧的。

站在這裏，向大河的上游看，下游看，視野都十分開闊。

上游能看到很遠的地方。一河藍汪汪的春水，從戈壁灘上喧囂地流過，兩岸的林帶裝點著它。

下游也能看得十分地遠。我們剛才站立的河口，現在也在視野之中。哈薩克斯坦境內的林帶，似乎更寬、更密一些。能看到瞭望台的塔樓，在高高的樹尖上隱現。

老錢曾經去過哈薩克斯坦，他說從飛機上往下看，中國這邊是一片黃，哈方那邊是一片綠。這綠地毯一直鋪向俄羅斯的西伯利亞。

站在額爾濟斯河邊，想到中國唐代的大詩人李白，當年就是從碎葉城溯額爾濟斯河直上，進入中國內地的，這想法總給人一種奇異的感覺。

中亞近代探險史的先驅者之一，發現樓蘭古城，確定羅布泊位置的瑞典人斯文·赫定，一九二八年那一次的中亞探險，就是乘船經額爾濟斯河，取道俄國回國的。

大河的對岸，就是南灣地區。

我在的那一陣子，夏天巡邏的時候，從這裏坐上汽艇，渡河，然後步行，一般來說到四二二高地上以後，然後折回。冬天巡邏的時候，騎著馬穿過冰河，也是從這一處走下河道的。有時還會再往前趕一趕，前往大沙包子那地方的會哨點，和吉木乃邊防站的巡邏隊會哨。不過這要用電台事先聯繫好。

四二二高地和蕭飛司令員的故事，記得我在前面曾經講過。

我不知道那地方的地形地貌現在變成什麼樣子了。隔著河，我只能望著樹林子背後那一片蒼黃的天空發呆。

那裏也是我第一次掉馬的地方。

連長告訴我，四二二高地那一塊，哈軍主動後撤了一百米。

我問四二二高地上那根被蕭飛司令員砍掉的界樁，如今還在嗎？我說，界樁是紅松木的，有一摟粗，兩米多長，我在的那一陣子，界樁橫躺在四二二高地的沙丘上，半截子已經被沙土埋住了，半截子還露在外面。

連長說那東西早就沒有了。他甚至連界樁這事聽說也沒有聽說過，蕭飛司令員砍界樁的事他更是無從知道。

「那已經是很久很久以前的事了。哦，三十八年了！」我喃喃地說。

我沒有再說下去，既然他們不知道，那我也就不說了吧！讓這些陳芝麻爛穀子的往事爛到這一代人的肚子裏去吧。

年輕的一代有他們需要面對的生活。

此一刻我還想起白房子新建的瞭望台下面埋著那二十顆人頭，我很高興我也不會把這件事說出。

人們在碼頭上流連了許久。

我則坐在沙灘上，將腳放在河水裏像一匹老馬一樣，閉目丟了一會兒盹。回到了邊防站，離吃飯還有一段時間，我該在離開白房子之前，做最後一件事情，這就是到操場上，去打一打籃球。

我在白房子五年，籃球陪伴了我五年。

在那時，我的幾乎所有的業餘時間，都扔到這籃球場上了，每天晚上，我都是打到熄燈哨子吹過以後，全身像散了架一樣，然後回到班裏，脫褲子睡覺。

籃球場上有幾個戰士在打球，於是我也就加入了進去。

打球的途中，我嫌涼鞋穿在腳上礙事，就左腳一抬，甩掉一隻，右腳一抬，又甩掉一隻，這樣，光著腳板的我，在水泥地上跳躍起來。

這水泥地也是我們那時候修的。施工結束，剩了些水泥，指導員說，咱們奢侈一回，用這水泥修個廁所，修個籃球場吧！

打籃球的過程中，戰士們回來了。他們看著這個光著腳板，腆著個大肚子的小個子，在籃球場上跳跳蹦蹦，都善意地笑著，站在一邊看。

連長又叫人放起了「親愛的老班長，你這些年過得怎麼樣」這支歌。

連長脫下他的解放鞋，叫我穿上，我搖搖頭拒絕了，我說我當年就是這樣光著腳板打球的。我這是在尋找當年的感覺。

「如果打起仗來，你肯定是個亡命徒！」連長說。

我很高興連長這個評價。是的，我一定是個亡命徒，一定是這個白房子第一個死的人。

午飯很豐盛。

因爲我們的到來，連裏專門宰了一口豬。本來是要宰羊的，因爲羊群轉場到阿爾泰山深處的高山牧場上去了。

吃罷飯後，老杜臨時提議，在建軍節即將來臨之際，兵團和解放軍，在邊防站提前舉行一次軍民聯歡會。

這是我在白房子看到的第三次的慰問演出活動。

聯歡在邊防站的軍人俱樂部進行，老杜的小女兒，那個精靈古怪的小姑娘擔任主持。老杜的大女兒則翩翩起舞，和邊防站的維族排長跳了一曲維族舞蹈。隨行的姑娘們，也都紛紛請戰士跳舞。那位穿白色連衣裙的姑娘，拽起滿臉通紅的連長，弄得連長狼狽不堪。

我坐在那裏，渾身充滿了一種幸福感。

我傻乎乎地笑著，像那些臉上疊著許多大包的大兵一樣傻笑。我深深地感激兵團人，我相信，這些大兵們就像當年的我一樣，將長久地記住這個節目，將姑娘們的大眼睛和連衣裙談論上半年，甚至更長時間。

該走了，該向我的白房子告別了。

我最後一眼望著那白房子。它靜靜地佇立在那裏，和我二十八年前見到時一模一樣。連長說，明年這房子就該拆了。那時邊防站要起樓房。現在別的邊防站已經蓋成了樓房，北灣邊防站是最後一個。

是的，白房子該消失了。正像這塊白房子爭議地區已經不復存在了一樣，這個一百年的故事應當結束。當然以後還會有新的故事，但是已經不是從馬鐮刀開始的那個故事。

白房子也應當從我的記憶深處消失，從而讓這個老兵有一個平和的晚年。

全站列隊，送我們走出大門。我摟著連長的肩膀，摟著指導員的肩膀，長久地摟著，不忍分開。我努力做到使自己不哭，結果我做到了。然後我飛也似的跑上汽車，用雙手捂住自己的臉。

汽車開動了，我的白房子被遠遠地丟在了後邊。

# 十二　白房子最後的巡禮

我是在二〇〇〇年八月廿九日午後三點離開白房子的。

我將在這塊昔日的爭議地區盤桓到晚上才離開。也就是說，我將從白房子沿著邊界，穿過一八五團的六連、五連、四連、三連、二連、一連，同時，還要穿過邊防軍的另外兩個邊防站，即克孜烏營科邊防站、阿赫吐拜克邊防站。在這塊前爭議地區巡禮一周後，最後回哈巴河。

正值中亞細亞陽光燦爛的中午，我們的汽車在一片鋪天蓋地的金黃中行駛。陽光閃閃爍爍，在這金黃色的海洋上跳躍著，令人頭暈目眩。

「這是祖國的土地——無可爭議的祖國的土地。」

當我在這片金黃色的海洋上行走的時候，眼望窗外，我喃喃地對自己這樣說。

我想起蘇聯的著名女詩人，被喻爲俄羅斯詩歌的月亮的阿赫瑪托娃，那首名曰〈祖國土〉的詩。

她說：我讚美祖國的泥土，你是沃野，是鄉間泥濘的道路，是旅人衣服上彈落的一絲微塵，是我們指甲縫裏摳出的一絲垢甲。

現在由我來讚美，我的祖國的泥土吧！

它曾經差點失去，現在又重新獲得。哦，這我們賴以立足的，祖先留給我們的土地。

這我們代代相襲的土地。

兵團的六連，是個漁業連，在我的記憶中，他們依著一個橢圓形的沙包子，建起自己的村莊。村莊很小，只幾十戶人家。這些人漁汛時間打魚，漁汛過了，便到大田裏種地。他們住的村莊，一半是地窩子，一半是土坯房。我記憶中的那個扛著圓鍬，穿著高腰雨靴，站在條田裏澆水的一九六五年來的天津支邊女青年，就是這個連隊的。

緊靠六連的五連，村莊大一些，人丁興旺一些。我記憶中，那個穿著一身變了顏色的將校呢，上衣肩膀上還有兩個攀帶的人，好像就是五連的連長。他是山東來的退伍軍人。這地方以山東來的複轉軍人爲主體，附近哈薩克牧民學的漢語，都是山東話。我曾在文章中寫到的，那騎著從馬車上卸下來的光背馬，背著老式的衝鋒槍，帶著唐·吉訶德式的無畏，迎著界河對面開來的坦克的，好像就是這五連的人。

緊靠五連的，是四連了。

四連緊靠著一八五團團部。

其實在一三五團團部周圍，還駐紮著一些兵團村莊。以前我不知道，以爲它們是團部的一部分，這次才知道，武裝值班連、修理連，還有八連等等，都在這裏，從而令這裏成爲一座邊境小城，這小城就以「一八五」命名。

當年我騎馬從這裏經過時，那個男人打仗去了，女人拖著孩子，坐在花格包袱上，準備撤退的人家，就是八連的。

這戶人家在這塊爭議地區生活，已經是第四代了。他們家的男人，就是一九六二年伊塔事件以後，匆匆趕往這塊爭議地區的一個。他們還住在原先的那個土坯房裏，因此在這次行程中，我很容易找到了這戶人家。我請記者小陳在這間土坯房前，爲這四代兵團人拍上一張全家福。

沿途這些兵團村莊，基本上沒有什麼大的變化。唯一的變化是樹木多了點，村莊掩映在綠蔭中，再就是地窩子已經沒有了，不論貧富，人們都住進了土坯房裏。再一個變化就是，人們的衣著比以前好多了。

但是，比起外面飛速發展的世界，兵團人還很苦。爲我開車的那個部隊的志願兵說，光看一看這些幾十年如一日的土坯房，你就知道兵團人比起部隊來，比起地方來，是變化最小、生活最苦的。

兵團人目前的尷尬處境，和他們曾經給予共和國的無私奉獻，是不成比例的。

在八連這戶陳姓人家的土坯房前，兵團作家老錢對我說：「你才在這裏當了五年兵，你有什麼值得驕傲的！兵團人已經在這個地方守了四代人了。兵團人可憐，當兵的服役期滿，最多再超期限服役上一兩年就屁股一拍，走人了。可是兵團人沒個走處，也沒有個盼頭，他得世世代代守在這裏了！」

老錢說的是實情。他總是在關鍵的時刻能說出一些重要的話，而且不避情面。這也是我十分喜歡這個兵團作家的原因。

每一個兵團人身上都有一種他們稱之爲「兵團情結」的東西。

這種「情結」我在烏魯木齊一接觸到兵團人時就開始領教，在北屯與老杜相逢時，立即就被他那「偉大的公民」一說感染，然而，最具有「兵團情緒」的人，還是這個老錢。

他是兵團的第二代。他出生在石河子。

只要一談到「兵團」這兩個字，他就眉飛色舞。他會滔滔不絕，從部隊進疆開始，從荒原第一犁開始，從新疆一些大型企業是如何起步的開始，一直講到今天。他對他是兵團孩子，他的出生地是石河子這一點尤爲驕傲。

但是，老錢也有黯然神傷的事，這事就是兵團那一年從准軍隊序列中，劃給農墾局，變成邊境農場的事。

老錢說：「雖然後來又恢復過來了，但是，從此以後，好像大家商量好了一樣，兵團人再不去過八一建軍節了！」

我能理解老錢的感情，也能理解每一個兵團人的感情。說點愉快的吧！

我們到達，一八五團團部的時候，這裏正在大興土木。昔日破舊的土坯房正被推土機隆隆推倒，本身就寬闊的路面現在被掘開，修得更寬。一座城市建設的第一步是挖埋地下管道設施，因此，這一塊不大的地面，現在被挖得處處是壕溝，處處堆滿新土。

我們的汽車繞了很久，走了很多冤枉路，最後才找到團部。

一八五團的宣傳科長也在車上坐著。短短幾天，他竟然也找不著路了，可見變化之大。

一八五團的政委對我們說，國家要搞一個「邊境美容」工程，改變邊境一線團場目前的這種破敗景象。以一八五團而論，國家計畫每年投資兩千二百萬，連續投資十年，總資金兩億二，將這裏建成一座邊境小城。

一座座的兵團人當年修築的小窩被推倒了。老杜在這裏也很熟，他領著我在塵土飛揚中找了很久，才找了一些過去的房子，找到一個籃球場，找到當年的供銷社。

籃球場叫我記起來了，當年我們騎馬巡邏來到克站後，曾經把馬拴在克站的馬號裏，徒步到這裏，和一八五團打過一場籃球。

喀拉蘇自然溝從一八五團的小城中間穿過。

兵團人真是偉大，早在幾年前，他們就把這個惹是生非的小水溝用沙土填了，建成一個公園。這公園就叫喀拉蘇公園。公園上的題名，正是我前面提到的那個聶副師長。他當時是這個團的團長。

「讓這條水溝從地面上消失，讓老毛子徹底斷了想念！」兵團人這樣對我說。

克孜烏營科邊防站就在一八五附近，靠近邊界的地方。我們的汽車繞了好一陣，滿眼狼藉，找不著去克站的路，於是只好作罷。

繼而，我們繼續沿著邊界線向北，穿過兵團三連，兵團二連，最後，到達阿赫吐拜克邊防站。

阿站在右手是連續起伏、冷峻高大的阿爾泰山，左手那是我們的來路，則是幾座像金字塔一樣閃閃發光的沙丘。正前方，下個坡坎便是界河，界河對面，是哈薩克斯坦小城阿連謝夫卡。

阿站距白房子五十公里。

在我的白房子傳奇中，曾經提到過一個無頭烈士紀念碑的事。首先，這事是真的，它曾經發生過。我自己也不知道這個一百年前的故事是如何鑽入我的腦子中的，是饒舌的分區參謀講述的嗎？或者，是口口相傳的老兵們告訴我的？抑或，是在我的沉沉的白房子的夢中，昨日的一幕如夢境般呈現？

我原先以爲，這個無頭烈士紀念碑在阿連謝夫卡邊防站，這次，翔實考證，才知道它是在白哈巴邊防站。從白哈巴巡邏到阿赫吐拜克，到白房子，有遙遠的路程，況且還要翻越幾乎無法逾越的阿爾泰山，因此這幾乎是不可能的事。

看來，我是把幾起邊境事件放在一起說了。

不過這個無頭烈士紀念碑是確確實實地存在。

下了阿赫吐拜克的瞭望台，我們再去眼鏡山。

眼鏡山的那個地方，在兵團一連。這個兵團村莊緊靠著一座大沙山，那沙山光禿禿的山坡上，長著兩棵落地葉。這落地葉像人的兩隻眼睛，所謂的眼鏡山，就是因此得來。

兵團人說，當年邊境局勢緊張的時候，這兩隻眼睛睜得又大又圓，晝夜間一眨不眨，如今邊境局勢緩和了，這兩隻眼睛一個睜著，一個閉著，正如俗語所說：睜一隻眼，閉一隻眼。

# 十三　哈薩克勇士塞力克

哈薩克族傳奇人物塞力克的墓地，在比利斯河西岸。

我早在十六醫院的時候，就得知這位故人業已故世的消息。憂傷的我，那時候就叮囑自己，此次白房子之行中，一定要去拜謁他的墓地。

在這一片草原上，塞力克是一個傳奇。

那一年的夏天，我正在邊防站的菜地裏幹活。遠遠地，從比利斯方向，顫巍巍地走過來一人一騎。那人，高高的個頭，寬肩膀，長臉，穿著一件黑色的燈心絨上衣，腰間紮一根寬皮帶。那馬，是一匹焦黃顏色的小馬，大走馬，在騎手的胯下，牠像一隻兔子一樣弱小。

那人騎著馬顫巍巍地走過來了，像一座移動的鐵塔。

「鐵塔」在菜地鈴鐺刺扎的圍牆外面停住了。騎手頭頂的三耳皮帽不再閃動。騎手騎在馬上，一手扶著馬鞍，拱起腰，招呼道：

「加克斯❶嗎？」

「加克斯！」我回答說。

我不知道他是誰，只覺得他像傳說中的草原四處游蕩的勇士一樣。說心裏話，我有些害怕。

「你是內地來的巴郎子嗎？我叫塞力克！白房子的人我都認識！」

來人見我有些狐疑，於是補充說。

接著，他問邊防站的儲醫生在不在。

這句話叫我放心了。我明白了這人至少不是一個越境分子。

問話的那一刻，我手中正握著兩個西紅柿。那一年一個河南兵探家回來，帶回來一種叫「北京梨」的西紅柿種子，這西紅柿長得像雞蛋般大，圓圓的，一株上結紅豔豔的一片。於是我將西紅柿晃了兩晃，問他吃不吃。他搖搖頭說不吃，他說這東西裏面籽太多，吃了它以後，會生很多很多孩子的。雖然他這樣說，我還是把西紅柿扔過去了。我以爲他的搖頭只是一種推辭，我那時候還不知道哈薩克人從來不做作。

塞力克伸出大手，接住了西紅柿，他湊到眼睛跟前看了看，又放到鼻子底下聞了聞，最後，裝進了他的上衣口袋裏。

塞力克揚了揚手，告辭了。誰知，馬兒走了兩步，他又停住。他問我回不回邊防站，說著指了指天上的太陽。我回答說我正準備回去，於是他說，捎上你吧。

那匹小黃馬載著他，已經是勉爲其難了，現在再加上一個我，能行嗎？

塞力克笑著說：「能行！」

我關好柵欄門，走到馬的跟前。

塞力克騎在馬上，伸出兩隻手，卡住我的腰，輕輕一提，我便坐在他的馬屁股上了。

馬兒好像沒有什麼感覺一樣，載著兩個人，一路碎步向白房子走去。

這就是我第一次見到塞力克的情形。

後來聽邊防站的副指導員說，塞力克是前哨公社反修大隊的支書，從比利斯到白房子，這一塊偌大的草原上，就這麼一個牧業隊，它的面積相當於內地的一個縣。副指導員還說，塞力克的妻子有胃病，所以他經常到邊防站來，爲妻子要幾個藥片。

而更多的關於塞力克的故事，是我聽班上那個叫阿依同拜以的哈薩克說的。這個戰士的家在額爾濟斯河上游數百公里的錫伯渡，他也知道塞力克的故事，可見，塞力克確實是阿勒泰草原上的知名人物。

那年代許多事情都與人們的一種反蘇情緒有關，塞力克的故事也是這樣。

五〇年代末，蘇聯的世界摔跤冠軍在打遍天下無敵手的情況下，巡迴表演來到中國。並且在北京設下擂台，向中國人挑戰。

那時中國大約還是有個專業的摔跤隊吧。結果這些人在世界摔跤冠軍的面前，根本不是對手，被冠軍像老鷹捉小雞一樣，一一摔倒。

對中國人來說，這確是一件失面子的事。況且在那個時期，人們對摔跤這件事本身，賦予了摔跤以外的許多意義。

不甘示弱的中國官方，聽說在遙遠的阿勒泰草原上，有一位臂力過人的勇士，同時也是摔跤高手，於是用飛機將他接到了北京。

塞力克曾經向我描繪過那個世界冠軍的情形。他說那傢伙出場時，被一根鐵鏈子拴著，嘴上像馬一樣勒著釵子。他披散著長頭髮，嘴裏嗷嗷地叫著，吐著白沫，在鐵鏈子嘩啦嘩啦的牽引中，被送到台上來。

塞力克說，他當時嚇壞了，他感覺到那傢伙分明不是一個人，而是個哈熊。

釵子取開，牽引鐵鏈子的人往旁邊一閃，世界冠軍便咆哮著向塞力克撲來。

塞力克心想，既然到了這個份上了，怕也沒用，於是就迎上去，架住那傢伙的膀子。

塞力克那時候大約也就是二十四五歲，正是血氣方剛的年齡。

幾個來回下來，塞力克心裏有了點底。他發現這個像野獸一樣的人終歸還是個人，他的招數有不少破綻，他的實力也並不像他的外表那麼可怕。他那嗷嗷亂叫的樣子實際上是一種心理戰，嚇唬對手的伎倆。

於是塞力克開始反擊。

那傢伙見摔不倒塞力克，急躁起來。

塞力克化解了他的一次進攻，趁他重心移動，雙腳不穩的時候，使一個巧力，將那傢伙平平展展地摔倒在擂台上。

那傢伙不服，說並不是被塞力克摔倒的，而是他自己絆倒的，提出再摔。

塞力克已經心裏有底，也就不再推辭，於是抖起精神，使出本事，將這個世界冠軍連摜三跤。

事情發生在第三跤的時候。

當塞力克將世界冠軍摔倒，自己的身子也失去平衡，隨著世界冠軍一起倒下的時候，那個卑鄙的傢伙，在倒地以後，用胳肘拐子，狠狠地朝塞力克的腰間頂了一下。

塞力克當時只覺得腰間一陣痲木。

勝利的喜悅令他忘記了腰間的疼痛。只是回到下榻的地方，鬆弛下來以後，腰間越來越疼，一檢查，才發現三根肋骨斷了。

塞力克養好傷，便留在北京，擔任摔跤教練兼隊員。

雖然他不是世界冠軍，但是因爲世界冠軍敗在他的手上，所以大家都稱他世界冠軍。

北京的生活不習慣，於是塞力克偷偷地坐火車跑了回來，重新回到這一塊草原。

塞力克對我說：「沒有奶茶，沒有抓肉，沒有草原，沒有馬，我受不了！」

後來「文化革命」開始了，也就沒人管他了。他躲在這山高皇帝遠的地方，繼續做他的草原王。而上級後來也就順便給了他一個職務，這就是反修大隊的支書。

哈巴河縣武裝部每年冬天組織的軍民聯防指揮部進駐南灣的鬥爭，塞力克他們那個牧業隊好像也參加過。其實，在菜地裏見過他以前，我想起了，我在南灣巡邏時也見過他的，只是當時冰天雪地，頭上有蘇聯的直升機驅趕羊群，我的心情很緊張，沒有記住他。

塞力克的妻子我也見過。她臉色很白，顯得十分高貴。高高的顴骨上停著兩朵病態的紅暈。黑油油的長髮將臉頰遮住。她從來不說話，見了人只害羞地一笑，算是招呼。她好像經常胃疼，老是一手捧心，一副病西施的樣子。但是只要從邊防站拿幾片白色藥片，一吃就好了。再就是，她的馬騎得漂亮極了。她騎在馬上，懷裏抱著一個小孩，背上再背一個小孩，馬兒如飛地從草地上駛過去，肚皮貼著草尖，她則斜斜地仄著腰，一副悠然自得的樣子。

塞力克的馬也是一匹好馬。

別看這馬又小又瘦，卻很有力氣，又有耐力，而且聰明極了。

塞力克每一次到邊防站來，都會喝得酩酊大醉才走。邊防站叫上幾個氣力最大的戰士，將他扶在馬上，馬兒於是開始向比利斯河方向走了。塞力克騎在馬上，東倒西歪，不省人事。有幾次我望著他這樣離開，有些擔心。副指導員說，沒有事的，馬兒會載著塞力克一直回到家裏，然後在氈房門口停住。

塞力克這匹聰明的小黃馬，後來在南灣爭議地區的鬥爭中，悲慘地死去了。事情的經過是這樣的。

我們說：「這塊南灣草場是我們的，我們的牧民祖祖輩輩都在這裏放牧。草原上還有我們哈薩克牧民祖先的墳墓！」

蘇聯人則說，這塊草場是他們的。「不過」，他們說，「考慮到你們是第三世界國家，貧窮的緣故，允許你們在我們的領土上放牧！」

我們則說，既然允許我們在這裏放牧，就證明這塊土地是我們的。

於是，便組織了軍民聯防指揮部，駐紮在四二二高地的下面，每年冬天組織哈薩克的牛群、馬群、羊群進去放牧。

放牧的途中，蘇軍會用直升機來趕起畜群。

這一陣子的牲畜，大都懷著胎。在飛機的轟鳴聲和飛沙走石中，畜群拚命地奔跑著，很多母畜在奔跑中流產了，白雪草原上因此血跡斑斑。

有一次飛機把目標對準了放牧人塞力克，隨著飛機響雷一般地在頭頂上盤旋，小黃馬受驚了。

受驚的小黃馬載著塞力克拚命地飛奔。

飛機則繼續在他的頭頂上玩著這惡作劇的遊戲。

塞力克使勁地勒馬鈫子，想將馬停住。但是，馬非但沒有停住，反而在塞力克的猛烈一拉中，將鈫子拉斷了。

失去鈫子管束的小黃馬更加瘋狂。牠沒命地奔跑著，飛機在頭頂的轟鳴更令牠加快了速度。

阿依同拜以曾經對我說，馬的性子就是這樣，直到累死，牠才會停下來。

前面就是額爾濟斯河高高的懸崖。眼看，小黃馬就要載著人，向懸崖下掉去了。就在這一刻，塞力克大吼一聲，兩腳蹬住馬鐙，兩條腿使勁地一夾，只聽「咔叭咔叭」一陣響聲，小黃馬兩邊的肋骨全被夾斷了。

斷了肋骨的小黃馬倒斃在了懸崖邊上。

塞力克從地上爬起來，抱起他的馬頭。他試圖讓小黃馬站起來，可是，小黃馬已經永遠站不起來了。

這就是我知道的塞力克的故事，那時候我們都叫他「世界冠軍」。

二〇〇〇年八月廿九日的黃昏，告別了白房子以後，在驅車回程的路上，我來到比利斯河邊，來到一片哈薩克的墓葬群邊，弔唁這位故人。

比利斯河從阿爾泰山流來，穿過戈壁，從這裏下面不遠的地方，注入額爾濟斯河。像阿拉克別克河、喀拉蘇自然溝一樣，它也是一條小小的河流，阿勒泰消融的雪水沖出的一條水溝。

河邊那個哈薩克村落，想來就是反修大隊了。據說，它現在叫牧業十隊，而前哨公社，則叫成薩爾布拉克鄉了。

那片哈薩克墓地，就在村落的旁邊。

「我找塞力克的墓地，他是我的一個老朋友！」我對路旁玩耍的一個小孩說。

小孩領著我來到墓地中一座建築最高的地方，「塞力克」他叫了一聲，說完就又去玩去了。

一座高高的白色紀念碑立在前面。紀念碑的後面，有一個半人高的底座，底座上，是一口用水泥做成圓狀的棺木。我雖然不懂哈薩克葬俗，但我明白，我的朋友、草原之鷹塞力克，此刻就躺在那棺木裏。整個葬埋的建築都是白色的，連圍繞這些建築物的雕花欄杆，也是白色的。

那紀念碑上寫著「運動健將塞力克之墓」，旁邊落款是「自治區體委、阿勒泰行政公署、哈巴河縣人民政府」。

我不喜歡「運動健將」這個稱呼，我覺得這幾個字並不能概括塞力克，還覺得這幾個字有些俗，應當稱他「阿山雄鷹塞力克」或者「哈薩克勇士塞力克」才對。

紀念碑的背面是哈文。我不懂得哈文，我辨認了很久，從裏面找出「一九九一」、「一九三四」這幾個阿拉伯字母。我推測，這幾個字母說的正是塞力克的生卒年日，意即他生於一九三四年，卒於一九九一年。我掐著指頭計算了一下，他活到五十七歲。

在薄暮中，我默默地點上一支香煙，將它插在雕花欄杆的空隙中，看著香煙嫋嫋升起，我的耳畔響起塞力克第一次見我時的問話聲：「加克斯嗎，內地來的巴郎子？」

「加克斯！」我回答這位故人。

❶哈薩克語，你好。

# 十四　一個老兵口中的鐵列克提事件

老兵張連樞專門在哈巴河邊防四團駐地等我。他大約在這裏，主持了一個阿勒泰駐軍的什麼會議，境內的駐軍首長，都到了。會議結束後，他多留了一個晚上，在這裏等我，給我談鐵列克提事件，談華僑老梁的故事。

三十一年的風霜已經將他煉成了一個標準的職業軍人。

對軍官，我始終有一種敬畏感。要知道我在部隊的時候，最高的軍銜相當於上士。但是在這位老軍人面前，我卻感到很親切。我們有許多話題可談，一談到當年邊防上的事情，我便忘記了他的身分，我們像兩個真正的老兵一樣，談起那些悽楚的往事。

邊防四團招待所的夜晚，我們像最親的兄弟那樣促膝長談，直至夜半更深。我們首先談到的是鐵列克提事件。

鐵列克提事件我以前知道一些。「有失軍威，有失國威，是軍事史上的一次奇恥大辱」，這個周恩來總理的批示，我在白房子時期也學習過。但是，聽一個幾乎是參加過鐵列克提事件的當事人談鐵列克提，在我還是第一次。

當然已經沒有當事人了。那二十九個巡邏兵，兩個新華社記者，已經在鐵列克提事件中死去。

鐵列克提事件是一九六九年八月十三日發生的，張主任是那一年的冬天，硝煙還沒有散盡的時候，走入鐵列克提的。

不過還有一些間接的親歷者。

張主任告訴我，要知道鐵列克提那次巡邏的詳細情況，現在還有一個人能說清。這個人叫梁德海，當時是站上的留守人員，後來擔任鐵列克提邊防站的指導員，又擔任邊防五團的政委，一九九〇年轉業，現在在自治區畜牧局工作。

珍寶島事件之後，蘇方在東線沒有占到什麼便宜，且有一輛參戰坦克，被中方繳獲。中方將繳獲的這輛蘇製K六二型陸軍主戰坦克，運到北京中國革命軍事博物館示眾。這更激怒了蘇方。

蘇方於是籌畫在西線的報復事宜。而蘇方選中的地方，就是鐵列克提。

中方是知道這一情況的。因爲種種跡象表明，蘇方將要在這塊爭議地區製造一次事端。自進入八月以後，邊界一線，蘇軍步兵集結，坦克集結，飛機不斷地越過雙方實際控制線，深入中方縱深偵察，同時，地面上亦派遣大批特務。這些特務大部分是伊塔事件中逃往蘇境的邊民，經過克格勃訓練以後成爲特務。

鑒於此，中方將新疆境內爲數不多的部隊中最精銳的一支，調往鐵列克提附近，潛伏在戈壁灘上，然後，命令鐵列克提邊防站繼續強行進入爭議的地區巡邏。

中方想仿效珍寶島戰役中的情況，一旦蘇軍挑釁，就再打它一個措手不及。

其實，新疆比不得東北，部隊的調防情況，都在克格勃特務掌握之中。

邊防站巡邏一個禮拜之後，什麼事情也沒有發生。

這時，潛伏在戈壁灘上的八師，沒有水喝，沒有飯吃，再加上蚊蟲叮咬，實在待不住了，只好撤離。

八師撤離的第二天，即西元一九六八年八月十三日，是個星期天。這天，鐵列克提邊防站又向上級請示，看這天巡邏不巡邏。電話打到北疆軍區，北疆軍區一位姓趙的副司令員建議取消巡邏。邊防站又把電話打到新疆軍區。軍區接電話的是一個值班參謀。

參謀問：「你們要去巡邏的那地方，是咱們中國的領土嗎？」

邊防站這邊回答：「是咱們中國的領土。咱們的哈薩克牧民世世代代都在那裏放牧，那裏還有我們祖先的墳墓！」

參謀火了：「既然是咱們中國的領土，那麼，咱們任何時候，任何情況下，都有去那裏巡邏的權利和義務。這麼簡單的道理，你們都不懂。你們請示幹什麼，巡邏去得了。」

這樣，鐵列克提邊防站的二十九名官兵，加上兩個新華社記者，便在那個早晨，踏上了死亡的征途。

我想，鐵列克提如果能有一個像我們白房子那樣老謀深算的指導員，那麼這一場悲劇也許就不會發生了。

鐵列克提爭議地區在巴爾魯克山西部。它的爭議形成的原因大約和額爾濟斯河南灣，以及別爾克烏爭議地區的情形差不多。

鐵列克提邊防站對這場悲劇其實是有所預感的。為了應付意外，他們將邊防站為數不多的兵力，分成三個梯隊。第一梯隊即正式的巡邏隊，共三十一人，由范進忠副站長帶隊，走在前面。

第二梯隊是一個排，作為掩護部隊，尾隨其後。由蕭發剛副連長帶隊。

第三梯隊就是鐵站的留守人員了。

當巡邏隊行走到距鐵站十公里的地方，與蘇軍相遇。

敵人先開槍。四周是無遮無攔的戈壁灘，巡邏隊只好退守在一處沙包子上，開槍還擊。這個沙包子被後世稱為無名高地。

巡邏兵表現了中國人的英勇無畏。在這種猝不及防的情況下，巡邏兵依託沒有任何工事的無名高地，與蘇軍對峙。敵人先後組織了兩次衝鋒，都被我打退。敵兵死亡五六人。

見狀，敵人撤回步兵，組織二十六輛坦克裝甲車，將無名高地從四面圍住，然後猛轟。轟擊一共用了三十多分鐘，無名高地幾乎被夷為平地。

蕭發剛副連長帶領的掩護部隊，在蘇軍進攻無名高地時，曾經發起過幾次衝鋒，想掩護巡邏隊撤退，但是都沒能奏效。蕭的腳後跟上還中了一槍。迫於無奈，這支小部隊只好撤回鐵站。

這支小部隊據守的地方，距離無名高地實際距離是兩千米，輕武器根本發揮不了作用。而在北疆軍區、新疆軍區的作戰地圖上，這一處距離被誤標爲兩百米。在此之前的作戰方案，即是以這個錯誤的地圖而確定的。

鐵列克提事件過後的三十個小時，我方一支野戰團才從沙灣趕到托里，離鐵站還有一百二十公里。這時無名高地上已經硝煙雲散。蘇軍坦克裝甲車已經撤出，無名高地上中國巡邏兵的屍體，也被蘇軍裝在卡車上運回。

中國官方的消息說，三十一名據守在無名高地上的中國巡邏兵，無一生還。

但是，我在白房子的那個年代，私下裏常聽人說，死亡的其實是二十九人，其中有一個新兵，有一個機要參謀，在大炮的轟擊中被震昏了過去。後來，蘇兵將屍體往卡車上扔的時候，這兩個人醒了過來。

關於這個新兵的傳言，看來是真的。

張主任對我說，這個新兵叫袁國孝，河南柘城人。他入伍才三個月，就跟上了這場邊境事件。他後來被放回來，現在在家鄉當農民。

關於機要參謀的事，張主任沒有回答我的話。這位老軍人說：「說不清了！」

不過這事也可能是真的。因爲張主任說，現在那鐵列克提那二十九烈士的墓，就在塔城。每一次他回塔城，都要去看一看他們。他有一份這二十九烈士的名單，有一天他有時間了，要拿起筆來，爲他們寫一本書。

二十九個烈士加上一個新兵袁國孝，是三十人，那麼，確實還有一個人不知去向，而這個人很可能就是那個機要參謀。

不過這是我的推測，張主任並沒有這樣說。

這個老兵對他的那些死去的戰友們的那種感情，給我留下深刻的印象。也許只有我，這個在白房子爭議地區趴過的人，才能體會出其中那種惺惺相惜的感情，兔死狐悲的感情，物傷其類的感情。

這種感情是外人體會不出的，包括現在的軍人。

對於鐵列克提事件的評價，這位老兵仍然用開頭的那幾句話，作爲他結束時候的話，這話就是：

「我們打了一個大敗仗！這個敗仗不是我們基層人員組織無能，貪生怕死，而是官僚主義嚴重！」

# 十五　華僑老梁的悲慘故事

華僑老梁是和我一個火車皮的兵。我當年在路上的那些經歷，華僑老梁都經過。記得我在前面說過，當火車停下以後，男左女右，大家下來解手，這時有個老實的男兵，跑錯了方向，到了女兵那一邊去了，於是，在大家的哄笑聲中，趕快提起褲子，從火車底下鑽過來。我說的這個新兵，說不定就是華僑老梁。

華僑老梁是陝西省合陽縣人，家裏是農民。當兵要走的前一天，父母匆匆地爲他娶了一個媳婦。新婚之夜，睡到半夜，老梁伸出手來，將媳婦的頭髮偷偷地摸了摸，動也沒敢動，這一夜就過去了。天明時公雞一聲啼叫，老梁穿上軍裝，先到鄉上坐上汽車，再到西安坐上火車，就這樣走了。

老梁和我們，是在黑山頭前面分的手。汽車載著他們，到阿勒泰城，他們要去的地方是中蒙邊界，部隊番號叫三〇二。我們的部隊番號叫三〇一，前面談的鐵列克提那地方，部隊番號叫三〇五。

在阿勒泰接受三個月新兵訓練以後，老梁被分到了紅山嘴邊防站。

紅山嘴，就是我前面提到的那個位於友誼峰東側的邊防站。它與白哈巴邊防站接壤，不過，中間隔著一個終年積雪的友誼峰。

每年，紅山嘴邊防站要組織一個小分隊，騎上馬，走上一個月時間，到達友誼峰峰頂，和白哈巴邊防站會一次哨。

紅山嘴我沒有到過那裏，不過可以想見，它在高高的山頂上，位於阿爾泰山深處，人跡罕至。

邊防四團李團長感慨地對我說，那地方真是一塊雄性的土地，因爲只有身強力壯的男人才能在那裏生存，女人，包括雌性的動物，甚至體質差的男人都無法在此生存。

李團長向我講了一件事。

他說某一年的五六月間，紅站的羊群、馬群和家養的狗，突然都騷動不安起來。羊「咩咩」地叫著，馬「嗚嗚」地叫著，狗「汪汪」地叫著，把邊防站吵得翻了天。大家不知道是怎麼回事，還以爲是要鬧地震了。突然，從遠處的山口上，轉過來了哈薩克牧民轉場的畜群，於是，邊防站的羊群、馬群、狗像決了堤的水一樣，一齊向山下衝去。

牠們衝下去是幹什麼呢？團長沒有細說，後來我自己揣摸了半天，才明白了團長這個故事的結尾：這些雄性的牲畜是趕下去交配。

紅山嘴有半年時間封山，和外界不通。

我的戰友華僑老梁，就在這個地方當兵。

一九七五年的秋天，那一年老梁給邊防站放牛。有一次，牛越界了，老梁瞅了瞅四下沒人，就涉過界河去趕牛，結果，被三個潛伏在河邊的蒙古士兵抓去。

我從額爾濟斯河口越界去趕牛，也是一九七五年秋天的事情，所幸的是我沒有被那五個蘇軍士兵抓住。

我們這邊，沒有專門放牛的，牛一般是由放馬的兼管。有一段時間，牛曾經由豬官兼管。但是，放豬的一般都不騎馬，這樣，趕牛不方便，於是後來又由馬倌兼管的。

我不知道紅山嘴是不是這樣的。很可能，老梁是豬官，兼管放牛的。因爲出事時老梁沒有騎馬。

老梁被抓過去以後，送到蒙古首都烏蘭巴托，關了三年監獄。

紅山嘴這邊，發覺老梁失蹤了，尋找了幾天，活不見人，死不見屍，便判定老梁已經死亡，於是向上級打了減員報告，並向老梁的家鄉發了烈士通知書。

自從炊事班長那次事件以後，凡是跑過去的軍人，都不再送回來了，被抓去的軍人，更是不會送回來的。

出獄以後的老梁，開始在烏蘭巴托街頭流浪。

他做過許多的事情，大約做過小偷，當過小工，揀過破爛要過飯。大家都不知道這個不會說蒙語的中國人是從哪裏來的，紛紛欺侮他。據說，蒙古的黑社會很厲害，老梁掙來的一點小錢，也都被這些黑社會搶走了。

後來，老梁遇見了一個在烏蘭巴托定居的中國人。他是湖北人，也是一個老兵，不知道是在過去的年代裏，怎麼過去的。這老兵可憐老梁，於是出面庇護他，幫他要回來一部分給人敲詐走的錢，幫他定居下來，還幫他找了一個蒙古女人成家。

張主任告訴我，華僑老梁和這蒙古媳婦一共生了三個娃，兩女一男。

後來隨著中蘇關係的緩和，中蒙關係也趨於緩和，這時有好心人對老梁說，你試著給中國駐蒙古大使館寫個信，談談你的身世，說不定，大使館會幫助你回去的。

這樣，老梁便給中國駐蒙大使館寫了封信。

後來的有一天，夜色蒼茫中，老梁一家正準備吃飯，突然門外響起了汽車聲。接著，一輛小車停在了他家門口，車上走下來三個彪形大漢。這三個大漢只說了一句「跟我們走一趟」，便將老梁拉到車上，蒙上眼睛，開著車走了。

車走了很長一段路程，當老梁臉上的黑布被揭開以後，他到了中蒙邊界的一個會晤站裏。

陽光很刺眼，老梁揉了很長一段時間的眼睛，他不知道這是什麼地方，也不知自己該怎麼辦。

直到蒙古兵朝他屁股上踢了一腳，又指了一下眼前的這座會晤橋，老梁才懵懵懂懂地踏上木橋，接著，跨過木橋中間那條白線。

烈士老梁就這樣死而復生。

老梁就這樣回到了家鄉，陝西省合陽縣那偏僻貧窮的小山村裏。

更悲慘的事情還在後邊。

老梁來到他當兵走時，父母送他的那個村口，發現村口樹著一塊小小的烈士紀念碑，那碑子上寫著老梁的名字。

老梁來到自己家的門口，發現破舊的大門上，掛著「光榮烈屬」的牌子。

老梁回到家裏。他的父母已經過世，他的那新婚一夜的妻子自然也不知去向，現在的家裏，只有他的哥哥嫂嫂。

他的哥哥嫂嫂不承認眼前的這個不會說漢話的陌生人是他們的弟弟。他們拿出了烈士通知書。告訴老梁說，他們的弟弟已經在許多年前死去，白紙黑字，這是烈士通知書。

面對這一切，連老梁自己也給弄糊塗了，他真懷疑自己的那些經歷，只是一場夢而已。

事後，我們幾個戰友分析，那戶人家所以不認老梁，是擔心公家人會收回去當年的那撫恤金。

這是多麼悲哀的事情呀！

老梁站在掛著「光榮烈屬」招牌的那個門楣下，大哭了一場，然後搖搖晃晃地離開了他的家鄉。

這個無名無姓，連自己都不知道自己是誰的人，現在開始在中國大地上流浪。

較之烏蘭巴托的流浪，這一次的流浪更悲慘。那一次，畢竟還有一個寄託，知道遠方那一片麗日藍天下，是他的桑梓之地，是他的根之所繫。現在，他則真正地成了一個無家可歸的人了。

老梁究竟流浪了多長時間，流浪到什麼地方，我們不知道。

不過在西安這地方他一定來過。在火車站的候車室裏，在街頭，我們說不定會與一個蓬頭垢面，呆頭呆腦的人相遇，說不定那人就是老梁，可惜，我們那時不認識他。

老梁流浪到了新疆，流浪到了阿勒泰，流浪到了紅山嘴邊防站。

他來到他當年越境時的那個小河邊，號啕大哭。為自己悲慘的遭遇而哭，為命運落在自己身上的這巨大的苦難而哭。

他一邊哭一邊喃喃地說：「老梁沒有死！我就是老梁！」

後來，一輛前往紅山嘴的小車在老梁身邊停下。這是阿勒泰軍分區一位首長，他是來紅山嘴檢查工作的。

老梁離奇的遭遇叫人感動。這位首長將老梁帶回了阿勒泰。這是一九九二年的事。

張主任對我說，他第一次見到老梁的時候，老梁不會說漢話，別人問他話，他得愣上半天，才反應過來。不過現在，他已經能結結巴巴地說漢語了。

軍分區將老梁收了回來，按志願兵對待，現在在軍分區營房科工作。

大家幫忙，又給老梁找了一個漢族媳婦。現在，已經有了一個孩子了。

張主任說，老梁現在生活得很好，一個月一千多塊工資。營房科的事也不忙，他是修鍋爐的，鍋爐也不會常壞。平日，他就在營房裏轉悠，遇到誰有個什麼事，他立即趕去幫忙。舉例說吧，來了一車西瓜，你給老梁說：「華僑老梁，你去把那一車西瓜卸下來！」說完你就不用管了，老梁會飯也不吃，午覺也不睡，將這車西瓜卸下來，碼得好好的，然後找到你，打個立正，報告你任務已經完成。

老梁能有今天這樣一個不錯的結局，也算否極泰來，生活對他的一種補償吧！月工資一千塊錢真還不是一個小數目，要知道，我當兵五年，五年的津貼費加起來，還不足一千塊哩！

這次我的行程太緊了，不能重返阿勒泰去看華僑老梁。我對張主任說，等我今年冬天，如果有空，一定專門回一趟阿勒泰，和老梁談一談他在蒙古的故事。

張主任說，那要他陪著，老梁才肯談。平日，老梁的口封得死死的，那些小兵們逗他，要他談談他的蒙古媳婦，老梁嘿嘿地一笑說：「你們年輕，懂什麼，我跟你們沒話！」

這就是我的戰友華僑老梁的故事。

張主任向我講了鐵列克提的故事、華僑老梁的故事以後，才像如釋重負一樣，向我告別。這時是哈巴河的凌晨了。

## 十六　李團長

李團長也是陝西人，身高一米九四的他，往那裏一站，活脫脫的一座鐵塔。

勇士必發於卒伍：這是古人的話，是說勇士是從當兵的一步一步培養起來的。我對現在那種從軍校培養出來的幹部表示懷疑，你沒當過大頭兵，你很難理解部隊，很難理解戰士，你永遠都會缺點什麼。

這個上校正是這樣一個從大頭兵成長起來的軍人。

他告訴我一件事。

那一年他當排長，到新兵連來訓練新兵。手榴彈實彈演習的時候，一個新兵由於緊張，將手榴彈拉響後，沒有扔出去，而是掉在了自己的掩體裏。李文德見狀，一個猛撲，將這個戰士壓在他身子底下。

手榴彈爆炸後，李團長說他當時並沒有感覺到痛。他站起來，拍了拍身上的土，還踢了那新兵一腳，叫他起來。後來實彈演習結束，他還帶著部隊，急行軍跑了兩公里，回到營房。

他說，回到營房以後，往台階上一坐，屁股有點疼，伸手一摸，一屁股的血，他這才有點慌了。跑到衛生所一檢查，屁股上一共中了十三個彈片。其中有一個彈片，光有進去的窟窿，可是怎麼找也找不著。後來醫院在X光底下透視，才發現這彈片在他奔跑的時候，順著大腿根跑了一圈。

這就是這個團長許多故事中的一個故事。

用自己的身體掩護戰士這件事，也許並不算什麼，每個當幹部的在那個時候，幾乎都會這樣做。叫我感動的是他屁股上帶著十三個彈片，急行軍兩公里，竟然一無所知這件事。陝西人將這叫「皮實」。

「勇士必發於卒伍」，我將這句話送給我的這位現在的團首長。

四團的團部所在地，十分漂亮。滿地都開滿了鮮花。鮮花在中亞細亞灼熱的陽光下，黃顏色的黃得熱烈，紅顏色的紅得奔放，白顏色的白得亮眼，就連那綠葉，也是墨綠色的，遒勁、敦厚、深沉。

營房裏有許多高大的白楊樹。它們橫看成列，豎看成隊，那樹幹，是銀白色的，像白樺的顏色，那葉子，是墨綠色的，在微風中嘩嘩地拍著巴掌。

這一切都給我一種奇異的感覺。

在這仙境一般的地方，我待了三天：三十號，三十一號，一號。第一天，我一個人悄悄地溜出營房，到哈巴河縣城轉了一天；第二天，我和年輕的戰士們聯歡，和他們拉話，講那遙遠的白房子故事；第三天，我去了一趟吉木乃邊防站。爾後，在第四天的時候，我離開哈巴河，順西線返回烏魯木齊。

# 十七　在哈巴河

哈巴河縣城較之我在的那個年月，已經擴大了有十倍的規模了。

我在的那個年月，只有一條街道，這街道大約有二百米長。街道上只有低矮的房子。好一點的房子，上面是由鐵皮蓋頂，次一點的房子，上面是用油氈蓋頂，再次一點的房子，上面只蓋些牛糞，如此而已。

在這二百米長的街道上，最東頭是一家供銷社，中間位置是一家郵局，西頭則是一家電影院。這街道窄極了，街道上長著一些幾摟粗的、疙疙瘩瘩的老柳樹。

我的回憶是正確的。

當年的老柳樹，如今已一棵也沒有了。當年窄窄的街道，如今加寬了大約三四倍。街道整潔、乾淨，陽光燦爛，完全是中亞小城的感覺。

我一眼就瞅見了那個供銷社。正是因爲瞅見了供銷社，我才確定這就是當年那條街道的。

它的大模樣還沒有變，只是一層變成了兩層，它的外形，也被俗氣地貼了一層白色瓷磚。

在這供銷社門口我站了很久：我這時候想起了一件事情。這家供銷社能給我留下如此強烈的印象，其實是與我們新兵連連長的一件事有關。他曾經在這家供銷社裏，抓過一個克格勃特務。

他姓孟，一九六六年的河南兵。本來他已經復員了。復員命令宣佈以後，會完餐，一群醉醺醺的老兵，走上街頭。一般人見到他們，都得躲著點，知道這些人眼下正想滋事。後來，他們來到了供銷社，正像當年的我一樣，趴在櫃檯上，看著「羊缸子」賣貨。

這時從大門外走進來一個顧客。

看見這些老兵們占著櫃檯，這顧客叫讓一讓。老兵們就是不讓，不但不讓，還嘴裏不乾不淨地罵著。河南人罵人的口頭禪叫「我操，真日毛！」相信老孟和他的同鄉們，當時就是這樣罵那個顧客的。

罵完了還要打。一群醉醺醺的大兵，將那人拳打腳踢，打了一頓。第一個動手的是老孟。

「洋缸子」見狀，尖聲尖氣地叫了起來。

後來，公安局來了。別的老兵見公安局來了，都嚇得跑了。老孟大約醉得最厲害，所以不但沒跑，還摟著那個人的腰，死不放手。

後來公安局將老孟和那個顧客一起抓進局裏，一審問，這個顧客竟是個越境過來的克格勃特務。

那年頭，用新疆人的話說：「新疆的特務多如牛毛！」因此，這件事並不是一件太意外的事。

老孟因此立功受獎，並被撤銷命令，留下來提幹。我們那一屆兵，就是他接的，他還擔任新兵連的連長。

事後，老孟說，他火眼金睛，一看，就知道這人是個特務。

孟連長如今已經轉業了，聽說，在河南洛陽的一個工廠工作。

這個小小的地方到處都有著傳奇，這些傳奇就埋藏在過來人的心中。現在那些進進出出供銷社的人們，他們是不知道這些的。他們僅僅只把它當做一個購物的場所，和別的商場絲毫沒有例外。只有我，才把它和過去聯繫在一起，和一些人、一些事聯繫在一起。

簡單是一件多麼好的事情呀！遺憾的是我不能做到簡單。

郵電局還在原來的地方。

它的門面裝飾得有些豪華，已經不是原來那樸素的模樣了。門口的大柳樹也已經蕩然無存，代替那柳樹的，現在栽了一些胳膊粗的白楊。

郵局不開門，這更增加了我的一種隔膜感。

我在郵局旁邊的一個小店裏，給西安的家裏打了一個長途，問了問生病的母親和上學的兒子的情況，我對妻子說，我在哈巴河，請你在地圖上找一找這地方，我當年當兵就在這一塊。

下來我要去的地方是電影院。

電影院沒有絲毫的變化，它還在原來的地方，蒼老而疲憊，和這嶄新的街道，和街道兩旁別的建築，明顯地不協調。

我走進電影院，電影院裏空蕩蕩的，沒有一個人，我找了一個僻靜的座位坐下。我的耳畔響起了自己過去的聲音。我想回憶一下我的那些優雅的詩句，但是一句也記不起來了。

我想起有一次整理書稿的時候，曾經見到過它。那底稿從一堆發黃的紙張中跳出來。「這是什麼呢？」我揀起它。隨後，我將它整在一堆過去的舊物中。坐在電影院的時候，我想，我回到西安以後找一找，說不定還能找到它。到時候把它寄給部隊，交給團史館裏。

出了電影院，我一直向街的西頭走去。我記得，那裏是哈巴河古河道，河道的岸邊，有一座磚瓦窯，磚瓦窯的旁邊，是一八五團轉運站。當年我到哈巴河來開闌尾的時候，就住在一八五團轉運站裏，而每天的黃昏，我都會坐在磚瓦上，看著落日從古河道那邊沉下去。

古河道還在，但是它那齊腰深的牧草已經沒有了，眼前是一片枯黃色。一條公路，箭一樣地穿過古河道，向西指去。那道路，正是新修的通往白房子的道路。我去白房子，走的就是這條道路。

當年，我坐在這個廢棄的磚瓦窯頂上，用手捂著剛剛開過刀的肚子，憂傷地望著遠方。那是一個秋天，落日正在草原的盡頭輝煌地落下，齊腰深的牧草在風中柔軟地一起一伏，刺棵子在風中搖著鈴鐺，一群雲雀，在天與地相接的遠處，高高地飛翔。

有一匹馬進入了我的視野。馬在草原的盡頭吃草，牠的全身散發著一種緞子般的光澤。當牧草隨風臥倒時，馬那細長的腰身便顯露了出來，而透過襠部，我能瞅見那緩緩墜落的血紅的落日。當牧草站立時，天蒼蒼、野茫茫，我的眼前，便唯有馬那黑色的脊樑，宛如一條魚一樣在草尖浮動。

我爲這眼前的良辰美景所吸引，於是捂著肚子，一步一步向馬走去。

令我奇怪的是，看見了陌生人，那匹馬並不跑，只仰著頭看了看，又埋下頭去吃草，直到後來，當發現這個陌生人進一步靠近牠，並有抓住牠的意圖時，馬才一剪一剪地跑起來，牠奔跑的姿勢像個螞蚱。

我毫不費力地追上了這匹馬，並且抓住了牠的籠頭。這時，我往馬的蹄子上一看，才發現了牠之所以「剪」的原因。

有四條皮繩，將馬的四隻蹄子捆著。四條皮繩擰在一起。擰在一起的那個地方，有一根擀餃子皮用的小擀麵杖一樣的木棒。木棒的作用是將這條繩子連接起來，並且絞緊。

中國漢字中有一個字「羈」字。以前我不知道這個字的讀音，亦不知道這個字的意思，也就是在這一刻，我明白了，它叫「限制」，叫「規則」，叫「設置障礙」，叫「扼殺天性」。

那第一個製造出這個字的人，一定像我一樣，有過草原生活的經歷。說不定也會像我一樣，在一個良辰，面對一片美景，去造訪一匹貌似幸福的馬，於是，他發現了這人類生活那可怕的本質。

當年的那匹馬現在已經沒有了，那一塊草原已經枯黃。

當年我站立的磚瓦窯甚至也沒有了。我問路邊的行人，問當年那座磚瓦窯在哪裏，行人們說，這地方根本就沒有什麼磚瓦窯，看著我呆頭呆頭的樣子，他們偷偷地說：「一個苕子！」

不過一八五團轉運站還在，行人們將那座面北的低矮的破舊的房屋指給我，告訴我這就是一八五團轉運站。

眼前這個昨日的建築讓我明白了，我不是白日做夢，那個磚瓦窯，那個落日的黃昏，那匹馬，牠們都曾確實存在過，並且進入過我的生活。

# 十八 在吉木乃

二〇〇九年的八月一日早晨，作爲這次白房子之行的最後的尾聲，我在邊防四團的安排下，去吉木乃邊防站。

吉木乃邊防站離我服役的北灣邊防站，距離其實並不遠，也就是六十公里吧。當然，這個六十公里是直線距離，即跨過額爾濟斯河，越過四一二二高地，穿過南灣爭議地區和別爾克烏爭議地區就到了。也就是說是沿著邊境線騎馬行走。

但是我們這次的行程則要繞一個大彎子，即從哈巴河出發，南行到布爾津，然後，從布爾津斜插到吉木乃去。

中午的時候，我們到達吉木乃縣城。

這個縣城我知道。雖然我並沒有來過這裏，但是我聽說過，當年，縣城緊靠著邊界，也就是說，和吉木乃邊防站在一起。邊防站裏出過好幾次事情，上級懷疑是和縣城裏潛伏的特務有關。可是誰是特務呢？又調查不出。於是，上級指示，將縣城後撤二十公里，脫離邊界。

眼下這個縣城，就應當是脫離邊界後，新修的那個縣城。

縣城很小，十字路口上樹著一杆高杆，四邊有四條几百米長的街道。較之布爾津，較之哈巴河，它明顯地小多了，彷彿內地一個小鎮。

出了縣城，向正西前行二十公里，就是如今的中哈邊界了。

這二十公里的地面上，散佈著幾個兵團村莊。這裏的兵團叫一八六團。

緊靠著邊界，是吉木乃邊防站。

吉木乃之所以出名，是因爲這裏是一個邊防會晤站。當年，中蘇之間的許多事情，都是在這裏會晤、會談解決的。

有一條邊境小河，小河的上面有一座木橋，橋的兩邊，各有一個會晤室。中方有什麼事要會晤了，於是在自己的會晤室上插上國旗，蘇方見了，便越過木橋來會晤。蘇方有了事情，也是這樣。會晤上幾次以後，有些事情決定不了，於是請高一級的軍官來談，這樣，會晤也就升格爲會談。通常，會談是由阿勒泰軍分區的首長，與齋桑軍區的首長來進行的。

據說，當年吉木乃邊防站的廁所，正對著界河，士兵們拉屎的時候，白白的屁股蛋子正對著蘇方。爲此，蘇聯士兵曾經多次抗議。

我記得，那個坐在界碑上，轉著圈兒，高叫著「我出國了，我出國了」的愚蠢的分區參謀長，就是在這裏倒楣的。

吉木乃邊防站離界河兩百米，離哈站八百米。

物換斗移，事過境遷，陽光把一切陰霾都掃去了。如今的吉木乃，也像我此行中到過的所有的邊防站一樣，安寧、祥和。

因爲今天是節日的緣故，邊防站還籠罩在一片輕鬆喜悅的氣氛中。

邊防四團的韓副團長恰好在這裏檢查工作，他熱情地歡迎我的到來。

我登上了瞭望台，舉目向哈薩克境內望去，眼前是一片荒涼。我的觸目所及，竟然不見一個人影。

當年，六千公里漫長的中蘇邊界，蘇軍共部署有五十五個步兵師，十二個戰役火箭師，十個坦克師，四個空降師，如今，好像一陣風都將它們吹走了一樣，我的眼前剩下的只是一片虛無。它們都到哪裏去了呢？

也許，我臨行前，還要到邊界上來一次，就是爲了看這一眼。

這是惡狠狠的一眼。

接著，在韓副團長的陪同下，我來到那座著名的會晤橋上。

這是一座木橋，這木橋已經年久失修。如今，圍繞著這座橋的那種森嚴、冷酷的氣息已經沒有了，它給我的感覺，更像一座鄉間小河上的那種小木橋。

木橋剛剛用紅油漆刷過，還十分鮮豔，木橋的中間，畫了一根白線，韓副團長說：白線的那邊，就是哈薩克斯坦了。

韓副團長說著，指著哈薩克斯坦那邊的油漆，罵了句「偷工減料」。他是嫌那邊的油漆塗得不勻，很多地方都沒有塗到。

他說，如今這邊境上，沒有什麼大事了，如果有事，也就是人畜越界，山林起火這些事，通常，雙方如果有事要會晤，都來到橋上，隔著這個白線，談上幾分鐘，問題就解決了。

橋的兩邊，各有兩個高大的牌樓，這就是所謂的國門。

中國這邊的牌樓，上面寫著「哈薩克斯坦」，背後寫著「中華人民共和國」字樣。我想哈薩克斯坦那邊的牌樓，也會是這樣寫著的，遺憾的是我不認識哈文。

新修的牌樓，新漆的大橋，大約正是這次中哈重新勘界之後的舉措。

對面的哈站，是一座兩層的閣樓式建築，有點像當年我們爲蘇聯專家修的那種公寓。房屋已經十分破舊了，顯露出一種灰敗的褐色。在我們在會晤橋上活動的時候，那邊始終沒有出現過一個人影。

吉木乃邊防站原來叫吉木乃邊防檢查站，現在則在邊防站的北邊，新修了一個公安邊防檢查站，而吉木乃邊防站的職能，僅僅是守邊和會晤了。

那裏這些年建起了一個口岸，口岸上新修了一座漂亮的石橋。據一八六團那位宣傳科長說，這些天來，口岸上經常過車隊，一過就是一百六十多輛大卡車。卡車上拉的是從俄羅斯境內運往中國的廢鋼鐵。年輕的女宣傳科長驚訝地說：「俄羅斯怎麼有那麼多的廢鋼鐵！」

今天這口岸卻靜悄悄的，沒有一輛車通行。

口岸離邊防站其實並不遠，也就是一二百米的距離，可是我對韓副團長說，能不能找個馬，讓我騎上去。

一會兒工夫，我，兵團作家老錢，記者小陳，再加上韓副團長和吉木乃的連長，便一人一匹馬，順著界河邊的鐵絲網，直奔口岸而去。

口岸上靜悄悄的，只有兩個年輕的公安兵在站崗。在那座橫跨界河的大石橋中國一側，豎立著一根界柱，界柱上寫著「中國四十五號」。

我記得白房子河口地段那個界樁，是「三十九號」。六十公里以後，中哈邊界是前行到這個地方，成了「四十五號」，看來，界樁是十公里豎一個的。

我沒有忘記老連長的兒子的事。我說過，如果到吉木乃來，一定要去看看他的。那個站崗的小兵告訴我，確實有這麼一個人，只是，今天是八一建軍節，檢查站組織人到吉木乃縣城旅遊去了，得晚上才能回來。

聽了這話，我只好作罷。

從四十五號界柱再往前，沿邊界線一直走，就能走到我的白房子去。

此刻，我真想這樣地走一遭。

我打著馬，順著鐵絲網，一路小顛著向前跑去。

蹄聲驚起了界河邊歇息的鴿鷹。牠們一群一群，在我的馬前馬後上下翻飛，高聲鳴啾。

草原上翺翔的鴿鷹，牠們原來就歇息在這裏。

**你看那蒼鷹又在天空遨遊。**
**牠是否生在戰亂的時候？**
**你看那片片的流雲在疾走，**
**它莫非在呼喚已去風雷的怒吼？**

在奔馳中，我的口中念叨著這不知是誰的詩。

我當然不可能走多遠的。白房子還是在那遙遠的地方。

第二天早晨，我告別了四團，告別了哈巴河，也告別了這個故事中的一切事情，乘車向烏魯木齊急馳而去。

當最後一眼望那片蒼茫的天地時，我對自己說，我把白房子，把我的過去都留在那裏了，我將因此而獲得解脫，當我下一次重返白房子的時候，我將會是以一個輕鬆的旅行者的身分出現的。

# 十九　結束語

但是，我能逃離白房子嗎？我能夠將它從我生命中剔除出來嗎？我能夠從此像看待地球上的任何一塊地面一樣平心靜氣地看待白房子嗎？也許我不能做到，或很難做到。

它是生活塞給我的一本書，是在我青春的年代，生活以猝不及防的形式塞給我的一本書。白房子吞沒了我的一生，影響了我的一生，註定了我的一生。它是宿命。「我的地方，小小的地方，並不是我自己要來，也不是馬兒載了我來，是那，可詛咒的命運，它帶著我來的！」這是一首俄羅斯古歌。

白房子是我的夢魘之鄉，我的永遠的噩夢，我的十字架。許多年來，我像蝸牛一樣背負著我的十字架，走著我的蹣跚的人生。因爲它，我才成爲現在的我，獨特的我。

且讓我在此，向那遠方天宇下寧靜的一隅，那孤零零的白房子，深深地脫帽以禮。它是我的地理圖書，我的一張郵票大小的地方，我用閱歷和全部的愛恨創造出來的第二自然。「文學是回憶和仇恨」，法國人加繆的這句話很對，但是我想，除了回憶產生文學，仇恨產生文學之外，愛也會產生文學的。而我的這本關於白房子的書，正是這三種感情的一個混合物。

但願寫完這本書之後，或者說完成這次人生的遠行之後，我的地理圖書的白房子已經不復存在了，它將會像地球上的任何一個角落一樣平常、平俗和靜謐。將歷史重新交給歷史吧，在交出的同時發出深重的一聲歎息。

# 後記　個人化的地球一隅

「作家地理」是個有些奇怪的名詞組合。我給它下的定義是：一本作家個人化了的地理圖書。如果這話再要展開來說，那麼所謂的「作家地理」，即是寫作者獨特視角中的地球一隅，寫作者主觀意識下的第二自然，如此而已。如果再要打一些比方，那我們可以舉出福克納筆下的那一張郵票大的地方——井底之蛙縣，哈代筆下的英國的德比郡，等等。

這幾年，隨著寫作的進行，我的腦子裏陡然有了一個模模糊糊的地理哲學意識。我的許多思考和歸納，用現成的文學理論都不能予以指導和解釋。例如關於白房子，那個中蘇邊界我生活過五年的險惡地區，例如我曾經在裏面待過十三天的羅布泊，例如成就我的長篇《最後一個匈奴》的陝北高原。我覺得除了賦予這些地方以理論家所解釋出的那些文學含義之外，它還是地理的，而地理的哲學意藉甚至是支撐思考、支撐一本書的主要框架。

但是我還不能想透這件事。

比如讀者讀到的這個《白房子》吧，當我用一種奇怪的文體將它寫出時，我自己也感到茫然。我稱它是一個怪胎。它的框架是用地理哲學的思路支撐起的。

類似的事情還出現在馬麗華的《走遍西藏》，張承志的描寫西海固生活的書中。它們其實都是一些極度個人化的地理圖書。

二〇〇一年的秋天的時候，我對這件事情仍然想不透。記得在給一個筆會講課時，我對學員們說，觀察地理，感受地理吧，像discovery頻道那樣去發現你自己的地域。

而在參與央視十頻道探索。發現頻道的策劃時，我獻上我的思考。這個思考是：在已知的領域，我們重新發現；在未知的領域，我們初次發現。這段話後來出現在該節目的片頭。

但是時至這時，我仍然不能把「作家地理」這句話說出。我已經悟覺到了，但是我說不出。我像一個啞巴一樣。我明白，這層窗戶紙的捅破，將給我的創作，將給我們老掉牙的文學理論，開闢一個重要的領域。

白房子一直是我年輕時代的一個噩夢。那條叫做額爾濟斯河的注入北冰洋的河流，那座橫亙在中亞細亞地面的阿爾泰山，那塊乾草原，那座白房子。它是如此深的楔入我的生命之中，每次想起它都會給我帶來一種病態的深深的憂鬱。

你能想像一個滿身瘡痍的老兵，在走近他的「作家地理」時，那一步一驚的感覺。

這是一條血淋淋的心路歷程。

這次行程共用了二十二天時間。

二十二天中我記了五萬字的筆記。隨行的《新西部》雜誌的記者陳旭，則拍了四十個膠捲。

回到西安以後，我即開始案牘勞作。

我處於一種恍惚中。我處於一種激情中。在寫作的途中，我的時間不是以白天和黑夜來區分的，而是以寫作時間和非寫作時間來區分的。

我對自己說，如果不把這些人，這些事情訴諸世界，作爲一個寫作者，我還有什麼理由苟活在這個世界上，我的筆還有什麼理由敢四處胡戳。

是的，假如由於我的倦怠，而將它們重新帶入墳墓的話，那我在閉上眼睛的那一刻，肯定會深深遺憾的。

《白房子》成書了。

我爲本書的真正製造者——那些一百年來在這塊白房子爭議地區守衛、居住和滯留的人們，獻上我的敬意。他們也許更有資格寫這本書，因爲我只是一個匆匆過客而已，但是，由於他們手中沒有這枝筆，而我有，我就起了「代勞」的作用。

我希望讀者能夠接受這本書。

在接受的同時忘記我的卑微的名字。

而書舌上的「獻給我生活過的土地和歲月」這句話，是我的尊貴的朋友，已故作家路遙在《平凡的世界》中說的。

我十分喜歡這句話。這句話像一個咒語，當你將它喃喃念出時，死了的記憶開始復活，舊年間的人和事從你眼前列隊走過。

我將《白房子》完成了。我將它慷慨地交給了社會。它開始有了它自己的命運；那麼，讓它去經歷。

# 遙遠的白房子

作 者：高建群
出版者：風雲時代出版股份有限公司
出版所：風雲時代出版股份有限公司
地址：105台北市民生東路五段178號7樓之3
風雲書網：http://www.eastbooks.com.tw
官方部落格：http://eastbooks.pixnet.net/blog
Facebook：http://www.facebook.com/h7560949
信箱：h7560949@ms15.hinet.net
郵撥帳號：12043291
服務專線：(02)27560949
傳真專線：(02)27653799
執行主編：劉宇青
美術編輯：許惠芳
法律顧問：永然法律事務所 李永然律師
北辰著作權事務所 蕭雄淋律師
版權授權：高建群
初版日期：2013年12月
ISBN ：978-986-5803-61-2

總 經 銷：成信文化事業股份有限公司
地　　址：新北市新店區中正路四維巷二弄2號4樓
電　　話：(02)2219-2080

行政院新聞局局版台業字第3595號 營利事業統一編號22759935


**定價：280元**


國家圖書館出版品預行編目資料

遙遠的白房子／高建群著；--初版
臺北市：風雲時代，2013.11 面；公分

ISBN 978-986-5803-61-2（平裝）

857.85　　102020956

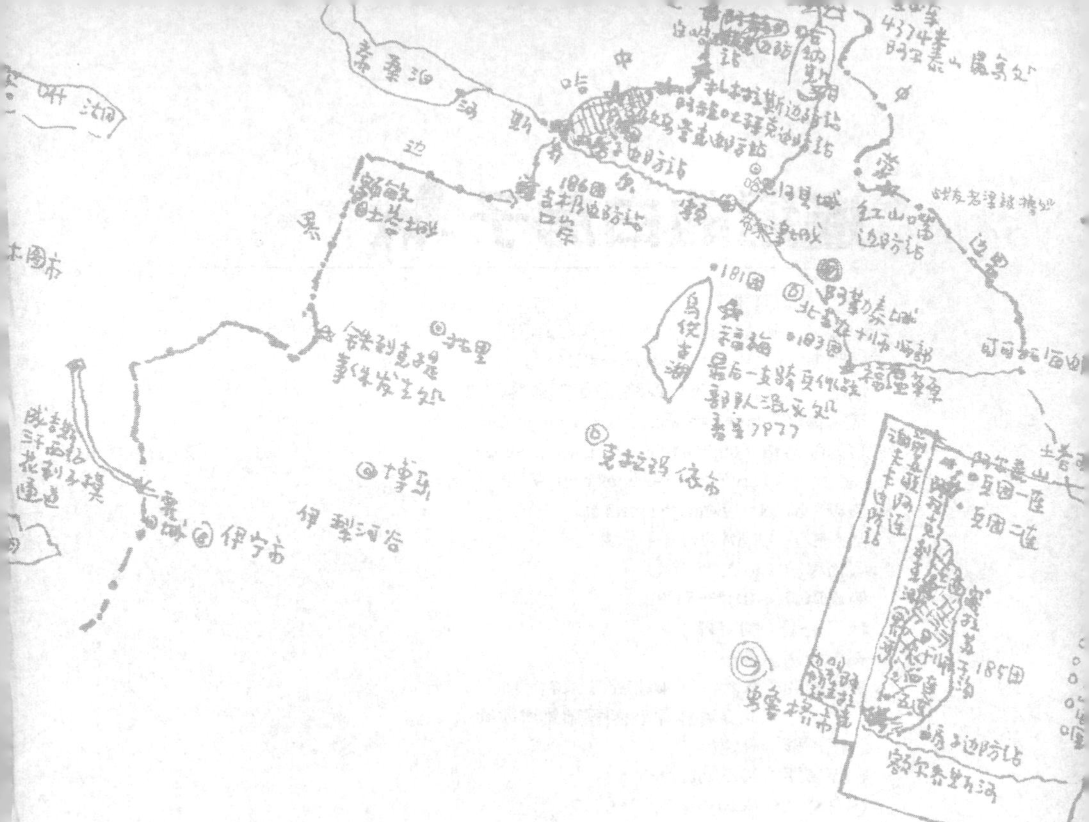

斋桑泊
哈
中
边
界
186团
吉木乃边防站
口岸
181团
乌伦古湖
福海
183团
北屯农十师师部
阿勒泰城
哈巴河县城
红山嘴边防站
4374米
阿尔泰山
185团
乌鲁木齐市
铁列克提事件发生处
托里
博乐
克拉玛依
伊宁市
伊犁河谷